MANHATTAN
by Goldmann

Buch

Während sich in Hamburg und dem Rest Deutschlands Nebelbänke, Dauerregen und Schneechaos einstellen, verbringen Nikita, Carl, Melanie und André einen Winter in L.A. Die vier kennen sich nur flüchtig, doch der gemeinsame Traum vom Erfolg und dem großen Durchbruch im Filmbusineß führt sie zusammen.

In den Hauptrollen: vier junge Leute Mitte Zwanzig. Die flippige Nikita nimmt Schauspielunterricht und träumt davon, neben Robert De Niro zur Oscarverleihung einzuschweben. Carl dagegen übersteht kaum ein Casting ohne schwere Minderwertigkeitsgefühle und kämpft mit sich, den Frauen und einer ziemlich zickigen Bühnenregisseurin. Melanie wurde von ihrem langjährigen Freund Sven überstürzt verlassen – ausgerechnet, als sie ihm gerade nach L.A. gefolgt war, um an ihrem ersten Drehbuch zu schreiben. André, ein begabter Kameramann, läßt sich auf eine Affäre mit der Freundin seines besten Freundes ein und wundert sich, warum ihm L.A. auf einmal so kalt, berechnend und abgefuckt vorkommt.

Doch die eigentliche Hauptrolle spielt L.A., jene Stadt, in der Fußgänger eine seltene Erscheinung sind, jene Stadt, die alles verspricht und nur wenig hält. Denn nur hier ist es möglich, daß Träume zu Schaum zerfallen – oder eben in Erfüllung gehen. Und es selbst dann noch alles anders kommen kann...

Autorin

Nadine Barth, Jahrgang 1964, arbeitete einige Jahre als Model in Mailand, Madrid und New York und nutzte die vielen Reisen, um Artikel und Fotoprojekte zu realisieren. Parallel dazu studierte sie an der Universität Hamburg Philosophie, Literatur und Kunstgeschichte und schloß 1991 mit Magister ab. Seitdem lebt sie als freie Autorin in Hamburg, Los Angeles und São Paulo.

1997 gewann sie mit ihrem Team den ersten Wettbewerb des »National Poetry Slam«. Ihre Kurzgeschichten sind in *Max*, *Spiegel Spezial*, *Szene*, *Tempo* und *Der Störer* erschienen.

Abgedreht ist Nadine Barths erster Roman.

Nadine Barth

ABGEDREHT

Roman

MANHATTAN
by Goldmann

Dieser Roman ist reine Fiktion.
Ähnlichkeiten mit lebenden Personen sind rein zufällig.

Umwelthinweis:
Alle bedruckten Materialien dieses Buches
sind chlorfrei und umweltschonend.

Manhattan Bücher erscheinen im Goldmann Verlag,
einem Unternehmen der Verlagsgruppe Bertelsmann

Originalausgabe 11/98

Die Nutzung des Labels Manhattan
erfolgt mit freundlicher Genehmigung
des Hans-im-Glück-Verlags, München
Umschlaggestaltung: Design Team München
Umschlagillustration: TIB / Grubmann
Satz: Uhl + Massopust, Aalen
Druck: Graphischer Großbetrieb Pößneck
Verlagsnummer: 54085
Lektorat: Frauke Brodd
Herstellung: Katharina Storz / Str
Made in Germany
ISBN 3-442-54085-2

1 3 5 7 9 10 8 6 4 2

Für Hilla

Vorspann

»Filmhaus«

»Orange, staubig, laut. Das sind meine drei Worte für Los Angeles. Wie lange bleibst du?«

»Den ganzen Winter. Bis ich mit meinem Drehbuch fertig bin.«

»Thriller oder Lovestory? Oder über dich? Mein wilder Winter in L.A. – Hintergrund: Der Freund ist schon da...«

»Wieso über mich?«

»... von dem du dich erst mal trennen mußt. Streit und Streß, sonst wird es nicht spannend. Du ziehst rum in der Stadt, fällst auf einen jungen Typen rein, der absolut genial aussieht. Erotik ist wichtig. Anschließend verliebst du dich in einen anderen Drehbuchautor, der dir beruflich weiterhilft. Zum Schluß trennst du dich von beiden und kommst zurück. Wie findest du das?«

»Unmöglich. Was denkst du von mir? Hollywood steht für eine Schauspielerin, die es ganz nach oben schafft. Damit aber am Ende natürlich nicht glücklich ist.«

»Bekannt. Nimm lieber einen erfolglosen jungen Schauspieler, der dort scheitert. Mit dem typisch deutschen Namen Carl. Mit C. Das C ist sein einziger Trumpf. Demütigungen, Drogenerfahrungen, Schwulenszene – er knallt immer wieder auf die Fresse. Hollywood ist grausam.«

»Meine Schauspielerin schläft sich hoch. Verspricht alles, hält es selten. Ein bezauberndes Biest mit dem Namen Nikita. Stärke, Sex und Selbstvertrauen.«

»Das paßt nicht zu dir. Deine Lieblingsfigur ist doch eher ein

Kameramann, ein intellektueller Zweifler, der in seiner Melancholie versinkt. André lebt hier in Hamburg, arbeitet aber in L.A. Dort wohnt er zusammen mit seinem besten Freund und dessen Freundin. Es entspinnt sich eine Affäre zwischen dem Kameramann und dem Mädchen. Solche Dreiecksnummern gehen immer.«

»Zieh du doch nach L.A. und schreib die Geschichten selbst.«

»Ach was. Wenn das Erlebte Erinnerung wird, bleiben nur ein paar schöne Bilder. Diesen Film der Gedanken gönne ich dir gern. Schreib mal 'ne Karte.«

Greencard

[October 15th]

7500 Hollywood Boulevard

Der Radiowecker schaltete sich ein. Neun Uhr. HipHop, this is the dance for the nineties. Draußen schien die Sonne, wie jeden Tag, leuchtendes Signal für den Optimismus in dieser Stadt. Immer schön lächeln, immer selbstbewußt, immer weiter. Sogar das Radio puschte mit. We're having a big party bash, stay close, so you can win the tickets.

Nikita tauchte aus ihrem Traum auf. Pressekonferenz an der Seite von Robert De Niro. Blitzlichter, Feuerbälle, rote Stürme. Sie war zwei Köpfe größer als De Niro. Nikita kicherte vor sich hin. So ein Zwerg. Da kitzelten die Spitzen ihrer Locken seine Stirn, und unwirsch, als ob er Fliegen vertreiben wollte, strich er sie weg. Im Traum hatte sie an seiner Seite eine Mafiabraut gespielt. Der Film war natürlich ein Riesenerfolg, ein Blockbuster an den Kinokassen. Zwei große Schauspieler, die sich gegenseitig übertrafen. Bobby, dear. Williges Werkzeug ihrer Verführungskünste. Das wäre ein Ding, die Pressewelt stünde Kopf. Sie könnte ihr Zimmer mit den Zeitungsseiten tapezieren.

Nikita knautschte das Kissen zusammen. Es roch nach William, ihrem Lover. Azzaro. Ein Duft, der sie total anmachte. William war zwar kein berühmter Schauspieler, aber als Model sehr erfolgreich. Unter den Schwarzen unbestritten die Nummer eins. Er kam aus Eritrea, wie Naomi, und er hatte die gleichen stolzen und ebenmäßigen Gesichtszüge. Seit zwei Monaten hatten sie eine Affäre, die sie sehr viel lockerer sah als er. William war eifersüchtiger als jeder Latino. Gestern erst hatte er ihr wieder eine Szene gemacht, sie hatten sich angeschrien und fast geprügelt. Nur weil Reini aus Berlin anrief, während er gerade da war. Sicher, sie hatte eine gute Stunde mit Reini telefoniert, aber so oft rief ihr Freund auch nicht an. Reini lebte in ihrer Berliner Wohnung, und wenn sie dort war, schlief sie auch mit ihm. Doch daß Berlin weit weg war, wollte William nicht akzeptieren. Verlaß ihn, zieh einen Schlußstrich, entscheide dich endlich. Nikita dachte gar nicht daran. Reini war ihre Rückversicherung, wenn es hier nicht klappte mit der Karriere. Er wäre ein wundervoller Vater für ihre Kinder. Gerade hatte er in einem Architekturbüro angefangen und arbeitete Tag und Nacht an einem Wettbewerb. Wie verrückt wurde gebaut in der neuen Hauptstadt Berlin. Nur die Filmindustrie lag noch brach. Kein Glamour weit und breit.

Glamour war wichtig. Sie wollte Highlights in ihrem Leben, das war auch der Grund, warum sie nach L.A. gegangen war. Deutschland war grau und langweilig, ernst und spießig. Sie suchte die Herausforderung erst als Model in Milano, dann mußte es Paris sein, anschließend Tokio, doch der Starkult in den USA war noch eine Nummer größer. Irgendwann würde sie natürlich in die Heimat zurückkommen, um sich ganz der Familienidylle hinzugeben. Quasi als nationales Geschenk. Die neue Marlene Dietrich: sie kommt zurück. Wir haben sie wieder. Ganz Deutschland im Nikita-Fieber.

Merkwürdig, daß William für diese milde Geste kein Verständnis hatte. Er sah nur seinen Stolz. Dabei wußte kaum jemand von ihrem Verhältnis. Seiner Agentur gegenüber tat William so, als ob er solo wäre. Nur weil sie keine Amerikanerin war. Williams Bookerin wollte unbedingt, daß er heiratete und damit die Greencard bekäme. Seine Arbeitsgenehmigung lief nächsten Monat ab und konnte auch nicht verlängert werden. Er müßte dann das Land verlassen. Sollte die Bookerin ihn doch heiraten, die dumme Gans. Was die alle wollten mit dieser Greencard, ein working visa reichte doch. Und das bekam sie bestimmt nach ihrem Studium, so oder so, doch dafür eine Dumpfbacke zu ehelichen, kam nicht in Frage. All I see is your love. Schöne Stimme da im Radio. Tief, sexy. William hatte ihr die CD geschenkt: Changes. Sie sahen sich irgendwie ähnlich, William und dieser Christopher Williams. Witzig, die Namensgleichheit. Obwohl William gar nicht William hieß. Er hatte irgendeinen afrikanischen Namen, der für den Modelmarkt zu schwer auszusprechen war.

Schwarze waren wirklich geiler. Der intensive Geruch, das weiche Nachgeben der Haut. Restwiderstände, die es zu brechen galt. Why don't you give it to me. Nikita warf das Kissen weg. Es half nichts, sie mußte jetzt wirklich aufstehen. Energisch schob sie die Ärmel ihres grün-beige gestreiften Seidenpyjamas hoch. Um zehn Uhr fing Tai Chi an. Konzentrationsübungen auf dem Weg nach oben. Die Kraft, die von innen kam. Sie glaubte zwar nicht an fernöstliche Spiritualität, aber vielleicht half es trotzdem. Schließlich war Richard Gere auch Buddhist. Wie als göttliches Zeichen klingelte das Telefon. Here we go again.

»Helloho!...« Ihre Agentin war am Apparat. »Yes... Really? I don't believe it. That's wonderful... Okay... Okay. Bye.«

Nikita sprang auf. We're still jamming, ja, das war es, so mußte der Tag anfangen. Ein callback. Man rief sie. Das war das Resultat ihres Superauftrittes bei der audition letzte Woche. Zwar nur eine kleine Nebenrolle in einer täglichen Familienserie, aber immerhin. Die Soap hieß *Family Matters*, und ihre Agentin war richtig euphorisch, weil jede noch so dämliche Soap der Startschuß zu weiteren Buchungen war. Niki, be gorgeous. Kein Problem. Das schaffte sie mit links. Dann könnte sie auch endlich ihrem Vater beweisen, daß sich seine Investition gelohnt hatte. Mach doch mal deinen Fernseher an, Papa. Schau mal, Papa, da bin ich. Schließlich war es seine Idee gewesen, daß sie nicht mehr als Model arbeitete. Denk an die Zukunft, predigte er. Mach etwas Richtiges. Begnüge dich nicht mit dem oberflächlichen Erfolg. Na, ein callback konnte sich doch sehen lassen. Der Regisseur von *Family Matters* wollte sie treffen, das war der übliche Ablauf, dann gab es vielleicht noch ein zweites Treffen und dann die Buchung. Sie konnte sogar noch zum Tai Chi gehen.

Nikita tanzte Richtung Bad. Schnell noch die Haare waschen, sie mußte umwerfend aussehen. Die paar Minuten Verspätung beim Tai Chi waren nicht so schlimm. Der Lehrer verzieh ihr sicher. Oh, I'm so sorry. Und ein süßes Lächeln dazu. Sie probte es kurz im Spiegel. Ihr Mund war wie ein Herz, das sie beliebig vergrößern konnte. Ja, genau so, Herzmund, betöre, come on, come on, give me your love. Schwungvoll drehte Nikita den Hahn der Dusche auf.

Raleigh Studios

Mit sechs anderen Typen saß er in dem Zimmer neben dem Aufnahmeraum, sie musterten sich gegenseitig, schätzten ihre Chancen ab. Sieben Jungen, alle blond. Carl drehte seine Fotokarte zwischen den feuchten Händen. Er schwitzte. Warum ließen sich diese beknackten Fenster auch nicht öffnen. Überall das gleiche in diesen kahlen Offices. Nicht mal die Klimaanlage konnten sie richtig einstellen. Ungeduldig schielte Carl auf seine Swatch. Halb eins. Er war für elf bestellt gewesen. Warten, warten, die halbe Zeit seines Tages verbrachte er mit Warten. Und mit solchen blöden Leuten wie dieser Castingfrau. Super unsympathische Kuh. So eine kleine dunkelhaarige Person mit verkniffenem Gesicht. Keine Spur von Inspiration. Eigentlich waren die meisten Castingelsen so. Vielleicht weil es ein beschissener Job war, nur fünf Minuten Schnipsel von unbekannten Schauspielern zu filmen, die alle den gleichen Text herunterbeteten. Würde ihm auch stinken. Andererseits hatten sie Macht. Sie stellten die Liste zusammen, sie riefen die Leute auf, sie entschieden, wer überhaupt in den Kreis der möglichen Darsteller kam.

Gerade wurde schon wieder ein Typ aufgerufen, der nach ihm gekommen war. Das gab es doch nicht. Der mußte die Tante kennen. Oder eine bessere Agentur haben. Die großen brachten ihre Leute immer leichter unter. Vielleicht sollte er auch wechseln, doch erst brauchte er einen Job. Dann waren seine Chancen besser, bei einer renommierten Agentur unterzukommen.

Carl sah sich sein Foto an. Schwarzweiß, sauber ausgeleuchtet. Langweilig irgendwie. Hohe Stirn, die dunkelblonden Haare etwas kraus, in Wellen nach hinten, der Mund – zu groß? –, ein etwas unsicherer Blick. Der Fotograf hatte ihm sowieso zu wenig Zeit gelassen, sich richtig wohl vor der Kamera zu fühlen. Man wurde schließlich nicht jeden Tag für die Eigenwerbung fotografiert. Er war siebenundzwanzig, sah aber in der »All-American-Boy«-Jeansjacke glatt aus wie fünfzehn. Wenigstens paßte der Look zu der heute ausgeschriebenen Rolle: ein junger Deutscher, möglichst blond. Er kommt seinen Collegefreund in Detroit besuchen und verknallt sich in dessen Schwester. Soap-Opera-Standard. Die Serie lief seit einem Jahr, und sein Part würde über mindestens zehn Folgen gehen. Das wär's. Nicht nur das Geld, das er dringend brauchte. Er mußte endlich arbeiten. Ein Schauspieler ohne Engagement war kein Schauspieler, sondern Dreck.

Der Junge mit dem roten T-Shirt kam aus dem Aufnahmeraum, ging in breitem Cowboygang an Carl vorbei, auf dem Gesicht ein siegessicheres Grinsen. Wie er diese Typen haßte.

»Carl Schrader?« rief die Castingfrau in den Raum.

Carl stand auf, versuchte ein nettes Lächeln und gab ihr seine Fotokarte. Ohne auch nur einen Blick darauf zu werfen, steckte die Castingfrau sie unter ihren Block und machte ein Kreuz auf ihrer Liste. Er ging an ihr vorbei, möglichst cool, möglichst bedeutend. Be a winner. Die Castingfrau schloß die Tür, deutete auf das mit Isolierband markierte Kreuz in der Mitte des Raumes und reichte ihm einen Zettel. The Detroiters. Das Dialogfragment zwischen dem Deutschen und einem Mädchen. Offenbar die Schwester, in die er sich verlieben sollte. Sein Part war gelb markiert: drei Sätze, drei einfache kurze Sätze, leicht zu lesen, leicht zu spielen.

Carl räusperte sich. Der Kameramann nickte. Über der Linse leuchtete rotes Licht auf.

»So you are Betty…«

Beim zweiten Satz versprach er sich schon. Scheiße. Der dritte war schlecht. Er stotterte eine Entschuldigung. Vernichtender Blick der Castingfrau. Sie gab dem Kameramann das Zeichen für eine weitere Aufnahme. Carl sprach die Sätze jetzt einwandfrei, doch er wußte, daß er nicht gut war.

Niedergeschlagen verließ er das Büro und trottete zum Besucherparkplatz der Raleigh Studios. In solchen Momenten fiel ihm immer auf, wie verbeult sein dunkelroter Honda Civic war. Wütend schlug er die Tür zu, blieb einen Moment sitzen und trommelte auf das Lenkrad. Er hatte versagt. Er war richtig schlecht gewesen. Drei einfache Sätze, die er nicht anständig über die Lippen bringen konnte. Da wurde mal ein blonder Deutscher gesucht, und er vergeigte es komplett. Zudem war die Tante von Anfang an gegen ihn gewesen. Dieser stechende Blick. Röntgenstrahlen auf seine Schwäche. Vielleicht löschte sie ihn sogar vom Band.

Carl startete den Honda und fuhr aus Beverly Hills hinaus. Die Kirchenuhr zeigte Viertel nach eins. Seltenes Bild: eine Kirchenuhr in Los Angeles. Langsam und quälend schob sich der Verkehr über die 3rd Street nach Westen. Er bewegte sich gegen den Hauptstrom, aber mehr als 30 Meilen waren nicht drin. Vorbei an kleinen blauweißen Wimpeln um das Gelände eines Gebrauchtwagenhändlers. Dahinter grauer Stein mit grauer Schrift und den nüchternen Buchstaben: CITY. City of Quartz, City of Hope.

Die endgültige Wahl traf nicht sie, sondern der Produzent oder das Studio oder der Regisseur. Eine ungewisse Aussicht. Vielleicht würde die Kuh eine Notiz mit Vorschlägen anheften. Oder sie traf eine Vorauswahl, in der er bestimmt nicht vorkam. Auf einer Werbetafel strahlte das gutmütige Gesicht von Kentucky Fried Chicken, so anders, so freundlich. Wie ein Gott, der über seine Schäfchen wachte, die alle zu ihm kamen, um eines dieser fettigen Hühner zu verspeisen. Eigentlich ein dummes Grinsen. Kentucky machte sich über ihn lustig. Über die erneute Niederlage.

150 Wadsworth Avenue

Aussteigen, bezahlen, einziehen. Das Taxi fuhr ab, und Melanie stand mit ihren beiden Koffern allein auf der Straße. Okay, die Situation war zu meistern. Beziehungen gingen eben zu Ende. Ihr war zum Heulen zumute, aber sie wollte dem Drang nicht nachgeben. Diesen Triumph gönnte sie Sven nicht. Drei Jahre war sie mit ihm zusammengewesen, drei ganze Jahre, und dann servierte er sie einfach so ab. Und wollte auch noch Verständnis von ihr für seine Situation. Versteh doch, ich muß hier allein sein. Ich muß mich auf mich konzentrieren. Ich will alles erleben, was diese Stadt zu bieten hat. Hohles Gerede. Wäre sie bloß nicht hergekommen. Am Telefon war er zwar schon reserviert und irgendwie komisch gewesen, doch sie hatte das auf die längere Trennung geschoben. Ein klares Wort von ihm, und sie säße noch in Hamburg in ihrer Wohnung. Ein Drehbuch konnte sie auch da schreiben, in ihrer gewohnten Umgebung, in ihrer Stadt. Zu spät. Die Wohnung war untervermietet, das Rückflugticket fest gebucht für Anfang März. Nun stand sie hier, mit ihren Koffern, und der Winter und das Drehbuch und ein anderes Leben lagen vor ihr. Wenigstens schien die Sonne. Das war ein Trost.

Melanie ging die Treppe zur Veranda hoch. Ein kleines blaues Strandhaus aus Holzschindeln mit weiß abgesetzten Fenstern. Zwischen Santa Monica und Venice, hundert Meter vom Ozean entfernt. Ein großer Avocadobaum überschattete die Sitzgruppe aus Korbsessel und Eisentisch, der ganze Boden war mit herabgefallenen Blättern bedeckt, in alten Holzfässern blühten Kakteen. Romantischer Ort, ihr Refugium, friedlich.

Die letzten Tage waren wirklich der Horror gewesen. Streit

und Streß, Tränen und Beleidigungen. Bis sie ihre Sachen packte, sich ein Taxi bestellte und möglichst weit weg fuhr – ans andere Ende der Stadt. Viele, viele Häuser, das ganze Meer bunter Bauklötze sollte zwischen ihnen liegen. Die Gegend um das American Film Institute, wo Sven Regie studierte – also das obere Hollywood, Griffith Park, Franklin und Western Avenue –, konnte er für sich haben. Dieses Viertel mied sie ab jetzt weiträumig. Keine zufälligen Begegnungen. Ich will frei sein, hatte er gesagt, die Kreativität ausleben, aus den einsamen Windungen meines Hirns Kraft schöpfen. Trennung als Trennung von lähmender Harmonie. Er war so blöd. Begriff nicht, daß sie sich exzellent ergänzten, er, der Filmregisseur, sie, die Drehbuchautorin. Seine Examensarbeit über die Gebrochenheit des Helden im Italo-Western hatte sie nicht nur korrigiert – die meisten Thesen darin stammten von ihr. Beide hatten sie Germanistik studiert, sein Schwerpunkt war Theater/Medien gewesen, ihrer Linguistik. Gemeinsam wollten sie später an Filmprojekten arbeiten. Gemeinsam die deutsche Filmindustrie aufrollen. Aus und vorbei. Nach Hause wollte sie aber noch nicht. So leicht gab sie nicht auf. Sollte er doch sehen, wo er ohne sie blieb. Sie zog ihren Drehbuchkurs wie geplant durch. Den Campus der UCLA hatte sie sich gestern schon angeschaut. In zwei Tagen fing der Kurs an, den ein ziemlich bekannter Drehbuchautor leitete und an dessen Abschluß ein selbstverfaßtes Script stehen sollte.

Gestern nacht, im Belle Bleue Inn in Santa Monica, war ihr auch die rettende Idee gekommen, wie sie den Winter finanziell überstehen könnte. Ein Hotel war ja auf Dauer zu teuer, aber ihr fiel ein, daß ein Freund ihrer Mutter hier lebte: Gunter Horstmann. Die beiden hatten in den Spätsechzigern zusammen Happenings organisiert, und manchmal schickte er eine Karte mit schrägen Paaren, etwa Jodler auf der Alm oder Seniorentänzer in Marbella. Ein eigenwilliger Filmvisionär. Ihm war Deutschland schon vor Jahren zu eng geworden, und enttäuscht von hämischer Kritik und bürokratischen Fesseln war Horstmann dorthingezogen, wo man »den Film liebt«. In Hollywood stellte er Independent-Produktionen auf die Beine, unter deutscher Beteiligung, mit amerikanischen Schauspielern. Gerade verhandelte er mit dem Bayerischen Rundfunk über die Finanzierung seines neuen Films: *Winter in L.A.* Ein Anruf hatte genügt, und sie konnte bis zu seiner Rückkehr einen Monat in seinem Haus wohnen, sogar mietfrei.

Melanie stellte ihre Koffer in dem dunklen Flur ab und ging erst mal zum Strand. Quer über den großen leeren Parkplatz mit den weißen Markierungsstreifen. Im Sommer war sie mit Sven hiergewesen. Und hatte zwischen Hunderten von Autos geparkt. Jetzt waren die Kontrollbuden verrammelt, nur drei, vier Wagen parkten verstreut über den Platz. Frisch gebürsteter breiter Sandstreifen, Sportflugzeuge in der Luft. Melanie war unruhig. Angespannt. Sie wartete auf die Angst. Die Angst vor dem plötzlichen Alleinsein, ohne darauf vorbereitet zu sein. Bisher hatte sie ihr Leben immer gut im Griff gehabt. Durchgeplant. Trotz der Sehnsucht nach Chaos und Überraschungen. Sie hatte immer die Menschen bewundert, die es schafften, sich ihren Gefühlen hinzugeben, ohne an ein Morgen und mögliche Konsequenzen zu denken. Berg-und-Tal-Fahrt vom überschwenglichen Glück bis zum quälenden Schmerz. Ihr Leben war immer gleichmäßig verlaufen, mit nur geringen Schwankungen.

Sie setzte sich in den Sand, der von unten etwas wärmte. Melanie schloß die Augen und hörte auf das Geräusch der Wellen. In Wellen kam die Erinnerung. Svens Rechtfertigungen waren wie ein permanentes Rauschen. Die Stimme, unvergessen ihr Klang, ihre Weichheit, die verletzte, weil sie noch so präsent war. Gelber Sand, beiges Holz. Glatt poliert. Sie dachte an Holland, an den warmen Terrassenboden, auf dem sie sich geliebt hatten. Nach einem Spaziergang in den Dünen, Seite an Seite, Hand in Hand. Wie nur das Vakuum füllen? Das gleißende Licht der Sonne brannte auf ihren Lidern. Wenn sie ihr Gedächtnis doch nur auslöschen könnte. In jedem Gesicht würde sie den Anklang an seines suchen, in jedem Satz die Ähnlichkeit mit seinen Gedanken. Wasser, das den Krug füllte, Tropfen, Tröpfchen, versiegende Quelle, das Glas brach in tausend Scherben, und eine grinsende Fratze schien hindurch.

Melanie schüttelte sich und versuchte, die düsteren Gedanken abzuwerfen. Heute abend fing sie schon mal mit den ersten Vorarbeiten zu ihrem Drehbuch an. Eine Ablenkung, eine Aufgabe. Ein Weg, um Sven zu vergessen.

220 Yucca Street

Keine Anrufe während seiner Abwesenheit. Die Null der Digitalanzeige starrte ihn an. Carl stellte die Einkaufstüte ab und setzte Wasser für Kaffee auf. Kolumbianische Bohnen, frisch gemahlen. Er zog die Glasschiebetür auf, trat auf den Balkon. Smogluft und Lärm schlugen ihm entgegen. Hoffentlich bekam er morgen wieder ein Casting. Neues Spiel, neues Glück. Sollte er selber die Agentur anrufen? Besser nicht, er wollte sich nicht aufdrängen. Stärke zeigen, Unabhängigkeit. Jeden Tag eine Facette des Reichtums der eigenen Persönlichkeit ausprobieren. Eine trotzige Kraft, die aus der Enttäuschung erwachsen war. Seit er in L.A. war, klappte nichts mehr in seinem Leben. Auf der Schauspielschule war er einer der besten gewesen. Auch vorher schon, als er noch dem Vater zuliebe die Maurerlehre absolviert hatte, ging ihm alles leicht von der Hand. Tagsüber scherzte er mit den Kollegen auf der Baustelle, nachts vertiefte er sich in abendländische Dramen. Auf seine Initiative hin wurde die erste freie Theatergruppe in Eckernförde gegründet, die sogar zu einem Gastspiel nach Tokio eingeladen worden war. Er engagierte sich für Projekte gegen das Robbensterben, er ging mit auf die Demos seiner Schule. Für sich allein spielte Carl nächtelang auf seiner Gitarre, mit einer Decke über dem Kopf, damit seine Eltern nicht aufwachten. Still und zäh und eigensinnig. Als er die Aufnahmeprüfung an der Schauspielschule in München bestand, schien sein Weg klar. Hollywood leuchtete am Ende des

Tunnels, der krönende Abschluß seiner Bemühungen. Doch jetzt war er schon länger als ein Jahr hier, und nichts war bisher passiert. Er hielt sich mit unterbezahlten Jobs über Wasser, er arbeitete an seinem Akzent, er lief von Casting zu Casting. Vergebens.

Das Brot aus der Plastiktüte bestand nur aus Luft. Wie zur Bestätigung drückte er das Paket flach zusammen. Er schmierte sich fünf Scheiben mit Philadelphiakäse, ohne Butter, und schichtete sie auf ein Holzbrett. Im Schneidersitz hockte er sich auf den grauen Teppich, schlug die erste Seite des *Hollywood Reporters* auf und fing an zu lesen. Die Verleihung der Emmys. Jason Priestley soll besonders klein ausgesehen haben neben Cindy Crawford. Geschieht ihm recht, war eh ein blöder Wichser. Aber die Crawford würde er gern mal treffen. Süß, der Mund. Jason, Cindy – die Emmys waren so weit weg, so irreal. Er würde nie einen bekommen, geschweige denn einen Oscar. Aber zu einer kleinen Nebenrolle müßte es doch reichen. Mehr wollte er nicht, mehr wagte er gar nicht mehr zu träumen. Heruntergeschraubt waren seine Erwartungen, fast gen Null schon. Nur so weit, daß er ganz aufgab, war er noch nicht.

Kauend las Carl jede Zeile, jede Seite. You bet your life. Anzeigen für einen Film mit Meryl Streep. Das war eine tolle Schauspielerin. Videoverleih mit den neuesten Hits. Spielberg. Business, die Börsenkurse der Fernsehsender, die Musikcharts. Die Filmkritiken, die Werbeseiten, die Umsätze der Kinokassen. Aufmerksam studierte er die Mitteilungen über Filme, die gerade in Produktion waren. Diese Woche 76. Columbia machte einen Film mit Jean-Claude Van Damme und einen mit Nick Nolte. Hollywood Pictures hatte Melanie Griffith verpflichtet, MGM drehte mit Roberto Begnini. Ein Italiener in Hollywood. Sie könnten doch mal einen Deutschen promoten, das wäre nur fair. Dieses verdammte Studiosystem. Biste nix, bekommste nix. Paramount, TriStar Pictures, Twentieth Century Fox, Universal Pictures, Warner Bros. Keine Chance hatte er bei den Großen.

Nur Stars wurden gebucht. Jetzt kamen die Independent-Produktionen. Vielleicht konnte er sich irgendwo noch vorstellen, für eine kleine klitzekleine Nebenrolle. Filme in Preproduction, in Vorbereitung. Nur Namen, ohne Inhaltsangabe. Er kannte keinen der Leute. Jetzt die Rubrik ausländische Produktionen. Vielleicht kam ein deutscher Film in Frage. Da war einer: Wim Wenders, *Far Away, So Close – In Weiter Ferne So Nah*. Ein Road Movie. Scheiße, Drehort war Berlin. Zu weit weg, dafür würden sie ihn nicht einfliegen. Blieb nur Fernsehen.

Carl las alle Absätze, alle Namen, alle Telefonnummern. Nur um sich zu beschäftigen. Er mußte sich schließlich informieren. Das Telefon lag vor ihm. Griffbereit. Aber es klingelte nicht.

7500 Hollywood Boulevard

»Drei Schritte. Ich sage etwas. Du wiederholst es, ich muß wieder darauf reagieren. Jeder zehn Sätze. Mindestens.«

Nikita nickte. Eliot saß ihr gegenüber. Ein Mitschüler ihrer Schauspielklasse. Eliot war ein bläßlicher Typ mit krausem Lockenkopf und Nickelbrille, leicht verklemmt, aber im Einstudieren von Rollen absolut genial. Sie bewunderte ihn für seine Kenntnis der klassischen Dramen. Amüsierte sich königlich, wenn er auf englisch Schiller rezitierte. Natürlich schwärmte Elliot heimlich für sie, was den Vorteil hatte, daß er immer sofort bereit war, mit ihr zu proben. Heute war es eine Übung in der Meissner-Technik. Die grünen Regiestühle standen in der Mitte ihres Zimmers.

»Du hast letzte Woche Sushi gegessen.«

»Ich habe letzte Woche Sushi gegessen?« fragte ihn Nikita mit einem Stirnrunzeln.

»Du hast letzte Woche Sushi gegessen«, wiederholte er.

»Ja, habe ich wirklich.«

»Das darfst du nicht sagen. Du mußt durch eine entsprechende Tonlage deiner Wiederholung die Antwort geben. Hast du noch nie Meissner gemacht?«

»Nein, aber ich hab's jetzt verstanden.« Sie setzte sich kerzengerade, warf ihre Locken über die Schultern nach hinten und atmete tief durch. Ihr Brustkorb wölbte sich stark vor. »Fang noch mal an.«

»Du regst dich darüber auf, daß du den Job nicht bekommen hast.«

»Ich rege mich darüber auf, daß ich den Job nicht bekommen habe?« Kopf zur Seite. Gespieltes Staunen. Den Part in der Familienserie hatte sie so gut wie sicher. Nur eine Konkurrentin war noch im Rennen. In etwa zwei Wochen kam die Entscheidung.

»Du regst dich darüber auf, daß du den Job nicht bekommen hast.«

»Okay, ich rege mich darüber auf, daß ich den Job nicht bekommen habe.« Mit fester Stimme. »Jetzt ich.« Sie machte eine kurze Pause. Was war für Eliot unwahrscheinlich? »Du hattest gestern eine heiße Nacht.«

»Ich hatte gestern eine heiße Nacht?« Er lächelte.

»Du hattest gestern eine heiße Nacht«, wiederholte sie.

»Ich hatte gestern eine heiße Nacht.«

»Manchmal siehst du wie Jesus aus.«

»Manchmal sehe ich wie Jesus aus.«

»Das glaubst du mir wohl nicht.«

»Das glaube ich dir wohl nicht?«

»Genau. Du nimmst das nicht ernst.«

»Ich nehme das nicht ernst.«

»Jetzt wirst du monoton.«

»Ich werde monoton?«

»Was?«

»Was?«

»Du hast mich genau verstanden.«

»Ich habe dich genau verstanden?«

»Du hast mich genau verstanden.«

»Ich habe dich genau verstanden.«

»Hör auf damit.«

»Ich höre auf damit.«

»Du ißt deine Popel manchmal.«

Eliot wurde rot. Er zögerte. »Ich esse meine Popel manchmal.«

»Oh, jetzt habe ich dich aber verlegen gemacht«, sagte sie schadenfroh.

»Jetzt hast du mich aber verlegen gemacht.« Er war wieder gefaßt.«

»Jetzt habe ich dich verlegen gemacht.«

»Du hast mich verlegen gemacht.«

»Du würdest gern mit Mary ins Bett gehen.«

»Ich würde gern mit Mary ins Bett gehen?« Das Rot flammte wieder auf.

»Oh, es stimmt also.«

Eliot antwortete nicht, rückte nur seine Nickelbrille zurecht.

»Hey, du mußt doch sagen, es stimmt also.«

»Es stimmt also«, gab er zu.

»Du bist ganz schön verklemmt.«

»Ich bin ganz schön verklemmt?«

»Ja, bist du.« Triumphierend.

»Ja, bin ich.«

»Sei verletzlich.«

»Sei verletzlich.«

»Sei du verletzlich, habe ich gesagt.«

»Ich bin verletzlich«, sagte er und schaute auf den Boden.

Das Spiel machte Nikita Spaß. Ein Spiel mit seinen Gefühlen. Wie weit könnte sie gehen? Wie weit seine Schamgrenze verletzen? Männer waren doch Weicheier.

»Laß uns ins Schlafzimmer gehen.«

»Laß uns ins Schlafzimmer gehen.«

»Das würdest du wirklich gern?«

»Frag mich das nicht.«

»Weich mir nicht aus. Du mußt doch wiederholen, was ich gesagt habe.« Sie hatte ihn in der Hand. Sie hatte ihn wirklich in der Hand. Butterweich war er. Sie mußte nur noch zudrücken.

»Was hast du gesagt?« fragte er.
»Was ich gesagt habe?«
»Was du gesagt hast, genau.« Er wurde wütend.
»Was ich gesagt habe?« Sie schaute ihn verführerisch an.
»Ja, verdammt noch mal. Was du gesagt hast.«
»Was ich gesagt habe?«
Eliot lehnte sich zurück. Er sah plötzlich müde aus.
»Laß uns aufhören.«
»Laß uns aufhören.«
»Ich meine es. Laß uns aufhören.«
»Laß uns aufhören.«
»Äff mich nicht nach. Es ist vorbei.«
»Es ist vorbei.«
»O mein Gott.« Er stand auf.
»O mein Gott.« Sie blieb sitzen und schlug die Beine übereinander.
»Ich gehe jetzt.«
»Du gehst jetzt.«
Eliot griff seine Jacke und ging wortlos aus der Wohnung. Nikita suchte lachend nach dem Telefon. So ein Idiot, dieser Eliot, ein harmloser Idiot. Obwohl sie ihn wirklich gern mochte. Was konnte sie dafür, wenn er die Dramaturgie nicht durchhielt? Daß er so erschrocken reagierte, zeigt doch nur, daß sie verstanden hatte, worum es ging. Meissner. Da war der Hörer, auf dem Rand des Waschbeckens. Sie mußte sofort ihre Freundin Mary anrufen und von der Übung erzählen. Von dem gewonnenen Spiel. Und daß Eliot insgeheim davon träumte, mit ihr ins Bett zu gehen.

150 Wadsworth Avenue

Melanie hörte auf das leise Surren des Computers. Seit einer Stunde saß sie schon davor und starrte auf das blaue Rechteck. Manchmal tippte sie ein paar Worte, dann drückte sie wieder die Delete-Taste. Friß den Text und stirb. Nichts war wichtig, nichts war es wert, verewigt zu werden, die Watte in ihrem Kopf war dicht und nicht mit Sprache zu durchdringen. Komisch, daß der Bildschirm-Hintergrund blau war und nicht schwarz oder weiß. Den Laptop hatte sie sich von ihrer Mutter geborgt, die ihn nicht mehr brauchte, ein schwerfälliger DOS-Rechner von Compaq. Weiß auf Blau zu schreiben, das klang nach Hoffnung, und die Linien waren wie die Streifen, die ein Flugzeug am Horizont des blauen Himmels hinterließ. Sie mußte nur den ersten Widerstand überwinden, dann würde es gehen, dann würden die Worte kommen, so war es immer. Sturz von den Klippen, hinein in ihre eigene Tiefe, in der sie sich verlieren wollte. Eine dunkle Treppe, mit Spinnweben verhangen, ein Ort der längst verlassen war – von ihr verlassen. Tarkowskis Bild des umfallenden Milchglases, das auf dem Boden zersprang. In einem sterilen Raum wie diesem hier, sparsam eingerichtet, ein Bett, ein Stuhl, ein Tisch. Raum der Phantasie, weit weg von der Sonne, Raum der Kunst, in dem ihr Schmerz eine andere Bedeutung bekam.

Im Sommer hatte sie Sven nach L.A. begleitet, hatte mit ihm seine Wohnung eingerichtet, mit ihm zusammen den Hyundai gekauft. Zwei Monate lagen zwischen ihrer Abreise und der erneuten Ankunft. Zwei Monate nur. Sven hatte sich völlig verändert. Eine nervöse Hektik lag in seinen Bewegungen, eine unerklärliche Unruhe. Distanz und Härte. Was hatte die Stadt in nur so kurzer Zeit aus ihm gemacht. Das harte Filmgeschäft, grausame Einzelkämpfer, die um Aufmerksamkeit buhlten, schön getarnt unter dem Deckmantel der Professionalität. L.A. – zwei Buchstaben, die ihr bisher viel bedeutet hatten. Leuchtende Anziehung. Lernen und arbeiten. Liebe in Amerika. Nein, das war Svens Legende, L.A., »Legende des Anderen«. Ach, sie dachte schon wieder in den Symbolismen der Akademiker, die ganze Semiotik, Lacans psychologische Deutungen, Derridas Filmtheorie, Baudrillards Thesen zur Simulation, soviel Wust war da zusammengekommen, stritt im Kopf um die Vorherrschaft, löste sich auf in Sprachlosigkeit. Die muffigen Bibliotheken, die endlosen Diskussionen, lebensfernen Entwürfe, unbedeutenden Seminararbeiten. Und dagegen strahlte die Idee des Rousseauschen Naturkindes, das ohne Bücher schlau wird.

Für Sven hatte der Weg unwillkürlich hierher geführt. Er wollte vor allem das Handwerk lernen. Im Olymp der Könner strahlen. Das mochte für ihn reizvoll sein, aber machte es wirklich Sinn, daß *sie* hier war? In seiner Stadt, in der er überall präsent war, an jeder Ecke auftauchen konnte, in jedem Auto sitzen?

Doch selbst wenn sie wegfuhr, die Entfernung war nur räumlich. Vor den Gedanken an ihn konnte sie nicht fliehen. Die Wüste, in der sie mit ihm zusammen gewesen war, die Straßen mit den Motels, der Indioshop, wo er ihr die Datteln gekauft hatte, die Baracken der mexikanischen Landarbeiter, die Eisenbahnlinie, die kleinen Vorgärten der amerikanischen Mittelstandshäuser – diese ganzen Bilder, die sie auf der Fahrt in gleich welche Richtung sehen würde, waren alles Bilder, die sie so oder ähnlich mit ihm zusammen gesehen hatte. Mit ihm geteilt hatte. Im Rückspiegel würde sie bei jedem Blick seinen Augen begegnen. Nein, wegfahren ging nicht. Sie mußte den Schmerz durchstehen. In dem blauen Strandhaus in Santa Monica, das genauso aussah, wie sie sich ein Domizil in L.A. vorgestellt hatte. Die Hülle, das Äußere, war Wirklichkeit geworden. Nur das Leben darin, hinter der Fassade, war ein anderes. Am besten träumte sie sich hinein in ein anderes Szenarium. In eine Geschichte, die ihr gefiel. Die genau hier spielte, in Santa Monica, oder ein Stück weiter, an der Promenade in Venice: ein paar Freaks, die surfen gingen, ein Mädchen, das an einem der Klamottenstände arbeitete, der Parkplatzwächter, bei dem ein abgestürzter Modeltyp wohnte, eine Liebesgeschichte im ersten Stock über dem Café mit den Fischernetzen.

Melanie legte ihre Finger auf die Tastatur des Computers. Über die Klippe hinweg, den kleinen Widerstand überwinden, Buchstaben, die sich formten zu Worten, zu Sätzen, zu einer Geschichte.

Manche mögen's heiß
[November 9th]

Los Angeles International Airport
»Na, Alter, war's gut in Ohio?«

Thorsten klopfte André auf die Schulter und nahm ihm eine der Taschen ab. Sie gingen zum Ausgang. American Airlines Terminal. Am Gehweg hielt ein Bus von Avis. Kunden einsammeln, Kunden ködern, auf zum eigenen Parkplatz mit den Mietkutschen. Avis fuhr ab, Hertz hielt, National Car wartete.

»Die letzten zwei Wochen hatten wir durchgehend Nachtdreh«, erzählte André. Zwei tiefschwarze Strähnen fielen ihm in die Stirn. Unwillig strich er sie weg. Er hatte dickes, volles Haar, das trotz Unmengen an Gel extrem widerspenstig war. In der Punkzeit waren die anderen Jungs aus seiner Clique neidisch auf seinen natürlichen Wild Look gewesen. Heute paßte das ungewollt Ungekämmte in den Retro Look, und auch wenn er immer noch nicht wußte, wie er Kurt Cobain fand, sagten ihm die Mädchen, daß er verdammte Ähnlichkeiten mit ihm hatte. Kurt in dunkel.

»Hundert Leute am Set, schwierige Fahrten, Explosionen. Du kannst dir ja vorstellen, wie anstrengend das war. Aber der Director of Photography war exzellent. So einen D.P. brauchen wir unbedingt für Gunters Film. Auch die Lichtleute waren gut. Mit einem Budget von zehn Millionen Dollar kann man schon ein bißchen zaubern.«

»Wann gibt's den Rohschnitt?« fragte Thorsten.

»Keine Ahnung. Wir drehen noch ein paar Szenen hier im Studio, da mache ich Second Unit. Vielleicht brauche ich dich dazu. Der zweite Assi mußte nach Miami für eine Seriengeschichte.«

»Zeit hätte ich. Die South-Central-Reportage für RTL ist durch.«

»Und? Zufrieden?« fragte André, der seit Jahren Thorstens großes Vorbild war. Thorsten hatte eine Lehre als Elektriker absolviert und dann bei einem Porträtfotografen gejobbt. Alles, was er über Kameratechnik wußte, hatte André ihm gezeigt. Freiwillige Privatstunden. Und André mochte es, sein technisches Wissen weiterzugeben. Thorsten war nicht nur sein fester Assistent, sondern auch sein bester Freund. Ein eingespieltes Team. Kürzlich hatte Thorsten angefangen, für das deutsche Fernsehen kleine Beiträge zu drehen. Die South-Central-Reportage war sein erstes größeres Stück.

»War ziemlich bitter da unten. Ganze Ecken sind bei den Riots abgebrannt. Sieht auch nicht so aus, als ob das wieder aufgebaut würde. Wir sind rumgelaufen und haben wie verrückt Interviews mit den Leuten gemacht. In der Bearbeitung gab es einige Probleme mit der zweiten Spur. Doch nachdem Farun und ich da ewig rumgefummelt haben, stimmt auch der Ton endlich. Ich habe oben eine Kopie. Schau's dir an.«

Lange Schlange an der Ausfahrt des Parkhauses. André nahm seine Sonnenbrille ab, rieb sich die Augen, blinzelte gegen das helle Licht. Der Job in Ohio war eine wichtige Sache gewesen, Camera Operator bei einem Actionfilm mit Staraufgebot. Damit hatte er mehrere Stufen der Karriereleiter auf einmal genommen. Der ursprünglich gebuchte Mann war krank geworden, und einer der Executive Producers hatte André als Ersatz vorgeschlagen. Sie kannten sich von Gunters letztem Film. Gunters Projekte waren immer kleiner gewesen, beschaulicher. Mit Freunden, mit deutschen Technikern.

Als André das erste Mal für ihn arbeitete, war Gunter Horstmann noch Dozent an der Filmhochschule in München. Kam in Turnschuhen und Lederjacke ins Seminar. Sagte, man solle alles vergessen, was man bisher über Bildsprache gelernt hatte. Er war Anhänger völlig unkonventioneller Arbeitsweisen. Schnelle Handkamera. Schwenken statt schneiden. Sie machten zusammen einen Kurzfilm mit dem Titel *Timothy oder das lange Schweigen*. Sexueller Mißbrauch, Verdrängung, Schuld. Ohne Dialoge, ohne ein einziges Wort, nur Blicke. Der 15-Minuten-Film gewann drei Preise auf internationalen Festivals, und seitdem hatte André an der Schule eine Sonderstellung, alle Studenten wollten nur mit ihm drehen, sein Name war Garant für die Bewilligung von Budgets. Er, der bisher nur Super-8-Filmchen gedreht hatte, irgendwelche Animationssequenzen wie wilde Indianerkämpfe mit Knetfiguren.

André zündete sich eine Benson an und kurbelte das Fenster herunter. Endlich waren sie am Kontrollpunkt der Ausfahrt. Thorsten steckte sein Ticket in den Schlitz. Drei Dollar. Sie fuhren in die Straßenschleife um den Terminal. Helles Sonnenlicht schien auf den Asphalt. Brücken, grüne Schilder, rote. Return.

»Was macht Claudia?« fragte Thorsten. »Wollte sie nicht mit diesmal?«

»Eigentlich schon, aber sie steckt ziemlich tief drin in ihrer Ausbildung als Cutterin. Ist ja auch wichtig, daß sie die zu Ende macht. Schau mal, ich bin auch einfach abgehauen, weil mein Job das erforderte. Obwohl wir jetzt diese neue Wohnung haben und ich noch nicht mal meinen Kram ausgepackt habe. Claudia war ganz schön sauer. Aber es kann schon sein, daß es auch für sie irgendwann angebracht ist, nach L.A. zu kommen. Dann sind wir mit Tanja zusammen ein richtiges Quartett der Filmschaffenden.«

»Bube Erfolg, König Kino und zwei Damen für die Liebe dazwischen?«

»So ungefähr. Und deine Herzdame? Wie geht's Tanja?« Sie wohnten zu dritt in dem mexikanischen Haus in den Hügeln, und immer wenn er nach L.A. kam, versuchte er, alles im Schnellverfahren nachzuholen, was er verpaßt hatte.

»Sunbird Productions hat jetzt eine eigene Castingabteilung, die Tom leitet. Tanja ist seine Assistentin. Sie hat wahnsinnig viel zu tun, und ich bekomme sie kaum noch zu Gesicht.«

André schnippte die Asche aus dem offenen Fenster.

»Hey, paß auf, daß sie dich nicht wegen littering drankriegen.« Thorsten lachte. »Just kidding.«

Hyatt, Marriot, Hilton: die Airporthotels zwischen Bürohäusern. Sie bogen in den La Cienega Boulevard ein.

»Sie hat übrigens für nachher eine Welcome-Party für dich organisiert. Barbecue im Garten. Wie lange bleibst du überhaupt?« fragte Thorsten.

»Keine Ahnung. Hängt von der Arbeit ab.«

Die Straße wurde schmaler, stieg an. In Kurven über den südlichen Hügel. Braune Grasstoppel auf dem unbebauten Gelände. Baldwin Hills. Der schwarze Prediger auf dem Hügel. Gehe hin und verkünde es vom Berge. Großformatige Werbetafeln. Eine blonde Frau im Bikini. Die Abstände zwischen den flachen Bauten schrumpften. Braun, beige, grau. Sie erreichten die Ausläufer von West-L.A., Fangarme schmutziger Stadtwucherung. Er war wieder zurück. Zurück in seiner Stadt. Ein paar Tage hatte er frei, bevor die Arbeit im Studio begann. Er konnte an den Strand fahren, joggen gehen, mit dem Motorrad in die Wüste knattern. Kraft tanken für die Arbeit hinter der Kamera.

Sie passierten den 10er Freeway. Da waren sie, die Hollywood Hills. Schwache Konturen, die aus dem Dunst emporragten, klarer wurden, je näher sie herankamen. André hielt Zeigefinger und Daumen als ein Rechteck vor die Augen und schaute durch. Keine gute Einstellung, zu flach, ohne Tiefenschärfe. Die Ankunft nach L.A. mußte man vom 405er aus filmen. Von den nördlichen Hügeln hinunter zu dem Schachbrettmuster der Stadt. Hineingleiten in die Weitläufigkeit.

Venice Beach

Tock, tock, tock und Wurf. Der Ball prallte an dem Eisenring ab. Sie liefen zurück. Action. Schwarze Haut, muskulöse Arme, Trägershirts. Grün mit Gelb abgesetzt, Blau mit weißer Schrift: Silk 32. Rasierte Schädel. Hände in die Hüften. I'm cool like that. Neun Schwarze und ein Weißer spielten Basketball. Venice pur. Musik aus dem Ghettoblaster. Harter Rap. Reebok, Nike, just do it. Federnd über den Asphalt, hin und her, Wurf, dribbeln, Wurf, und rein in den Korb. Yeah, man. Schlag auf die Handfläche. Fingerhakeln, feucht, heiß, und auseinander. Zurück zum Kreis. I like it. Hinter dem Eisenzaun lag der Strand. Sommersonnensport. Auch im Winter.

Melanie saß auf den Steinstufen der Tribüne, sie gönnte sich eine Arbeitspause vom Schreiben. Drei Wochen besuchte sie schon den Drehbuchkurs an der UCLA. Viel Handwerk, wenig Inspiration. Die holte sie sich lieber hier. Ihre Geschichte spielte schließlich am Venice Beach. Wenn der Surftyp nicht surfte, spielte er Basketball. So wie der Weiße dort. Er schien die schwarzen Jungs gut zu kennen, sie akzeptierten ihn als einzigen in ihrem angestammten Territorium. Selten genug. Seine dunklen langen Haare waren zu einem Pferdeschwanz zusammengebunden. Weites, buntes T-Shirt über einer ausgefransten Jeansshorts. Sein Gesicht war sehr schmal, edle Züge, eine lange, aristokratische Nase. War er Grieche? Franzose? Konzentriert, ohne zu lächeln, fixierte er den Ball, federnd näherte er sich ihm, griff, probierte, taxierte, gab ab, deckte, blockte. Er konnte wirklich gut spielen. Athletisch, anziehend.

Venice und Sport waren untrennbar miteinander verwoben. Eine Einheit, die Melanie ebenfalls als solche begriff. Sie wohnte hier, also joggte sie morgens am Strand. Sie gehörte dazu, also glitt auch sie mit ihren Blades den sich parallel zum Ufer schlängelnden Asphaltweg entlang. Nur das Ballspiel fehlte. Doch Mädchen hatte sie noch nie an den Körben gesehen. Dann schon eher auf den eingezäunten Badmintonplätzen neben dem

Basketballcourt. Der Kult um den perfekten Körper, Amerika als Muskelpaket, Sylvester und Arnold und das Stemmen als personifizierte Kraft. Hauptsache, das Äußere stimmte.

Stereo MCs. Die andere Mannschaft warf einen Korb. Ein paar Zuschauer klatschten. Der Weiße lief geduckt um zwei Schwarze herum, sprang schnell vor den einen und fing den Ball. Arme hoch, runter und Abwurf an einen Langen aus seiner Mannschaft. Der Fänger sprang und drückte den Ball in den Korb. Get up. Und Rückzug. Let the music take control. Wohnte er hier unten am Beach? Geschmeidiges Laufen. Feste braungebrannte Waden, keine Socken in den flachen Stoffturnschuhen. Converse, All Stars. Er konnte nicht älter als 23 oder 24 sein. Cool, rock, steady. Eine mögliche Figur für ihr Drehbuch. Obwohl sie ihn dann näher kennenlernen mußte, eine Charakterstudie anfertigen, seine Gestik beobachteten. Ein weißer Basketballspieler. Vielleicht der beste Freund von dem Surftyp.

Erstaunlich, wie schnell sie sich in L.A. eingerichtet hatte. An Sven dachte sie nicht mehr oft. Der Schmerz war zwar noch da, doch Sonne, Sport und Schreiben lagen wie eine lindernde Schicht darüber. Gut, daß sie ihm nicht begegnete. Er hatte keine Ahnung, wo sie war. Und bei der Barbecue-Party, auf die sie heute abend ging, war er bestimmt nicht eingeladen. Freunde von Gunter Horstmann. Der Regisseur hatte ihr ein nettes Fax geschickt, seine Ankunft für nächste Woche avisiert, die Einladung zur Party angeheftet. Deutsche in Hollywood. Eine richtige Clique soll das sein. Nett von dem Horstmann, daß er sie da reinbringen wollte.

Die Hitze hatte etwas Irreales. November in L.A. Die Spieler waren klitschnaß. Schweißperlen auf der Stirn, auf den Schultern, unter dem Arm, in den Kniekehlen. Mit federnden Schritten gegen den Gegner. Saxophonsolo, Rap, und Korb. Zwei Kids pfiffen anerkennend. Weich sprang der orangefarbene Ball auf den grauschwarzen Boden. Tock, tock, tock. Devotion.

Santa Monica Boulevard

I'm not perfect. Beirut. Savage Limbo. MA – Murderers Anonymous. Carl stand auf der Nordseite des Santa Monica Boulevards und las die Titel der Theaterstücke, die an dem Haus gegenüber angeschlagen waren. Oben war der Schriftzug »The Complex« angebracht, großkotzig, als gäbe es keine andere Theaterszene als diese. Drei türkisfarbene Torbögen, ein blauer, ein schwarzer, darüber eine Reihe kleiner Fabrikfenster mit Eisenverstrebungen. Von innen war das Glas mit weißer Farbe bemalt, einige Scheiben hatten Sprünge. Der Off-Theater-Komplex. Unter den Bögen waren die separaten Eingänge zu den kleinen Bühnen, manche hatten eigene Abendkassen. Bunt, frei, engagiert. Sein Agent hatte ihm geraten, in einem Stück mitzuspielen. Für die Aufzählung der Credits, der Erfahrungen, auf seiner Fotokarte. Beim Off-Theater zahlten sie nicht. Gar nichts. Nicht einmal Gewerkschaftsmitglieder bekamen eine Gage für die Vorstellungen, nur in Ausnahmefällen, und dann maximal fünf Dollar pro Abend. Er war nicht in der SAG, der Screen Actors Guild. Also brachte es finanziell nichts. Nur experience. Die er eigentlich zur Genüge hatte. Bei der freien Theatergruppe in Eckernförde hatte er bei sämtlichen Stücken die Hauptrolle gespielt. Da wurden wenigstens die Eintrittsgelder des Abends am Ende durch die Ensemblemitglieder geteilt. Na schön.

Carl stieg die dunkle Treppe hinauf. Ein Schwarzer mit hochgezogener enger Jogginghose und weit ausgeschnittenem Trägerhemd kam ihm entgegen. Vermutlich ein Tänzer.

»Hi, my love.« Die Hand locker nach hinten geknickt.

»Hi«, antwortete Carl heiser. Sein erstes Wort heute.

Der Bühneneingang war geschlossen. Carl klopfe an die Nebentür. No entry. Eine Frau in Sonnenblumenleggings und weitem Männerhemd öffnete ihm.

»Carl? I'm Ewa. Mit w, wie in wow. Come in.«

Ihre kurzen Stoppelhaare waren wasserstoffblond, und sie sah nicht amerikanisch aus. Weder die Augen, die weit auseinander standen, noch die Zähne: Amerikaner hatten meistens diese bemüht perfekten Perlenreihen, Ewas Zähne dagegen waren schief und krumm. War wohl ein Zeichen von Kreativität. Carl biß kurz auf seine Unterlippe. Experience, er sammelte experience. Sie gingen unter der Zuschauertribüne entlang, Eisenstäbe kreuzten sich über ihren Köpfen. Die kaum erhöhte Bühne war mit zwei Strahlern beleuchtet, deren Lichtkegel beide auf einen Holzstuhl gerichtet waren. Schlichte Kargheit. Das Wesentliche. Theater war die Dramatik des Raumes.

In der ersten Reihe saßen zwei Frauen, über ein Script gebeugt. Ewa erklärte ihm, daß er den Sohn von der älteren spielen sollte. Die andere war seine Schwester. Ein Familienstück. Ein feministisches Stück. Er war der Mann, den sie beide haßten. Der Macho. Ein Vergewaltiger. Am Ende brachten Mutter und Schwester ihn gemeinsam um.

»And you?« fragte Carl schüchtern.

»Me? I'm the director.« Ewa gab ihm einen Auszug aus dem Stück. »Du setzt dich auf den Stuhl. Lies es kurz für dich, dann laut für uns. Denk dran, daß du keine sympathische Figur bist. Mitleid darf nicht entstehen.«

Carl studierte die Passage, die er lesen sollte. Der Typ war ein richtiger Frauenverachter. Beleidigungen, Verletzungen. Wie gemein er zu den Frauen war. Verständlich, daß sie sich rächten. Carl räusperte sich. Drei Augenpaare richteten sich auf ihn. Drei Frauen fixierten ihn. Laserstrahlen untergründiger Verachtung. Carl begann zu sprechen. Und indem er sprach, wurde er zum Opfer. Ein Lamm, das sich dem Schlachter freiwillig auslieferte. Rituelle Opfergaben auf der Bühne. Dickflüssiges Blut sickerte langsam durch den Stoff seines Jeanshemdes.

Santa Monica Boulevard

Laut singend fuhr Nikita in ihrem alten Ford Convertible den Santa Monica Boulevard nach Westen. Der Sonne entgegen, dem King's Road Café entgegen. This is how you feel. Sie kam von dem zweiten callback für die Familienserie. Links der Hollywood Memorial Park, Cemetery. Eine Gruppe japanischer Touristen hatte sich vor dem Eingang versammelt. Lag Marilyn eigentlich hier? Die Ampel schaltete auf Rot. Some like it hot. Im Radio kam Werbung für Budweiser. Nikita suchte einen anderen Sender. KISS FM, wo war der noch gleich, ah, da. Rock it. Nirvana. Jim's back again. Der Regisseur war von ihr begeistert gewesen. How do you see the part? Na, das konnte sie ihm ja wohl erzählen. No problem. Wenn *er* nicht wußte, was das für ein Charakter war, *sie* wußte es. Vine Ave, Cahuenga, Cole. Da waren diese kleinen Off-Theater mit den bunten Türen. Puh, Bühnenarbeit, das wäre nichts für sie. Allein die ganzen Texte auswendig lernen. Gräßlich. Sie vergaß bestimmt immer die Hälfte. Und dann jeden Abend das gleiche spielen. Der Broadway, das war etwas anderes. Dazu ließe sie sich überreden. Vielleicht später, wenn sie genug Filme gemacht hatte. For a change. Aber in Los Angeles Theater – wie albern.

Da war La Brea. Sie bog ab, fuhr bis zum Beverly Boulevard nach Süden. Ihre Freundin Mary war bestimmt schon im King's. Vor ihr ein Jeep, auf dessen Nummernschild »actor« stand. So ein Spinner. Entweder man war Schauspieler, und zwar erkennbar für jeden, oder eben nicht. Fairfax, noch ein paar Blocks. Am Straßenende der große braune Klotz des Beverly Centers. Sie könnte nachher auf einen Sprung in das Dessousgeschäft gehen. Vor dem Treffen mit William. Aufreizende Details. Sie sollte zu ihm kommen, in sein Haus in West Hollywood. Morgen flog William für ein paar Tage nach New York, zum Shooting für die neue Levi's-Werbung. Sie fand es mutig von den Levi's-Leuten, daß sie einen Schwarzen dafür buchten. Aber vielleicht wurde die Anzeige auch nicht amerikaweit plakatiert. Nikita parkte ihren Ford auf dem Platz neben dem Einrichtungsladen. Only customers. Und wenn schon, prüfte bestimmt niemand nach.

Mary saß mit Eliot in der Sonne vor dem Café. Eliot hatte ihr nach dem Eklat bei der Meissner-Übung natürlich verziehen.

Schon am nächsten Tag vor dem Unterricht. Zu dritt waren sie nach der Schule noch einen Salat essen gegangen, und Nikita war derart nett zu Eliot gewesen, daß Mary ihr ein paarmal mit dem Fuß gegen das Schienbein getreten hatte. Wo Grenzen lagen, war doch immer wieder spannend auszutesten. Die meisten Menschen waren wirklich zu verklemmt. Missionieren müßte man sie alle, ihren eingeschränkten Horizont öffnen, sie verführen, zu allem, was sie nicht einmal zu träumen wagten.

»Hi, Mary.« Küßchen. »Hi, Eliot.« Küßchen. Herzmund.

Eliot errötete. Schnell wandte er sich Mary zu. Die beiden hatten fast die gleiche Haarfarbe, ein rötliches Blond, sie sahen ein bißchen aus wie Geschwister. Mary hatte nur mehr Sommersprossen. Sie kam aus Südafrika, und ihre Eltern lebten noch dort, in Kapstadt. Ein unglaublich strahlendes Lachen. Als Model hätte sie bestimmt einen Wahnsinnserfolg. Während Nikitas Gesicht eher niedlich, fast püppchenhaft war, hatte Mary diese klassischen Züge, die in der Kosmetikwerbung gefragt waren. Nikita versuchte immer wieder, sie zu überreden, wenigstens mal bei einer Agentur vorzusprechen, aber Mary meinte, Models wären nur bessere Prostituierte. In gewisser Weise hatte Mary damit recht. In Milano hatte Nikita die besten Jobs bekommen, als sie mit Maurizio Magnani zusammen war, der gerade als *der* angesagte Fotograf galt. Aber als bessere Hure hatte sie sich nie gesehen. Sie hatte ihn doch geliebt, auf ihre Weise, und daß er die Resultate sonntäglicher Fotosessions als Cover an *Amica* und *Goia* verkaufte, war doch okay gewesen. Es nutzte ihnen beiden. Überhaupt wurde das Modelgeschäft ihrer Meinung nach zu Unrecht angegriffen. Wenn die Leute so auf ihr Äußeres abfuhren, sollten sie doch auch dafür bezahlen. No big deal. Natürlich fand sie es jetzt besser, zusätzlich zum Aussehen noch für schauspielerische Arbeit honoriert zu werden. Aber ob sie für ein Foto die Femme fatale spielte oder in einer Filmeinstellung – da war doch kein Unterschied.

Nikita holte sich einen Stuhl von innen. Beigebraun verputzte Wände, Holztische. Sie zwinkerte einem Typen zu, den sie von der Schauspielschule kannte. Er war in dem Kurs nach ihr, ein agiler Ostküstentyp aus Chicago. Er saß gebeugt über einem Script, machte einen auf ganz wichtig – obwohl es bestimmt nur eine Szene für die Schule war. Sie setzte sich zu Mary und Eliot, zog ihren Leinenrock ein Stück hoch und streckte ihre nackten Beine in die Sonne.

»Believe it or not, ihr werdet mich vermutlich bald in *Family Matters* bewundern können.«

»Wow. Tell me all about it.«

Der Neid in Marys Augen ging Nikita runter wie Öl. Da war es wieder, dieses erhabene Gefühl, einzigartig zu sein. Sphinx der oberen Zehntausend. Galionsfigur der Massen. Kids, die auf sie zustürzten, um ein Autogramm zu erbetteln. Blitzlichtgewitter, Klatschkolumnen. Obwohl sie dann wohl nicht mehr ins King's gehen könnte. Sie würden tuscheln. Alle würden sie tuscheln. Seht mal, da ist Nikita. Niki, Nikita, Nikitita. Berühmt, begehrt. Aber sie würde noch mit Mary und Eliot befreundet sein. Normal bleiben. Girl from next door. Das kam gut, das wollten die Fans hören...

6850 Camrose Drive

Melanie zwängte sich an den parkenden Autos vorbei. Laute Jazzmusik kam von der Terrasse. Ein Haus im mexikanischen Stil, um die Jahrhundertwende gebaut, mit dunklem Patio als Vorhalle, schön ausgelegt mit Terracottafliesen. Leute am Buffet, Leute am Pool, Leute auf Klappstühlen um eine lange Tafel. Der Duft von gegrilltem Fleisch zog Melanie angenehm in die Nase. Amerikas Barbecue-Tradition. Und in Deutschland nannte man das schlicht Grillabend, der immer etwas vom spießigen Kleingartenidyll hatte. Ein Mädchen im gelben Minikleid kam auf sie zu. Halblange kleingelockte Mähne, Lipgloss. Sie war kleiner als Melanie, ihre Gestik weicher. Was für ein knalliges Gelb. Melanie trug eine beige weite Leinenhose, dazu ein weißes Hemd. Klassisch hanseatisch, Ton in Ton.

»Du mußt Melanie sein«, sagte das Mädchen in dem gelben Minikleid auf deutsch. »Gunter hat mir dich genau beschrieben. Ich bin Tanja.«

»Hallo. Schön, wieder Deutsch zu hören. Das habe ich ein bißchen vermißt in den letzten drei Wochen.«

»Warte, bis du drei Jahre hier bist. Da wird es spannend. Komm, ich stelle dich allen vor.«

Sie zog Melanie zu zwei Typen in der Nähe. Ein blonder Sunnyboy und einer mit wirren Haaren und Denkerfalte zwischen den Augen.

»Das ist Thorsten, mein Freund.« Sie gab dem Blonden einen Kuß. »Er organisiert dir erst mal was zu trinken, nicht wahr, chérie? Und dies ist Klaus. Er ist Drehbuchautor. Gunter hat erzählt, daß du auch schreibst. Wann kommt er eigentlich wieder? Wir vermissen ihn schon.«

»Nächste Woche. Dienstag oder Mittwoch. Dann werde ich mich auch nach einer neuen Bleibe umsehen müssen.«

»Oh, da kommen Tom und Esther. Entschuldigt mich einen Moment.«

Tanja winkte den Neuankömmlingen zu.

»An was für einem Script arbeitest du?« fragte Klaus.

»Ich bin noch in der Phase des Recherchierens«, sagte Melanie unverbindlich. Sie wollte nicht über ihr treatment reden. Zwar hatte sie den Handlungsbogen fertig, die Charaktere stimmten aber noch nicht. Außerdem hatte ihr Script-Writing-Teacher sie gewarnt, mit niemandem über ihre Story zu reden. Be careful, Hollywood klaut gnadenlos, jeder ist auf der Suche nach der ultimativen Idee. Versilberte Gedanken.

»Recherche ist wichtig«, sagte Klaus. »Wir müssen die Dinge genau durchleuchten, bevor wir in die Phase der Rekapitulation eintreten. Etwas zu benennen heißt, es zu zerstören, denn ein Gefühl kann niemals wirklich Wort werden, es verlöre seine Seele. Die vorsprachliche Welt ist eine viel komplexere, aufregendere Erlebniswelt als die, welche wir sprachlich fixieren können.

›Leben aus zweiter Hand‹ nenne ich die Arbeit an meinen jeweiligen Drehbüchern.«

Thorsten kam zu ihnen und drückte Melanie ein Glas Sekt in die Hand.

»Na, Klaus, mußt du dem armen Mädel gleich was über das Leben an und für sich erzählen?«

Klaus blieb ernst.

»Es geht um das Schreiben. Als Mensch der Bilder dürfte dir doch klar sein, daß du einen Vermittler brauchst, der das gesehene Bild in Sprache kodiert, damit du eine ungefähre Richtlinie für die kamerataugliche Umsetzung der subjektiv von dir erlebten Realität bekommst. Für diese Aufgabe gibt es den Autor und den Regisseur. Ohne uns könntest du gar nicht existieren.«

»Manchmal denke ich, daß ich ohne dich ganz gut auskommen würde. By the way, hast du André gesehen? Schließlich ist er heute die Hauptperson.«

»Was ist schon wichtig heutzutage... Das Stehen im Mittelpunkt des Geschehens ist eine nur vom Individuum allein erfahrene Empfindung. Vielleicht hat André das nur noch nicht erkannt?« Er trank einen Schluck und deutete mit dem Glas in Richtung des Gartenendes. »Zuletzt habe ich ihn dahinten bei den Eukalyptusbäumen gesehen. Allein. Was für meine These sprechen würde.«

Melanie beobachtete, wie Thorsten um den Pool herumging, sich kurz zu einem langhaarigen Typen hockte, der am Rand saß und mit seinen Füßen im Wasser plätscherte. Cool, rock, steady. Mit federnden Schritten gegen den Gegner. Das war ja unglaublich, da saß der Basketballspieler, den sie heute morgen in Venice gesehen hatte. Der Weiße inmitten der Schwarzen. Athletisch, anziehend.

»Und so schauen wir durch die Menschen hindurch auf der Suche nach dem Inhalt für unsere Passepartouts.«

»Was?« fragte Melanie verwirrt.

»Er heißt Farun. Das wolltest du doch wissen, oder?« Klaus bedachte sie mit einem süffisanten Lächeln.

»Ich habe ihn am Strand gesehen.« Konnte er Gedanken lesen? »Auf dem Basketballcourt.«

»Farun Baramnesik. Sein Vater ist Araber, seine Mutter Deutsche. Er lebt seit einem halben Jahr in L.A. Ist hier mit einer sündhaft teuren Kameraausrüstung angetanzt und glaubt, ihm gehört die Welt. Der Shootingstar der kleinen Berichterstattung. Sie buchen ihn, weil er sein Equipment mitbringt. Der Mensch ist, was er hat, glänzendes Gold gegen der Seele Schmerz. Willst du ihn kennenlernen?«

»Vielleicht später«, sagte Melanie schnell. Sie wollte die Figur Farun erst einmal in Ruhe studieren, bevor sie sich einer wirklichen Begegnung aussetzte. In eine kurze Szene ihres Drehbuches hatte sie den weißen Basketballspieler am Nachmittag schon eingebaut. Ihr Surftyp trifft sich mit ihm in dem Café an der Ecke. Sie kennen sich aus San Francisco. Sie hatte Farun den Namen Athos gegeben. Aber Farun war auch nicht schlecht. Das hatte so einen weichen, sensiblen Ausklang. Nicht so gemein zackig wie Athos. Also gut, Farun.

Melanie ging zum Buffet und nahm sich einen Teller. Dieser Drehbuchautor war ganz schön überzeugt von sich, fast unangenehm diese Angeberei des Geistes. Kompliziert, nur weil die Geradlinigkeit als langweilig gilt. Die Auswahl am Buffet war klasse. Salat, Brot, Fleischspieße. Melanie lehnte sich an die Glastür und schaute auf Faruns Rücken. Hellblaues Jeanshemd, am Kragen ausgefranst. Unter dem Pferdeschwanz kräuselten sich die Nackenhaare. Sie mußte ihn unbedingt kennenlernen. Cool, rock, steady.

410 ½ N. Gardner Avenue

Williams Hund legte den Kopf zur Seite, sprang neben sie auf das niedrige Sofa mit der bunten mexikanischen Decke und ließ sich majestätisch nieder. William lachte.

»He loves women.«

»Woher weiß er, daß ich weiblich bin?« fragte Nikita.

»It's your smell, honey. Der Hund riecht dich, so wie ich dich rieche, wenn ich dir näher komme.«

William beugte sich über den Körper des Hundes zu ihr hin. Er sah wieder blendend aus. Die schwarze Haut unter dem weißen T-Shirt mit V-Ausschnitt glänzte matt, einzelne Poren auf der aalglatten Fläche. Dazu eine weiße Levi's, die seinen knackigen Hintern nachzeichnete. Nikita schielte hin. William grinste. Er wußte, daß sie seinen Arsch geil fand, er wußte es so genau. Als Model verdiente er ein Vermögen mit diesem goldenen Hinterteil. Unverschämtes Lachen als Leuchtreklame. Und wenn sie allein waren, galt dieses Lachen nur ihr. Der Princess. Königin seines Stammes. Manchmal stellte sie sich vor, mit William sein Heimatdorf in Eritrea zu besuchen. Umringt zu sein von kleinen Mädchen, die an ihren weichen Locken zogen, weil sie so etwas nicht kannten. Ein Herzmund zwischen hundert Schmollippen.

William ging in die Küche, um Drinks zu holen. Seine beiden Hunde folgten ihm, sie waren wie die doppelt potenzierte Kraft seiner Männlichkeit. Nikita mochte sein Haus in West Hollywood. Die Unordnung, das Erdverbundene. Ein strenger Geruch ging von den mexikanischen Decken aus, verschiedene Muster, das grobgewebte Material aus der Hochlandregion, hergestellt von armen Indiofrauen in irgendeinem abgelegenen Bergdorf. Geweihe an der Wand, mit Büffelleder bezogene Swinger. Dazu afrikanische Masken und Holzfiguren. Sie hatte William im Roxbury kennengelernt. Cool tanzte er vor sich hin. Ein lässiges Wippen mit dem Oberkörper. Das war kurz bevor er sich die Glatze rasiert hatte. Danach fand sie ihn noch sexier. Gut, daß ihr Vater nicht wußte, mit wem sie da ins Bett ging. Er glaubte fest daran, daß sie nach ihrer Ausbildung zu Reini nach Berlin zurückging. Die beiden kannten sich gut, spielten sogar manchmal Squash zusammen. Wobei ihr Vater Reini regelmäßig besiegte.

William setzte sich zu ihr, in den Händen zwei Gläser mit Whiskey, unter dem Arm eine große Tüte Popcorn. Nikita schaute ihn an, sie sah nur diese schwarzen Augen, in denen ein kleiner gelber Funke blitzte, in jedem Auge einer, gelb mit ein wenig grün an der Seite, zwei Dolche, die auf sie gerichtet waren. Er hielt ihr seine Hand mit Popcorn hin, die Schalen der kleinen weißen Kügelchen preßten sich aneinander. Weißes Pulver hing an den Fingerkuppen. Salzig-herber Geschmack von gebratenem Schinken. Nikita beugte sich noch tiefer und fing an, mit den Zähnen ein Stück Popcorn nach dem anderen von dem Haufen zu nehmen, ganz vorsichtig, um ihre volle Form auf der Zunge zu spüren, bevor sie sie mit zerstörerischer Lust zerbiß. Sie schmatzte und schleckte, und wann immer sie ein Korn in den Mund nahm, es an der Seite zerkaute, bis nur noch die braune Schale des Korns übrigblieb, lächelte er. Sie redeten nicht. In der Küche surrte der Kühlschrank. Musikalische Untermalung für diese Szene. In sanften Wellenlinien gluckerte die Eismaschine vor sich hin, mal hoch, mal tief, verstummte dann ganz. Von den Hunden war nichts mehr zu sehen.

Nikita hielt Williams dunkle Hand fest, als wollte sie die Finger zerdrücken, die Knochen zerquetschen, zermalmen, so wie sie es mit dem Popcorn tat. Und als sie in seine vollen, dicken Lippen biß, sich festsaugte, mischten sich die Salzkrümel mit seinem Blut.

6850 *Camrose Drive*

Brennende Fackeln, dampfender Grillrost. Aus den Boxen kam Miles Davis. André schlenderte zu der Tafel in der Mitte des Rasens, nahm eine der Weinflaschen und schenkte sich ein Glas ein. Zwei Strähnen fielen ihm in die Stirn. Tom zog einen freien Stuhl heran.

»So, tell me about the Ohio thing…«

Tom arbeitete bei Sunbird als Produktionsleiter. Amerikanisch beflissen, ein junger Aufsteiger von der USC. Aber ausgesprochen kompetent. Er hatte Gunters Spleens ganz gut aufgefangen. In vertretbare Bahnen gelenkt. Gunter war dafür bekannt, daß seine spontanen Einfälle jedes Budget sprengten. André berichtete Tom von den Dreharbeiten in Ohio. Tanja unterhielt sich derweil mit Toms Frau Esther, die im letzten Monat schwanger war. Zwillinge waren vorhergesagt, zwei Mädchen. Tanja sah hübsch aus heute, er mochte die hellen schillernden Lippen zu dem Gelb des Kleides.

Am Ende der Tafel saß Klaus, der manchmal an Gunters Drehbüchern mitarbeitete. Doch da Gunter Autorenfilmer war, kam Klaus meist erst in der Endphase zu einem Projekt dazu. Außerdem schrieb er selbst gerade an einem Script für einen Low-Budget-Spielfilm. Klaus unterhielt sich mit einem blonden Mädchen, das irgendwie norddeutsch aussah. Etwas auseinanderstehende blaue Augen, ein kühles, aber kluges Lächeln. Sie hatte die Beine übergeschlagen und die Arme verschränkt. In Abwehrhaltung. Klaus redete bestimmt wieder über die deutsche Filmindustrie. Sein Lieblingsthema. Und das Mädchen wußte nicht, was sie dazu sagen sollte. André schloß seinen Bericht über die Dreharbeiten ab und ging um den Tisch herum. In der Tat, Klaus machte gerade einen Rundumschlag.

»... und deswegen hat die Szene ihre eigenen Probleme. Sie ist zu reflexiv. Sie betreibt eine verhängnisvolle Nabelschau. Wen haben wir schon Großes hervorgebracht? Der einzige, der international bekannt geworden ist, das ist Fassbinder. Die anderen kann man doch vergessen. Und warum ist es Fassbinder? Weil er wie kein anderer das Nachkriegsdeutschland zum Thema gemacht hat. *Die Ehe der Maria Braun* zum Beispiel. Es ist heute unmöglich, in Deutschland einen Film zu machen, der damit nicht in irgendeiner Weise zu tun hat. Wir müssen das aufarbeiten. Das wird noch Jahre dauern, ach, was sage ich, Jahrzehnte. Vorher kann man keinen anderen Inhalt verfilmen. Bevor wir das nicht geschafft haben, dürfen wir uns an die aktuellen Probleme, den Mauerfall, die Ausländer etc. nicht heranwagen. Uns fehlt jegliche Basis.«

»Warum bist du eigentlich hier, wenn es so wichtig ist, das aufzuarbeiten?« fragte Melanie.

Berechtigter Einwand. André wußte, daß Klaus gerade ein Angebot vom deutschen Fernsehen für eine Spielfilmregie abgelehnt hatte. Nach seinem prämierten Abschlußfilm der Berliner Filmhochschule waren diverse Projekte geplatzt. Bürokratendschungel, Trägheit, stumpfe Industrie. Bis er völlig stinkig das Land verlassen hatte. Und jetzt natürlich gegen den deutschen Film hetzte, wann immer er konnte. André dagegen fand, daß man eine gewisse Aufbruchstimmung drüben spürte. Projekte wurden angeschoben, die noch vor Jahren kaum eine Chance gehabt hätten, künftige Stars wurden vorsichtig aufgebaut. Vielleicht konnte er Gunter überreden, den nächsten Film wieder in Deutschland zu drehen.

»Ich sehe von hier viel besser, was dort geschieht«, rechtfertigte sich Klaus. »Wie ein Brennglas. Alle Ereignisse werden gebündelt und auf den Punkt gebracht. Ich habe hier den Blick von außen. Ich bin nicht gefangen in der deutschen Alltäglichkeit. Ich habe genügend Distanz, um das Wichtige zu erkennen. Denk mal an die Emigranten vor fünfzig Jahren. Die kamen hierher, um dem täglichen Greuel der Nazis zu entfliehen. Und mit ihrem Blick von dieser Seite des Atlantiks haben sie alles anders gesehen. Klarer. Ich bewundere Marlene Dietrich für ihr Engagement. Es ist gut, daß sie die amerikanische Staatsbürgerschaft angenommen hat. Ich hätte das auch gemacht.«

»Mir ist M. M. lieber«, mischte sich André ein.

»Marilyn. Die Ikone der Filmwelt.« Schwärmend verdrehte Klaus die Augen. »Die Frau schlechthin. Was würde ich dafür geben, sie auch nur einmal gesehen zu haben. Leibhaftig ihr begegnet zu sein. Die Inkarnation meiner schlaflosen Nächte.«

»Ich dachte, du stehst auf Marlene. Das schließt sich doch aus?« André setzte sich zu ihnen. »Die kühle, unnahbare Schönheit gegen die Sexgöttin mit den aufgeworfenen Lippen.«

»Im Gegenteil. Das ergänzt sich hervorragend. Ihre Präsenz ist es. Sie strahlen etwas aus. Die Tür geht auf, eine Frau tritt ein, sie ist blond oder dunkelblond, egal, sie ist einfach da. Alle Blicke heften sich auf sie. Laszive Bewegungen, ein langes Abendkleid, sie lächelt leicht, nicht viel, nur ganz leicht, und sie kann alle haben. Alle Männer liegen ihr zu Füßen. Es ist die gleiche Art Frau, die durch ihre Präsenz einfach überzeugt. Ob Marlene oder Marilyn ist wurscht, M und M, beide haben den gleichen Klang, faszinieren auf die gleiche Art.«

»Kenne ich dich eigentlich aus Hamburg?« fragte André das blonde Mädchen.

»Ich bin aus Hamburg. Aber woher...«

»Machst du Werbung?«

»Nein. Ich habe mal ein Praktikum beim Fernsehen gemacht. Beim NDR.«

»Dann haben wir da zusammengearbeitet. Ich bin Kameramann. André Koschinzky.«

»Melanie. Melanie Marquardt.«

»M. M. Da haben wir's wieder«, sagte Klaus. »Die Mystik der Buchstaben steht in umgekehrter Relation zu der Aussagekraft der Bilder.«

»Warst du nicht beim Feature über Gunter dabei?« fragte André.

»Richtig. Weißt du, daß ich gerade in seinem Haus wohne? Abgesehen davon, Klaus, habe ich noch einen zweiten Vornamen. Mit M.M. kommst du nicht weit. Clara steht noch dazwischen. Mit ›C‹.«

»Dazu fällt mir doch sofort MCM ein. Obwohl mir Louis Vuitton lieber ist. Schön aber finde ich, daß unser Mann des bewegten Bildes seine Hauptdarstellerin gefunden hat. Längst vergessene Bilder in unserem Unterbewußtsein, die plötzlich wieder Gestalt annehmen.«

»Lebst du hier?« fragte Melanie André.

»Halb und halb.« Er schenkte sich Weißwein nach. »Ich bin heute morgen aus Ohio gekommen. Dreharbeiten für einen Actionstreifen. Im Januar macht Gunter seinen neuen Film, da bin ich auf jeden Fall dabei. Vorher wollte ich aber noch mal rüber. Spätestens zu Weihnachten. Meine Freundin lebt dort.« Er strich wieder ein paar Strähnen seiner schwarzen Haare nach hinten. »Manchmal ist es schon komisch. Ich bin nicht richtig hier, ich bin nicht richtig da. Mein Leben ist in Hamburg, meine Arbeit in Los Angeles.«

»Der Mensch ist nie dort, wo er zu sein scheint, denn er ist nicht, was er behauptet zu sein«, sinnierte Klaus.

André und Melanie lachten.

Zeit der Zärtlichkeit

[November 11th]

Venice Beach

Schade, er war nicht auf dem Basketballcourt. Nur kleine Gruppen schwarzer Spieler an den Körben. Drei gegen drei, Streetball. Farun. Im stillen wiederholte Melanie seinen Namen, probierte unterschiedliche Betonungen: Faa-run, Fa-ruun. Sie schlenderte an den Verkaufsständen entlang. Venice Beach. Kapuzenpullover aus grobgestrickter Baumwolle. Schmuck überall, Lederbänder mit silbernen Kugeln, Kreuze, Embleme. Selig grinsende Buddhas. Dünne Räucherstäbchen glimmten vor sich hin. Tarot reading, das mystische Jahrzehnt, erzähle mir etwas, das ich noch nicht weiß, sage mir, wer ich bin, sage mir, wer er ist, eröffne mir meine Zukunft. Eine Zukunft mit ihm? In letzter Konsequenz glaubte Melanie an eine irgendwie geartete göttliche Kraft. Nicht an das Christentum, nicht an eine feste Religion, aber daß hinter dem auf Vernunft konzentrierten Leben noch etwas herrschen mußte, das unabhängig davon existierte und eigenen Regeln folgte – ja. Vielleicht war es aber nur die Sehnsucht nach einem verdienten Kollaps des Vernunftprinzips.

Beim Weitergehen kam Melanie der Mann entgegen, der seinen Hund spazierenfuhr, im Kinderwagen, mit Sonnenbrille auf der Schnauze und einem Hut auf den Schlappohren, ausstaffiert als Witzfigur. Der Hund hockte geduldig im Wagen, ein typisches Venice-Bild, längst als Postkarte gedruckt, so wie der Rollerskater mit dem Turban und den weißen Gewändern. Und Farun war der sportliche Szenetyp, der mit dem Leben der Späthippies in Venice kokettierte. Die langen Strähnen. Rapunzel, laß dein Haar herunter. Sie zu berühren, darüber zu streichen, sie zu knautschen und zu drücken, in Kommunikation mit diesem Zeichen weiblicher Erotik zu treten. Mann oder Frau, die Zukunft gehörte solchen androgynen Wesen wie ihm. Geschlechterrollen, Gender Studies. Sollte er einen größeren Part in ihrem Drehbuch bekommen? Vielleicht sogar die Hauptfigur werden? Statt Surfer eben ein Basketballer. Außerdem war sie sich sicher, daß Farun auch surfen ging. Was war er für ein Mensch? Auf dem Barbecue hatte sie zum Schluß noch kurz mit ihm reden können. Mehr als hallo, und aha, na ja, hatte er nicht von sich gegeben. Entweder da schlummerte noch mehr, oder sie hatte sich wirklich in ein Abziehbild verguckt. Ein Anruf. Die Nummer hatte sie sich von Tanja besorgt, hatte mit ihr ganz unverfänglich geplaudert, ein Dankeschön für die Party, eine nebensächliche Frage nach Farun. Tanja hatte ihr ohne Kommentar die Telefonnummer gegeben. Der Drehbuchautorin den Kontakt gemacht zu einem Kamerafreak. Man half sich eben in der deutschen Clique. Melanie kramte ein 25-Cent-Stück aus ihren Shorts. An der Promenade standen mehrere Telefonboxen. Sie zögerte. Besser, sie trank erst mal einen Cappuccino. Vielleicht kam er währenddessen zufällig vorbei.

Sonnenbrillen, Ray Bans, Musik aus scheppernden Transistorradios. Kisses from Venice Beach. An der Innenwand eines Shops hing das Herb-Ritts-Poster des Schwarzen mit dem Oktopus auf dem Kopf. Sie hatte es in Hamburg mal auf dem Titel eines Fotobandes von Herb Ritts gesehen. Melanie tastete nach dem Zettel mit Faruns Telefonnummer, zerknüllte ihn, glättete ihn, zerknüllte ihn wieder, strich ihn glatt. Was hatte sie schon zu verlieren? Mehr als eine Abfuhr jedenfalls nicht, und davon ging die Welt auch nicht unter. Farun sollte in einem der kleinen Häuser hinter der Main Street wohnen. In der Nähe des Rose Cafés. Für mich soll's rote Rosen regnen.

Sie setzte sich in ihr Lieblingscafé an der Strandpromenade. Die alternative Ecke mit der Hausnummer 325. Aufgemalte Mosaiksteinchen und Muster, abbröckelnder Putz, davor weiße Plastikstühle neben schwarzen schmalen Holzhockern, ein haltloses Durcheinander. Freaks, Surfer, Touristen. Breakfast served all day. Gleich ging die Sonne unter. Verklärt schaute Melanie in das helle Licht, ohne die Augenlider zu bewegen. Gelbroter Feuerball, ein waberndes Gebilde, mit zwei Auswüchsen an den Seiten, wie ein Stier mit Hörnern, Luft und Dunst und diese Hörner. Ihre Augen schmerzten, die Partikel lösten sich auf, der Ball versank, wurde Strich und verschwand. Die Umrisse der Palmenwedel vor dem Orange des Hintergrundes wurden dunkler und dunkler. Postkartenromantik.

Melanie trank ihren Cappuccino aus. Okay, jetzt. Wo war die nächste Box? Farun, sei da. Farun, ich will dich.

6850 *Camrose Drive*

»Ich finde die Reportage gut. Wirklich.« André zog die Jalousien auf. Das helle Sonnenlicht blendete. Glitzernde Wasseroberfläche des Pools. »Was mir gefällt, ist, daß du die Leute im Off erzählen läßt. Guter Kontrast.«

»Mit dem Schulleiter hatte ich ziemlich Schwierigkeiten«, meinte Thorsten. Er hockte neben dem Videorecorder auf dem Boden. »Der Typ hat einfach nicht zugeben wollen, daß die Kids alle bewaffnet sind.«

»Durch den Umschnitt auf die Gruppe hinter dem Sportplatz wird's auch so klar«, versicherte André ihm.

Das Telefon klingelte. Thorsten stand auf, holte den Hörer aus der Diele und zog die Antenne heraus.

»Yes... Oh, guten Tag.«

André ging auf die Terrasse. Thorstens Reportage gefiel ihm. Schwierig, den Alltag im Ghetto einzufangen, ohne daß man in Klischees verfiel. Ein unsichtbarer Gewaltteppich zwischen den Bildern. Schießereien als Punkte auf der Polizeikarte. Die bereits abgestumpften Augen der Kids. Verloren ohne eine Gang, verloren mit einer Gang. André zündete sich eine Benson an. Welche

Geschichten sollte man erzählen? Den Auftrag zur Information überstieg so eine Dokumentation, und von Lust an der Darstellung konnte auch nicht die Rede sein. Er war immer der Ansicht gewesen, daß man die Wirklichkeit nicht zum dramatischen Aufhänger machen dürfte. Daß man sensibel mit Menschen umgehen sollte, deren Leid oder Glück man abbildete. Fictionfilme waren da manchmal ehrlicher. Konfliktsituationen als dramatischer Aufhänger und ein Happy End nur als momentane Erleichterung. Jeder wußte, daß ein Leben in und mit Gewalt nicht gut ausgehen konnte. Auf den ersten Blick sah South Central so friedlich aus. Eine Kleingartenidylle. Gefährlich waren nur die Ecken, an denen Menschen beieinander standen. Er war selbst während der Riots mal dort gewesen. Aus Neugier. Sehen, Bilder sammeln, verstehen. In Koreatown hatte er es noch schlimmer gefunden. Die verwüsteten Elektronikläden, zerstobene Hoffnung der Immigranten. Da unten kämpften Arme gegen Arme, und derweil war im oberen Hollywood alles ganz harmlos und beschaulich. Da werden Rauchsäulen zu Grautupfern auf dem Straßenbrett.

Thorsten kam zu ihm auf die Terrasse.

»Stell dir vor, ich soll für RTL eine Doku über Neonazis drehen.«

»Im Ernst? Erstaunlich, daß sie dich dafür extra einfliegen lassen.«

»Vielleicht will es niemand anders machen. Was weiß ich? Oder irgend jemand in der Redaktion hat einen Narren an mir gefressen.«

»Wie lang bleibst du?« fragte André.

»Zwei Wochen.«

»Dann werde ich mir wohl einen anderen Assi für den Nachdreh suchen müssen.«

»Ja, finde ich auch schade.« Thorsten setzte sich an den Pool und fischte mit der Hand ein paar Blätter heraus. »Du weißt, daß ich lieber im Spielfilmbereich arbeiten möchte. Langfristig gesehen.«

»Bevor man hier Camera Operator wird, dauert es. Und Director of Photography...«

»Trotzdem.«

»Es sind nie deine Visionen, die du umsetzt. Du bist das Auge für jemand anderen. Ein Bildgestalter ohne Gestaltungsauftrag. Der Spielraum, in dem du dich bewegen darfst, ist festgelegt. Vom Produzenten werden die Leute gebucht, vom Regisseur werden sie hingesetzt, und du darfst den On-Knopf an deiner Kamera betätigen.«

»Ach komm, wir machen doch mehr als das. Licht, Bauten, Ausschnitt, Objektivwahl, Kamerafahrten. Ist das nichts?«

André blickte zu den Eukalyptusbäumen. Die Blätter waren noch grün. Herbst fand in L.A. nicht statt. Jedenfalls nicht so wie in Norddeutschland. Gelbes und rotes Laub, Stürme, die die zusammengekehrten Haufen wieder hochwehten. Eine Blättersymphonie, vom Wind dirigiert, gen Himmel fliegen sie, die Blätter des verebbten Sommers, trocken geworden durch zuviel Licht und zuviel Luft und zuviel Leben. Und Schlußakkord. André atmete tief ein, ganz gerade stand er, mit zurückgenommenen Schultern, unbeweglich, die Hände in den Hosentaschen vergraben.

»Fremde Bilder, die uns eingegeben werden. Wir reagieren auf die künstlerische Kraft anderer. Unsere Kamera ist nur das Transportmittel. Eine Maschine der Entseelung. Wirkliche Freiheit haben wir nicht. Wir dürfen nicht gestalten, wir dürfen nur die Schalter drücken.«

»Seit wann denkst du so?«

André hockte sich neben Thorsten an den Beckenrand. Sein Schüler. Die Technik hatte er ihm vermitteln können. Von Andrés tiefer Skepsis sich selbst und seinem Schaffen gegenüber wußte Thorsten nichts. Was vielleicht besser so war. Thorsten war ein richtiger Sunnyboy, Können für ihn eine Form des Vergnügens. Er besaß nicht diesen melancholischen Charakterzug, der André oft zu schaffen machte.

»Die Gedanken, die wir bildlich umsetzen, kommen aus einem anderen, fremden Hirn«, meinte André. »Meist sogar aus mehreren. Dann haben sie gar keinen Bezug mehr zu einer Einzelperson. Sind zum Produkt geworden, das uns leiten will.«

»Schreib doch selbst ein Drehbuch und laß es verfilmen. Oder werde Regisseur. Dann kannst du selbst bestimmen.«

»Dazu sind meine Visionen nicht stark genug. Und außerdem – was sind Filme? Nichts weiter als eine Sammlung von Einzeleindrücken, die ihre Lebendigkeit im Moment des Festhaltens auf immer verloren haben. Nein, nein, ich bleibe Kameramann.«

Gold's Gym

Hoch und runter, hoch und runter, die Füße treten Richtung Boden, auf und nieder, auf und nieder, Treppensteigen, den Widerstand überbrücken, rote Kästchen steigern sich, Berge bezwingen, die Graphik des Könnens. Schweißperlen liefen an ihrem Hals hinunter. Nikita zog ihr Sweatshirt aus und hängte es über die Haltestange. Weiter im Takt, weiter in der Überwindung der Trägheit, weiter, weiter. Neben ihr strampelte eine unscheinbare Blonde auf dem Fahrrad. Nickelbrille und Pferdeschwanz. Sie kannte dieses Gesicht. Aus welchem Film bloß... Genau, Jodie Foster. Na, die sah aber langweilig aus in natura.

Nikita drückte einen höheren Schwierigkeitsgrad. Bump it. Rechter Fuß runter, linker Fuß runter. Body and Soul. Ihre Knie schmerzten schon. Egal. Feste Beine, Kondition, Sportlichkeit. Workout für den Body, Tai Chi für den Geist, Surfen für den Spaß. Schade, daß Mary heute keine Zeit hatte. Sonst gingen sie immer gemeinsam zum Training und anschließend zur Salatbar auf dem Beverly Boulevard. Gesundheit pur. Schon damit sie neben Williams perfektem Körper bestehen konnte. Er hatte am Morgen aus New York angerufen, der Süße. Noch zwei Tage, dann war er wieder da. Nikitita, Princess. Sie spürte noch den Geschmack des Popcorns in ihrem Mund. Poröse Lust. Hoffentlich war sie am Montag nicht schwanger geworden. Zweimal war ihr das schon passiert, trotz Pille. Sie war fruchtbar wie eine Negermammi, die nichts anderes machte, als nur Kinder zu gebären. Niedlich würde das Baby bestimmt aussehen. William junior. O Gott, nur nicht daran denken, vielleicht war es noch mal gutgegangen. Eine dritte Abtreibung mußte wirklich nicht sein, vielleicht könnte sie dann gar keine Kinder mehr bekommen. Und Reini? Er wartete doch auf sie.

Zwei Muskelmänner gingen vorbei. Breite Ledergürtel über den Trägerhemden. Stemmer mit dicken unbeweglichen Schultern. Nikita schaute zum Eingang. Ein dunkelhaariges Mädchen kam mit federnden Schritten durch die Tür. Was für eine häßliche Nase. Aber der Bodystocking war super, pinkfarben, weit ausgeschnitten, mit schmalen langen Ärmeln. Im Beverly Center hatte sie so einen ähnlichen gesehen, in türkis. Den konnte sie sich das nächste Mal holen. Nikita drückte eine Stufe niedriger. Die Kurve fiel ab, Entspannungsphase, weniger Widerstand, weniger Treten.

Ein Typ in schwarzer Jogginghose und schwarzem T-Shirt kam herein. Ernesto. Nikita erkannte ihn sofort. Ernesto Gabriel. Spielte meistens den Bösewicht in Actionfilmen. Sie warf ihre Locken zurück. Sah sie gut aus? Er stellte seine Tasche in das letzte freie Regalfach. Es piepte. Ihr Programm war zu Ende. Mit zittrigen Beinen stieg Nikita von dem Sportgerät. Sie band sich ihr Sweatshirt um die Taille. Leger, unauffällig, selbstverständlich. Er sollte nicht denken, sie wollte ihn anmachen. Ernesto Gabriel. Nicht nur, daß er genau ihr Typ war – diese schwarzglänzenden Haare, die buschigen Augenbrauen –, Gabriel gehörte einfach zu den Großen in Hollywood. Je mehr sie von der Sorte kennenlernte, desto besser. Den Trick kannte sie schließlich aus Mailand. Ob sie es schaffte, sich gleich für heute abend mit ihm zu verabreden? Jetzt, wo William nicht da war. Nikita nahm eine Flasche Wasser aus ihrem Beutel. Ernesto blickte auf.

»Hi«, sagte sie und lächelte süßlich. Großer Herzmund.

»Hi.« Ernesto musterte sie. Nicht uninteressiert.

175 Indiana Street

Farun tätschelte ihren Kopf, unbeholfen, gnädig, von oben herab. Als er ihr den Milchkaffee reichte, tat er es, ohne ihre Hand zu berühren. Passepartout ohne Inhalt, hatte Klaus in dem Zusammenhang bemerkt. Na ja, schließlich war es ihr Stück. Sie hatte ihn als Mitspieler auserkoren. Also mußte sie auch die Anweisungen geben. Erstaunlich, daß er sofort bereit war, sich zu treffen. Ob Tanja ihn vorgewarnt hatte? Hey Farun, diese Blonde, die bei Gunter wohnt, ist scharf auf dich!

Farun ging telefonieren. Ein Ausweichmanöver. Sein Gesprächspartner hatte offensichtlich keine Zeit, sie vereinbarten ein Treffen für den nächsten Tag. Er legte auf, wählte eine weitere Nummer, wartete, sprach eine kurze Nachricht auf das Band. Sich darstellen. Wollte er vor ihr angeben? Daß er vielbeschäftigt war? Er kam zurück, setzte sich in die andere Ecke des Sofas, ruckelte hin und her, bis er bequem saß. Eine sichere Position. Wippen mit den Cowboystiefeln. Sie waren aus dunkelbrauner Echse, tief geriffelt, edel, der Schaft mit eingenähtem Muster. Zur zerrissenen Jeans ein lachsfarbenes Seidenhemd, oben weit offen. Kein einziges Härchen auf der Brust. Er beugte sich vor, hielt sein Haar zurück und trank einen Schluck aus der Tasse. Athos, Bild von Mann, Fackelträger. Sie hatte den Impuls, sich auf ihn zu stürzen.

»Erzähl mir von den Träumen für dein Leben«, sagte Farun mit einer Beiläufigkeit, als würde er sie bitten, ihm den Zucker zu reichen.

»Ich habe mein Script, an dem ich arbeite.» Script, Drehbuch. Wie führte man einen Dialog? Sie schrieb doch den ganzen Tag lang welche. Weiß auf Blau, Blau war die Hoffnung. Weiter. »Weißt du, es macht mir einfach Spaß, eine Geschichte zu erzählen, meinen Figuren Leben zu geben, verschiedene Charaktere zu entwickeln.« Die stereotype Antwort eines Drehbuchschreibers. Eigentor. »Schön wäre es, wenn ich auch davon leben könnte. Mal schauen, wie der Markt auf mein Drehbuch reagiert.«

Besser, sie redete nicht zu abgehoben, zu akademisch. Verschwieg die Gedanken über Einfluß des Ortes auf Personen und Handlung, Visionen der Bilder kodiert in Sprachformen, Parallelen zum antiken Sprechtheater, Entwicklungsstufen dramaturgischer Aspekte. Ihr Studium inklusive der medientheoretischen Abhandlungen beeindruckte Farun bestimmt nicht. Er war der Typ Autodidakt, der nicht reflektierte, was er da tat. Frech, ungestüm, gedankenlos.

»Und du?« fragte sie nur.

»Ich? Ich lebe meinen Traum. Im Moment läuft alles spitzenmäßig. Seit ich frei arbeite, bekomme ich lauter Aufträge, beinahe jeden Tag läuft was. Es ist ein geiler Traum: Ich bin in L.A., wo ich hinwollte. Schon jetzt habe ich es geschafft. Mit eben zwanzig. Ich möchte noch viel mehr Dinge im Filmbereich entdecken, möchte mich ausprobieren, auch mal Regie führen. Und auch das wird mir gelingen, das weiß ich genau.«

Geballte Energie. Ein unglaubliches Selbstvertrauen. Aber die Filmwelt mochte das ja, hielt sich mit Vorliebe solche Naturburschen als Hofschranzen. Melanie fühlte sich abgeschmettert. Er paßte in ihr Stück und doch wieder nicht. Er war widerspenstig, eigenwillig. Und er schien sich nicht für sie zu interessieren. Wie nur das Ruder herumreißen? Es klingelte an der Tür. Eine Aufforderung zu gehen.

»Sieh mal an, Herr Baramnesik hat Damenbesuch.«

Klaus. Was machte der denn hier? Melanie stutzte. Ihr gegenüber hatte Klaus doch recht abfällig über Farun geredet. Shootingstar der kleinen Berichterstattung. Sie buchen ihn, weil er sein Equipment mitbringt. Klaus sah neben Farun richtig schlecht angezogen aus. Die Schultern seines braunmelierten Sakkos hingen unschön herunter. Überhaupt ein formloses

Stück. Als Intellektueller durfte man wohl nicht schick aussehen. Das hatte sie auch bei ihrer Mutter und den anderen Alt-68ern nie verstanden. Keiner von denen hatte auch nur annähernd Geschmack. Geist und Ästhetik schlossen sich für die aus. Wer einen Anzug von Jil Sander trug, gehörte zum Establishment. Und wer hübsch war, hatte nichts im Kopf. Wie Farun?

»Trinkst du einen Milchkaffee mit uns?« fragte Farun.

»Lieber einen Kognak, wenn du hast.« Klaus ließ sich in das Sofa plumpsen. Neben sie, auf Faruns Platz, doch längst nicht so selbstverliebt. Er beugte sich ein Stück zu Melanie. »Na, schon lang da, M.M.? O pardon, MCM. Ich vergaß.«

»Nein.« Merkte er nicht, daß er störte? Sie schaute ihn kalt an, sendete kleine Abwehrsignale.

Farun kam mit dem Getränk wieder.

»Danke.« Klaus schwenkte den Kognak im Glas. »Das wird wohl nichts mit unserer Besprechung, oder? Wie ich sehe, hast du andere Verpflichtungen.«

»Ich hatte keine Ahnung, daß sie kommt.«

»Ich wollte sowieso gerade gehen«, sagte Melanie. Das mußte sie sich nicht antun. Farun, Held ihres Drehbuches, verweigerte sich. Egal, sie konnte auch weiter an der anderen Figur arbeiten.

»Aber nicht doch«, meinte Klaus gönnerhaft. »Ich sehe doch, daß sich hier etwas anbahnt zwischen euch.« Er blickte von Farun zu Melanie und wieder zu Farun. »Nur, wer bahnt bei wem an? Die Frage ist noch ungeklärt.«

»Wäre doch schlimm, wenn man alle Fragen beantworten könnte«, sagte Melanie zickig. Solche subtilen Anspielungen konnte sie überhaupt nicht leiden.

Farun zog eine CD aus der langen Reihe auf dem Teppich. Patti La Belle. Seichte Diskomusik. Oh, people.

»In der heutigen Zeit ist das Sichfinden von zwei Menschen die interessanteste Erfahrung, die man machen kann. Aber auch eine sehr einsame. Das haben die Amerikaner zum Beispiel längst begriffen. Sonst würden sie nicht so viele Liebesfilme machen. Andererseits: Liebe mit einer Amerikanerin – das ist ein Kapitel für sich. Sie haben dieses unschuldige dummerhafte Lachen, diese einfache Freude ohne den Rückhalt in Bescheidenheit. Ihre Bescheidenheit ist reine Prüderie. Ich habe nie so verklemmte Frauen gesehen wie hier, wo angeblich alle frei sind.«

Farun lachte auf. Klaus redete weiter.

»Ohne Umschweife machen die Frauen hier die Beine breit und meinen, sie tun dir einen Gefallen damit. Sie kennen ihren eigenen Körper nicht, und die amerikanischen Männer kennen den Körper dieser Frauen nicht. Dabei kommt der Hite-Report von hier. Man sollte doch meinen, daß er irgendeinen Einfluß hatte. Oder die ganzen anderen wissenschaftlichen Studien zur Sexualität. Aber wahrscheinlich gibt es sie gerade deshalb, weil hier so ein Manko besteht. Ein Volk von Neurotikern. Schaut sie euch doch an, schaut euch dieses Lachen an. Die strahlend weißen Zähne, ordentlich aufgereiht wie unechte Perlen, die Haare gespült, gebürstet, geföhnt, diese krampfhafte Natürlichkeit in der Kleidung, Frauen in Turnschuhen – huh, das mochte ich noch nie. Und kein Haar am Körper, kein Geruch, alles riecht antiseptisch, billig, nach Aloe Vera. Wie Gummi fühlt sich ihre Haut an, und sie liegen einfach da und machen die Beine breit. Aus lauter Unterwürfigkeit. Sie sind viel unterdrückter als jede Südeuropäerin, die wenigstens den Kochlöffel in der Hand hat. Dieses dummerhafte Lachen. Und alle sind sie blond. Blonde Dummchen.« Klaus trank seinen Kognak aus und stand auf. »So, jetzt gehe ich und lasse euch beiden Turteltäubchen allein. All for love. Ruf mich an, Farun, wir machen morgen was. Tschauhau.«

Die Tür klappte zu. Sie waren wieder allein. Endlich. Melanie ging zum Kamin und betrachtete die Fotos in den aufgestellten Rahmen. Farun mit ein paar Freunden auf einer Party, ein Bild seiner Eltern, Farun vor einem roten Sportwagen, Farun am

Strand mit einem blonden Mädchen. Seine Freundin? Melanie fühlte einen Stich.

»Was hältst du von dem, was Klaus gesagt hat?« fragte er.

»Die amerikanischen Frauen sind wirklich bescheuert. Da hat er ganz recht.«

»Und mit dem Anbahnen?«

Melanie schaute ihn überrascht an. Anbahnen. Er kam schon auf sie zu. Sollte es plötzlich so einfach sein? Die eben noch unüberbrückbar erscheinende Distanz spielend überwunden durch eine dämliche Stichelei von Klaus? Sie zögerte. Farun drückte ihr seine Lippen auf den Mund. Es war ganz einfach. Melanie küßte zurück. Er wollte sie. Auf einmal. Sie legte ihren Arm um seinen Hals und berührte die langen Haare. Stumpfe Weichheit. Mit federnden Schritten gegen den Gegner. Er preßte sich an sie, der Kaminsims stach ihr in den Rücken. Kiss away the pain, sang Patti. Der Schmerz ihrer Trennung von Sven flammte kurz hoch. Kiss away. Faruns Lippen auf ihren, eine feuchtwarme Verschmelzung, die sie willig unterstützte, hingegeben einer Lust am Vergessen, der Neugier am Neuen, unerwartet schnell. Er nahm ihre Hand und zog sie mit sich.

»Jetzt führe ich dich in die Explosionskammer.«

Paramount Studios

Matt leuchteten die Torbögen der Paramount Pictures vor dem blauschwarzen Nachthimmel. Hinter der Mauer sah man ein Stück des alten Wasserspeichers mit dem Paramount-Emblem. Die großen Studios. Carl saß in seinem Wagen und rauchte, die leere Packung Lucky Strikes lag zerknautscht auf dem Beifahrersitz. Er sollte es sich wirklich abgewöhnen. Nicht nur das Geld, das er da täglich verpulverte, auch als Ansporn, Aufgabe, ein Beweis, daß er alles konnte, was er sich vornahm. Über der Ampelanlage des Einganges stand: 3 Way Signal. Der Pförtner rauchte auch, bestimmt ganz starkes Kraut, irgendeinen schwarzen Tabak. Die Schranke ging hoch und runter, unter dem rechten Torbogen fuhren sie hinein, unter dem linken kamen sie heraus. Zugang zur Filmwelt. Eine Frau wartete auf den Bus. An der Haltestelle leuchtete die Werbung für *Leap of Faith*, zeigte Steve Martin mit hoch erhobenen Armen, die Götter beschwörend. Das war es, was er brauchte: Magie. Abrakadabra, und er kam heraus aus seiner Misere. Einfach sich dem Sog des Unglücks entziehen. Die Tränen unterdrücken, alles in eine grenzenlose Stumpfheit münden lassen. Geschehen lassen, was geschehen soll. Verstecken, Verdrängen den Ehrgeiz. Ein Schwall stürmte kurz hoch, bäumte sich auf und wurde wieder flach. Ein flacher ruhiger See gleichbleibender Emotionen. So sollte es sein.

Carl startete sein Auto. Nikodell's Restaurant, altmodische Schrift in hellblau und gelb über der schwarz gefliesten Außenwand. Früher Treffpunkt, Kantine der Stars gleich neben dem Gelände. Old Hollywood, Glamour, Glitter, Gloria. Die Schwarzweißfotos, auf denen Männer und Frauen zu sehen sind, Partys, betrunkene Gesichter, offene Münder, zu breitem Lachen aufgerissen. Hätte er doch nur in der Zeit leben können, Screwball Comedies machen können, er wußte, daß ihm Komödien lagen. Dagegen die Opferrolle in dem Off-Theater-Stück, die war wirklich bitter. Er hatte nicht viel Text, längst konnte er seine Passagen. Aber das Gefühl der Niederlage, das er täglich erlebte, auch noch auf der Bühne zu verkörpern – schon heavy.

Er fuhr auf den Parkplatz von Ralph's und stellte seinen Wagen neben einen Wrangler Jeep. Sein Traumauto. Die Sitze waren mit Leopardenfell bezogen, ein Imitat, natürlich, aber es sah gut aus. Sein Honda Civic war völlig verbeult, ein Unfallauto, das er billig bei einer Auktion ersteigert hatte. Carl schloß die Tür ab. Ein Punk mit grünen Haaren kam auf ihn zu.

»Hey, man, got some change?«

Carl ging schnell weiter.

»Fuck you«, hörte er hinter sich her brüllen. Und aus lauter Wut zerstach ihm der jetzt die Reifen. Das würde passen.

In der Halle des Supermarktes war es eiskalt. Über Lautsprecher rieselte Instrumentalmusik, unterbrochen von Ansagen über heutige Sonderangebote. Buy one, get one free. Er hatte den Umschlag mit den gesammelten Rabattmarken in seiner Hosentasche. Tomato ketchup, whole weat bread, low fat milk. Langsam schob er seinen Einkaufswagen an den vollen Regalen entlang. Bagels mit Sesam und Kümmel, eingepackt in einem Plastiksäckchen. Ihm fiel der Streit zwischen dem Franzosen und der Amerikanerin in *Greencard* ein. Er bringt Baguettes mit, sie ist eine Öko-Anhängerin und findet das ungesund. Da nimmt sich Amerika selbst auf die Schippe: Französische Lebensart gewinnt. Am Obststand griff Carl ein paar Zucchini. Die Tomaten sahen wieder so blaß aus, geschmackloses Zeug, schlimmer als die holländischen im Winter. Unverständlich, wieso hier keine Tomaten mit Aroma angebaut wurden. Neben ihm packte ein Mädchen sich die Plastiktüte damit voll. Die wußte wohl nicht, wie wäßrig die waren. Hübsch war sie. Lange lockige Haare, grüne Augen, süßer kleiner Mund. Wie ein Herz. Sie trug eine unten ausgefranste Jeans und ein rotes T-Shirt. Sollte er sie ansprechen? Lieber nicht. Er hatte in letzter Zeit genug Abfuhren kassiert. Das Mädchen ging zur Waage, klebte das herausschnurrende Etikett auf die Tüte, nahm ein Päckchen Champignons und von weiter hinten noch eine Schale Datteln. Datteln. Die könnte er auch kaufen. Nahrhaft. Nomaden in der Wüste, die sich von Datteln und Eiern ernährten. Und Wasser brauchte er noch. Plastikflaschen mit eingearbeitetem Henkel. Wasser, Orangensaftkonzentrat, Milch. Low fat, low calories, zugesetzte Vitamine, dünnes helles Milchwasser, das sich ewig hielt, weil es voll war mit Konservierungsmitteln. Mal wieder richtige Milch trinken. Vorzugsmilch, Rohmilch. Milch vom Bauern aus der Marsch. Mit dickem, flockigem Rahm, der sich oben absetzte.

Carl hiefte zwei Kanister Mountain Spring Water in seinen Wagen und schob ihn zur Kasse. Das Mädchen mit dem Herzmund war verschwunden.

7500 Hollywood Boulevard

Tanzend ging Nikita zum CD-Recorder und legte die neue Prince-Scheibe hinein. Nasty, nasty. Lila mit goldenen Symbolen. Sie drückte auf »2«. Uh. Gitarrengejaule. Mit den Fingern beschrieb Nikita eine Tonleiter nach oben. Sie nahm sich eine Dattel, steckte sie in den Mund und ging ins Badezimmer. Noch ein wenig Schaum in die Haare, sauber die Lippen ausmalen, Kopf runter, geschwungener Herzmund, ja, so war es richtig, so würde Ernesto sie mögen, genauso. Das T-Shirt weit ausgeschnitten, grau mit Rippen, nur wenig über die enge Jeans gezogen, die Schuhe hoch, Clogs, weil sie gerade modern waren, chic, sie sah verführerisch aus, natürlich, wild. Als I-Punkt die schwarze Motorradlederjacke. Hollywood Understatement. Latest fashion, classic fashion. Sony Stereo, die Disc rotierte. You sexy motherfucker. Nikita zog ihre Jeans noch ein Stück höher, schnallte den Gürtel ein Loch enger. Eine Tanzbewegung nach unten. Prince-Girl, Princess, Principessa.

Es hatte geklappt. Ernesto hatte sie ganz beiläufig gefragt, ob sie schon etwas vorhatte am Abend. Ein Screening für Presse und Filmleute, der neue Streifen mit De Niro. Vielleicht lernte sie den nun endlich kennen. Obwohl Ernesto auch bekannt war. Ernesto Gabriel, der glutäugige Kolumbianer. Er hatte sie im Gold's Gym noch zu einem Energydrink eingeladen. Ein nettes Gespräch von Schauspieler zu Schauspielerin. Auch Ernesto war fast ein Kopf kleiner als sie, was ihn ziemlich amüsiert hatte. Bei 1,84 kamen eben die meisten nicht mit. Oder wie man hier rechnete: Six feet und ein paar Zerquetschte. Sie mußte sich noch die Wimpern tuschen. Sexy, sexy. Das Telefon klingelte. Hoffentlich nicht noch mal William. Er würde bestimmt fragen, was sie abends machte, und sie log wirklich ungern. Nikita suchte den Hörer. Küche, Sofa, Stereoanlage. Das Klingeln kam aus dem Schlafzimmer.

»Helloho.«

Ihr Vater.

»Warte, Papa, ich stelle nur die Musik leiser.«

Sie ging zur Anlage. SSS... sexy. Die obligatorische Frage nach der Schule.

»Aber Papa, natürlich gehe ich immer hin.«

Sie hatten lange darüber diskutiert, ob sie in Deutschland oder in Amerika zur Schauspielschule gehen sollte. Er war für München, sah aber auch ein, daß die Aufnahmeprüfung bei den staatlichen Schulen ziemlich happig war. Dann wenigstens Lee Straßberg in New York. Nikita wollte unbedingt nach L.A.: Papa, da läuft doch am meisten. Da sind doch auch die besten Lehrer. Bei Lee Straßberg in Los Angeles wurde sie allerdings nicht aufgenommen. Dafür in der privaten Schule von Joana Baron. Er machte sich unnötig Sorgen. Sie war die einzige in der Klasse, die bisher noch keine Stunde versäumt hatte. Allerdings erzählte sie ihm nicht von ihren Schwierigkeiten mit dem neuen Lehrer. Von der Demütigung, vor den anderen zu sitzen und sich einen langen Vortrag über ihre mangelnde Sensibilität anhören zu müssen. Unerhört, als ob sie nicht genug Gefühle hätte.

»Am Samstag muß ich ein Stück vorspielen. Eine kurze Szene mit jemandem zusammen. Wir proben jeden Tag dafür. Ups, einen Moment, ich hab jemand auf der anderen Leitung.« Nikita drückte auf »Hold«. »Helloho!... Mary, I'm on the other line with Germany. Are you at home?... Let me call you right back. Two minutes.« Sie drückte wieder auf »Hold«. »Papa? Da bin ich wieder. Das war Mary, die Südafrikanerin, die auch in meiner Klasse ist... Weißt du, mit wem ich heute abend ausgehe? Das glaubst du nicht. Ernesto Gabriel.«

Ihr Vater kannte ihn nicht. Meinte auch, sie solle ja aufpassen, daß sie keinen schlechten Ruf bekam. Daß man sie nicht als Flittchen abstempelte. Denk auch an Reini. Denk daran, was du ihm versprochen hast. Denk an deine Zukunft. Du bist nicht zum Vergnügen da. Ich zahle nicht für dich jeden Monat soviel Geld, damit du dir die Nächte um die Ohren schlägst.

»Manno, Papa. Hast du so wenig Vertrauen? Ich gehe doch nur mit ihm aus, mehr nicht. Wir gehen zu einem screening. Da sind ganz viele andere Schauspieler und Agenten und Journalisten und so weiter. Ich muß mich doch auch sehen lassen. Die müssen mich doch kennen. Wie sollen die mich denn sonst buchen?«

Vertrauen, Reini. Vergnügen, William. Verrat, Ernesto. Nein, mit dem würde sie bestimmt nichts anfangen. Ein kleiner Flirt schadete aber nicht. Daß sie einen der Stars kannte, war bestimmt von Vorteil. Warum verstand ihr Vater das nicht? Er hatte bereits das Thema gewechselt. Das machte er immer, wenn er sich unbehaglich fühlte. Auch als ihre Mutter gestorben war, wollte er nicht mit ihr darüber reden. Er meinte, weil er damals schon nicht mehr zu Hause lebte, ging ihn das nichts an. Obwohl sie noch verheiratet waren. Nikita schluckte. Sie war so traurig gewesen. Gefühle haben, Gefühle zeigen. War sie wie ihr Vater, der das nicht konnte? Hatte ihr Schauspiellehrer doch recht?

»Was hast du gesagt, Papa?«

Sie hatte nur noch dem sonoren Sound seiner Stimme gelauscht. Ihr Vater mußte für eine Woche geschäftlich nach Hongkong.

»Rufst du mich an, wenn du wiederkommst, ja? Tschau, Papa, tschau.«

Damn you. Sie warf den Hörer auf das Bett. Diese Gespräche ließen sie immer völlig hilflos zurück. Ihr Selbstvertrauen zerbröckelte zu einem Haufen Staub. Nikita stellte die Musik wieder lauter. Damn me. Schon als kleines Kind hatte sie ihm nicht sagen können, was sie wirklich dachte. Was war das eigentlich für eine Beziehung? Nur Vorhaltungen, Kontrolle. Papa, don't preach. Sie mußte sich noch die Wimpern tuschen. Ernesto kam jede Minute, um sie zu dem screening abzuholen. Vergnügen. Verrat. Erst einmal eine Zigarette. Er konnte auch warten. Sie ließ sich schwer auf ihr Bett fallen. Who is your god?

Ein Mann für gewisse Stunden

[November 16th]

175 Indiana Street

»Du kannst deine Sachen in die Ecke stellen. Ein Regal im Schrank ist auch frei. Ich muß ein bißchen telefonieren.«

Farun schob die Schranktür auf, klopfte auf das oberste Brett und ließ sie allein. Melanie klappte lächelnd ihren Koffer auf. Sie hatte erreicht, was sie wollte. Er hatte sie zum Bleiben aufgefordert. Morgen kam Gunter zurück, da hätte sie sowieso aus dem Strandhaus in Santa Monica ausziehen müssen. Fliegender Wechsel. Melanie nahm einen Stapel T-Shirts aus dem Koffer und legte ihn über Faruns Winterpullover aus feingestrickter Wolle. Edle Sachen hingen auf den Bügeln, Anzüge, Designerhemden. Er mußte wirklich Geld haben, beziehungsweise sein Vater. Fast war es ihr unheimlich, sich zu überlegen, aus welchen Kanälen das stammte. In ihrem Drehbuch hatte sie ihm gleich einen Mafia-Hintergrund gegeben, als Erklärung, warum Athos unten in Venice wohnte und nicht oben in den Hügeln. Hier konnte er untertauchen und unauffällig seinen gefährlichen Geschäften nachgehen. Na gut, auch wenn Faruns wahrer Grund, in Venice zu wohnen, wahrscheinlich nur der Strand war. Sein Basketballcourt. Melanie hing ihre Blusen über einen freien Bügel. Mit ihm zusammenwohnen, mit ihm aufwachen, mit ihm sein Leben teilen. Erregende Nähe. Sie brachte ihre Waschsachen ins Bad. Farun kam ihr entgegen.

»Ich geh 'ne Runde surfen.«

»An den Strand?«

»Wo denn sonst? Wolltest du mit?«

»Nein, nein. Ich will ein bißchen schreiben.«

Sie log. Natürlich ging sie gern mit ihm zum Strand. In der Sonne liegen, ihm zuschauen, wie er auf dem Brett im Wasser herumturnte, sich räkeln, auf ihn warten, bis er naß mit tropfenden Haaren zu ihr kam, um sich auszuruhen, bei ihr, mit ihr.

»Okay. Bin weg. Wenn du rausgehst, leg den Schlüssel hinter den Klimakasten am zweiten Fenster.« Farun schulterte sein Surfboard.

So ein Idiot. Verstimmt ordnete Melanie den Rest ihrer Sachen ein. Schon zerstob der Heiligenschein, den sie gerade so interessant gestaltet hatte. Farun war richtig gefühlskalt. Kein Kuß, nichts. Als ob sie ein Stück Fleisch wäre, das er ab und zu konsumierte. Sie gab dem leeren Koffer auf dem Boden einen Stoß mit dem Fuß. Sven hätte sie so nicht behandelt. Sven. Natürlich erreichte man nach drei Jahren eine andere Ebene, eine Ebene, wo Rücksicht ein Begriff war. Oder Sensibilität. Obwohl Sven sie so enttäuscht hatte, steckte das Ideal des absoluten Vertrauens in ihr. Ein Vakuum, das dieser unreife Farun nicht ausfüllen konnte. Was machte sie hier eigentlich? Nach ein paar Nächten zog sie einfach in sein Apartment. Sie wußte nichts von ihm, sie konnte mit ihm nicht reden. Ein Experiment. Da wird die von ihr erfundene Figur eines Scripts plötzlich lebendig, und aus der Lebendigkeit ergibt sich eine neue Geschichte, die man nur noch aufschreiben mußte. Was für ein Part war da für sie vorgesehen? Konnte sie überhaupt derart an der Oberfläche leben? Im Bett lief es hervorragend mit Farun – jedoch ohne Sprache. Er war wild, ungezügelt, aber es hatte nicht viel mit ihr zu tun. Sex ohne Tiefe, schnelle Befriedigung, falsche Erleichterung. Sie vermißte die langen Blicke zwischendurch, das glucksende Lachen, die Freude. Teure Kostbarkeit Nähe.

Melanie drückte ihr Gesicht in die apricotfarbene Decke. Der gleiche Ton wie das Seidenhemd vom ersten Abend. Ein so schöner Mann. Seine langen Haare erotisierten sie. Locken an ihrer Haut. Der weiche Mund, der an ihren Oberschenkeln hochfuhr.

Das Muskelspiel der Schultern. Melanie roch seinen Duft in dem Stoff der Decke. Cool Water. Sie lutschte an zwei Fingern und tastete unter dem T-Shirt nach ihrer Brustwarze.

»Café Rodeo«

»I'm not sure if I like to accept the role.«

Ihr Herzmund schien bei der Agentin wenig Wirkung zu zeigen. Nikita versuchte ein süßliches Lächeln, von dem sie wußte, daß es eigentlich nicht zur Situation paßte. Heb dir das für die auditions auf, hörte sie eine innere Stimme predigen. Obwohl ein Test ja nicht schadete. War diese Agentin die richtige Wahl? Nacktaufnahmen sollte sie machen, so ein Scheiß. Als Model hatte sie sich noch nicht einmal für Badeanzüge ablichten lassen, geschweige denn für Unterwäsche. Einmal hatte sie Maurizio Magnani zuliebe nackt posiert. Er wollte unbedingt ein bestimmtes Licht ausprobieren. Das war das einzige Mal. Als sie Milano verließ, stahl sie die Negative und schmiß sie in den nächsten Mülleimer.

»You sure like to, darling. Natürlich möchtest du. Es ist Cable-TV. Anständig bezahlt. Du kannst dich doch sehen lassen. Außerdem sind wir in Amerika. Nackt ist hier nicht besonders nackt. Man wird gar nichts sehen.«

»Ich will aber nicht auf diese Bettrollen festgelegt werden. Sonst nimmt man mich doch nicht ernst. Ich möchte Charakterrollen spielen. Meinetwegen auch solche kleinen wie die in *Family Matters*. Obwohl ich das ziemlich doof fand, daß sie die Rolle so zusammengestrichen haben. Echt, ich renne da zweimal zu einem callback, sabbel stundenlang mit dem Regisseur, und dann ist es am Ende nur ein Auftritt von zehn Sekunden.«

»Niki, jetzt hör mir mal zu. Ich als deine Agentin sage dir, daß du den Job machen kannst, also machst du ihn auch, verstanden?«

Nikita schaute nach draußen. Die Sonne brannte durch den Plastikvorhang, spiegelte sich in dem Glas der Tische, warf Sonnenflecken in das Dunkel des Hinterraums. Café Rodeo, am Rodeo Drive. Zentrum von Beverly Hills. Pretty Woman geht shoppen und wird gedemütigt. Gab es auch eine Szene im Rodeo Café? Wände aus dunklen dicken Backsteinen, eingearbeitete Torbögen, glänzend lackierte Rohrholzstühle mit grünen Ledersitzen. Auf englisch getrimmt, old fashioned, so aufgesetzt und unecht wie die Gäste. Goldknöpfe blinkten, Goldketten an den Handtaschen, goldgestickte Embleme. Nikita fühlte sich unpassend angezogen. Ausgefranste Jeans, der Melrose Chic. Mit den Mailänder Modemachern kannte sie sich aus. Paris Fashion? Ce n'est pas un problème. Aber Amerika war so aufgesetzt. Auch ihre Agentin hatte dieses betont Teure, diese schrillen Farben, dazu Gold, Gold, Gold. Aus den in die Decke eingelassenen Lautsprechern rieselte die sanfte, leicht gebrochene Stimme von Chet Baker. Kaum hörbar. Einsame Lieder eines späten Feierabends. Deplaziert an diesem Ort der grellen Töne. Sie zündete sich eine Marlboro Light an.

»Hat Ernesto sich schon gemeldet?« fragte Nikita. Herzmund um den Zigarettenfilter.

»Gabriel? Nein. Aber ich werde bei der Production Company noch mal nachfragen.«

»Er hat gesagt, ich bekomme den Part bestimmt. Er wäre wie für mich geschrieben.« Mit dem Zeigefinger kringelte sie eine der Locken immer enger, bis die Haare in ihre Haut einschnitten.

»Niki, Niki. Du weißt doch, wie es hier ist. Es wird viel geredet, alles versprochen und so gut wie nichts gehalten. Halte dich an die Jobs, die du sicher hast. Langsam und stetig nach oben. Auch wenn du in *Family Matters* nur einen Satz gesagt hast, bist du dadurch endlich in der SAG. Das bedeutet, daß du viel leichter ein Arbeitsvisum bekommst. Und die Fernsehsache nächste Woche wird dir viel Geld bringen. Morgen hast du zwei auditions. Was willst du mehr?«

»Den Film mit Ernesto. Er ist sooo sexy.«

Nikita pustete den Rauch ihrer Zigarette gegen das Plastik. Kreisrund, ein Fleck, ein Muster, verflüchtigt, weggewischt.

»Du solltest nicht rauchen. Das ist nicht gut für dein Image. Abgesehen davon möchte ich dich noch mal darauf hinweisen, daß Ernesto Gabriel verheiratet ist. Und du weißt genau, daß seine Frau als Co-Produzentin seiner Filme auftritt. Also laß die Finger von ihm. Sonst bist du draußen. You're gone…«, sie schnippte mit den Fingern, »like this.«

Nikita blickte die blonde Frau ihr gegenüber überrascht an. Ein strenger Zug um den Mund. Ihre Agentin wollte ihr das Rauchen verbieten? So weit kam es noch. Kontrollen, Verbote. Erst ihr Vater, dann die Agentin. Ernesto konnte ja wohl selbst entscheiden, was er machte. Daß der kein Klosterschüler war, wußte doch jeder. Seine Frau kannte sie auch, eine ganz langweilige Pute. Kein Wunder, daß er sich da lieber mit ihr traf. Nach dem screening waren sie noch ins Roxbury gegangen. Cool and smooth. Kurz hatte sie da die Vision gehabt, daß William in der Ecke stand und sie beobachtet. Und ihr dann eine furchtbare Szene machte. Gut, daß er weit weg in New York war. Sie hatte ihm von dem Date auch nichts erzählt, er regte sich nur unnötig auf. Frei sein. Frei handeln können. Nahm das zu oder ab, je berühmter man wurde? Sie mußte Geduld haben. Folgsam drückte Nikita die zur Hälfte gerauchte Zigarette im Aschenbecher aus.

6850 *Camrose Drive*

Schatten an der Wand, sprunghaftes Dasein, Abbilder eines fremden Lebens. Durch die Jalousien brach sich das Sonnenlicht. Halb fünf am Nachmittag. André schlenderte über die Terracottafliesen durch die Halle. Die Glastür zum Garten stand offen. Leise surrte die Reinigungmaschine des Pools, Wasser gluckerte durch die kleinen Öffnungen am Beckenrand. Er betrachtete die nackte Frauengestalt auf dem gelben Handtuch. Tanja lag auf dem Rücken, das Gesicht der Sonne entgegengestreckt, einen Arm unter dem Kopf. Ihre Augen waren geschlossen, die braunen kleingelockten Haare lagen ausgebreitet. Angewinkelte Beine, eine Haltung, die Ruhe und Gelassenheit ausströmte. Etwas irritierte André. Er sah sie genauer an. Entspanntes Gesicht, offensichtlich schlief sie, die Augenlider zitterten nicht. Eine dunkelbraune Puderschicht lag auf ihnen. Das war es, Tanja war geschminkt. Ungewöhnlich für jemanden, der sich sonnte, ungewöhnlich auch für Tanja. Er hatte sie noch nie tagsüber geschminkt gesehen. Splitternackt und dann mit Make-up im Gesicht. Als ob sie jemanden erwartete. Überhaupt merkwürdig, daß sie nicht arbeitete. Sonst kam sie nie vor sieben nach Haus. André vergrub die Hände in den Hosentaschen. Der Glanz der Sonne auf den Lippen, auf den sorgfältig ausgemalten Lippen. Ein leichter Schimmer. André mußte unwillkürlich auflachen. Das war aber kitschig: Glanz der Sonne. Ertappt. Er schlängelte sich an der Glastür vorbei, ging zum Ledersofa in der Ecke und ließ sich in die kühlen Kissen fallen. Thorsten war sein Freund. Er durfte das nicht vergessen.

Schlafen, träumen, schweben. Ein kühler Luftzug an seinem Nacken. Kalter Schweiß, der klebte. Erschöpfung und Angespanntheit. Morgens hatte er gedreht. Ein kleiner Werbejob für Sunbird. Bevor die Produktionsfirma sich hauptsächlich um Kinofilme kümmerte, hatten sie TV-Spots gemacht. Einige Kunden wurden immer noch betreut. Aufstehen um vier Uhr morgens, das erste Licht über dem Hügel, die Feuchtigkeit auf den Gräsern. Das Model war richtig hübsch gewesen. Volle, weiche Lippen. Er mußte sich nur ein wenig anstrengen, seine Bauchmuskeln bewegen, ein Stück näher kommen, den Lippen entgegenkommen...

»Ich wußte gar nicht, daß du schon da bist.«

André öffnete die Augen. Tanja kam von der Terrasse herein, das gelbe Handtuch im ihre Brüste gewickelt, die Haare zu einem Pferdeschwanz verknotet. Warum eigentlich immer gelb? Sie lächelte kurz und knapp und ging weiter in Richtung Küche.

André verfolgte ihre Bewegungen, hörte das leise Tappen der nackten Füße auf den Fliesen. Öffnen und Schließen des Kühlschrankes, Zischen eines Dosenverschlusses, Eingießen, leises Poltern – die Dose landete in der Kiste unter der Spüle. Tanja kam mit einem Glas Mineralwasser in der Hand zurück, beachtete ihn nicht, ging wieder nach draußen. André schloß die Augen. Sie mußte gewußt haben, daß er schon da war. Warum hätte sie sich sonst das Handtuch umwickeln sollen? Der nackte Körper unter dem Frottee. Die weichen Rundungen. Lippen. Tanjas angemalte Lippen. Sie hatte sich für ihn geschminkt. Wer sollte sonst kommen? An einem heißen Nachmittag. André neigte den Kopf zu den Jalousien. Das Glitzern der Wasseroberfläche blitzte durch die Streifen. Er versuchte zu schlafen, den Schlaf zu erzwingen. Die leicht geöffneten Lippen des Models vom Vormittag. Sie kamen nicht näher. Ob Tanja wieder nackt auf dem Handtuch lag? Er würde das zu gern sehen. Sie noch einmal dort liegen sehen. Nichts weiter. Das konnte er doch machen. Aufstehen, in die Küche gehen, dabei einen Blick zur Seite werfen. Das war nicht verwerflich. Wie zufällig schauen. Nichts sagen. Nur vorbeigehen.

André stand auf, ging ein paar Schritte, schaute verschämt zur Seite. Sie lag am Pool. Tanja lag nackt auf dem gelben Handtuch neben dem Pool. Er starrte auf das Bild, das wie eingefroren schien, nichts bewegte sich, die Beine lagen ruhig da, die Arme neben dem Körper. Von hier aus sah er die Seite einer Brust, den etwas kantigen Hüftknochen, die hellbraunen gelockten Schamhaare. André starrte auf diesen athletischen, verlockenden Körper ein paar Meter vor ihm, den Körper, der sich nicht rührte, den er zum Leben erwecken wollte, stoßweise, lustvoll, gebieterisch, die Frau, die sich ihm dort wie auf dem Präsentierteller anbot, mit der er im Haus ganz allein war.

»Body of Evidence«
Radiowerbung für den Film:
We are not animals, sagt Willem Dafoe. Yes we are, antwortet sie. Madonnas Kaltschnäuzigkeit, ihre harten Lippen, Hollywood lacht, Hollywood lacht.

Runyon Canyon Park
Ein Gärtner stocherte im Laub. Von fern hörte Carl das Gekreische einer Eule. Hundert Piraten sollen einst auf dem Gelände hingerichtet worden sein. Merkwürdig, zu der Zeit war das bestimmt eine Tagesreise vom Meer. Er ging unter einem Dach aus Ficusblättern die Straße entlang. Camino Palermo. Carl dachte an die saftigen Sommer im Schatten der Kastanien. An Stille, endlos langgezogen. Ein Cherokee Jeep hielt vor ihm, der Fahrer mit beiger Daunenweste stieg aus und ging mit seinem Hund auf das Gitter zu. Runyon Canyon Park. Betonweg durch Palmen.

Am Eingangstor des Parks fing Carl an zu laufen. Und eins, und zwei, ruhig atmen. Er mußte fit sein für morgen, für die Premiere des Theaterstückes. Zwar war es keine große Sache, aber Ewa hatte viele Presseleute eingeladen. Vielleicht brachte ihm die kostenlose Schufterei doch etwas. Außer experience. Ewa war mit ihm ganz zufrieden, hatte sie doch einen Dummen gefunden, der bereit war, das Machoarschloch zu spielen. Und er konnte zusehen, wie er damit fertig wurde. Eins und zwei, und eins. Er joggte gern im Park. Obwohl hier unten zu viele Leute waren. Und zu viele Vierbeiner, ein richtiger Hundelaufsteg. Der Beton mündete in einen ausgewaschenen Sandweg, der sanft anstieg. Der ganze Hügel war ein Park, ein Canyon mit zwei Wegen, die sich oben kreuzten. Sandbett. Vertrocknete Bäume, lose Äste. Die Rufe der Hundehalter. Carl hörte in Gedanken den Ruf der Mutter, Essenszeit, kommst du, Carl, wir wollen essen.

Er kam an einem verlassenen Tennisplatz vorbei. Rosa ausgeblichener Stein, Graffiti bedeckten den Boden. In seinen Ohren klang ein Glockenspiel, eine altmodische Melodie, Spieluhr seiner Kindheit, kling klong, er wurde es nicht los. Was war das denn, was da raus wollte? Carl stoppte. Er sah die Gesichter seiner Eltern nach der ersten Aufführung mit der Theatergruppe in Eckernförde. Unverständnis gemischt mit Stolz. Die Nachbarn zollten Respekt, die Lokalzeitung brachte eine Story, der Bürgermeister gab sich die Ehre. Auf der anderen Seite stach der unverhohlene Spott der Kollegen auf dem Bau. Hey, Hamlet, vergiß deinen Helm nicht. Unser Hamlet denkt mal wieder ganz scharf nach. Hamlet meinst du? Der ist sich doch zu fein für die Drecksarbeit, laß mal gut sein, ich mach das eben. Carl schaute auf das Dach eines eingestürzten Hauses. An Eisenstäben hing ein Stück der Mauer, und der Baum, der aus dem Dach gewachsen war, ragte schief über den Abgrund. Den Maurerjob hatte er trotz der Anfeindungen weitergemacht. Bis zu dem Zeitpunkt, als er die Aufnahmebestätigung für München in der Hand hielt.

Carl machte Dehnübungen und betrachtete die Spaziergänger auf der anderen Seite des Canyons. Dort ging ein Mädchen, mit geschmeidigen Bewegungen; dunkle, halblange Locken, die bei jedem Schritt auf und ab wippten so wie ihre Brüste unter dem grauen T-Shirt. Anmutig. Die weiche Haut einer Frau spüren, die warme feuchte Nähe eines anderen Menschen.

Er sprang auf und kletterte den Hügel hoch. Oben stand eine Bank. An der Stelle führten die beiden Wege zusammen. Er mußte das Mädchen abfangen. Holzstufen zwischen den Felsen, stachlige Kakteen. Hinter ihm die Straßen von L.A., Allgegenwärtigkeit der Stadt mit ihrem gleichbleibenden Geräuschpegel. Carl lief schneller.Die Hollywoodlettern auf dem hinteren Hügel hüpften auf und nieder. Er lief, schwitzte, stank. Sie kam ihm entgegen. Er sah das Mädchen auf sich zukommen und starrte auf ihr T-Shirt. Wisconsin XXL. Sie lächelte ihn an, sagte »Hi«. Er stammelte dasselbe und lief an ihr vorbei. Sie federte auf ihren Turnschuhen, in der Hand einen Walkman, einen gelben Sony-Sport, da lief sie, ganz auf sich und ihren Bewegungsfluß konzentriert. Er war ein Idiot. Nichts weiter als »Hi« hatte er zu sagen. Erschöpft und wütend ließ er sich auf die Bank fallen, sah das Mädchen den Hügel hinunterlaufen, sie drehte sich nicht um, natürlich nicht, warum auch, er war ein Nichts, ein verschwitzter Typ, der auf ihre Brüste gestarrt hatte, mehr nicht. Zwei Schüsse ließen Carl hochschrecken – Auspuff oder Crime? Die beiden Erschossenen im »Black and Blue« kamen ihm in den Sinn, das Wohltätigkeitskonzert der Rapbands letzte Woche. Dagegen waren seine Probleme wirklich lächerlich.

Zwei blonde Mädchen näherten sich schwatzend von hinten, ihr Pudelmischling hechelte, sie setzen sich neben ihn auf die Bank, seine Bank, und baumelten mit den Beinen. Er wollte laufen, den Hügel hinunterlaufen, stürzen, kullern, auf die Stadt zu, die ihn für immer verschlingen sollte, vergessen, warum er hier war, über den Avenues fliegen, als Leichtgewicht, als Vogel, sich auflösen in Konfetti, das von den Hubschraubern abgeworfen wurde, nur weg von diesem Hügel, von diesem Blick auf die Stadt, die ihn nicht haben wollte.

Carl blieb sitzen und rührte sich nicht. Er blieb bis zum Abend dort sitzen, unbeweglich, und starrte in den sich langsam orange färbenden Himmel. Farbsymphonie seines Unglücks.

6850 *Camrose Drive*

»Was ist mit dir?«

»Nichts. Laß nur.«

»Hast du ein schlechtes Gewissen?«

André antwortete nicht. Er zündete sich eine Benson an. Schwarze Strähnen im Gesicht, die er nicht fortstrich. Verharren im Moment, Rückzug in die Gegenwart. Jedes Erleben war eine Sequenz von Bildern, die auf ihn einströmten, die er festhalten konnte oder fließen lassen. Aufnehmen, behalten, abstoßen. Tanja hatte das weiße Laken umgeschlungen, von Gelb zu Weiß, vom Signal zur Unschuld. Ein Zipfel hing über der Schulter, endete über ihrer rechten Brustwarze, wies genau auf den Nippel. Die Lippen leuchteten rot im Halbdunkel des Zimmers. Sie saß entspannt, mit angezogenen Beinen, ihm zugeneigt. Fatale Gewißheit.

»Wir wollten es doch beide. Thorsten wird es gar nicht erfahren.«

»Darum geht es nicht.« André betrachtete das lebensgroße Poster von Richard Gere an der Wand. Ein Mann für gewisse Stunden. Wie einfach das war: Sex auf Bestellung, Sex als Bestätigung, Sex zur Beruhigung.

»Gib mir lieber einen Zug. Worum geht es denn?«

Tanja umarmte ihn von hinten. Ihre Haarspitzen streiften seinen Oberarm. Sie nahm ihm behutsam die Zigarette aus der Hand und rauchte.

»Vertrauen. Das ist es. Ich habe sein Vertrauen mißbraucht. Von Claudias ganz zu schweigen. Ich hätte das nicht machen dürfen.«

»Was heißt, *du* hättest nicht? Ich war doch auch dabei. Ich habe auch entschieden. Mit dir zusammen übrigens, wenn du dich erinnerst. Es war in der Küche. Du bist mir in die Küche gefolgt…«

»Hör auf.«

»Und ich habe das Handtuch fallen lassen…«

»Hey, hör schon auf…«

»Und dann bist du…«

Er hielt ihr den Mund zu. Tanja biß in seine Hand, machte sich los, er griff ihren Arm und drückte sie auf das Kissen zurück. Der Zigarettenstummel fiel auf den Boden.

»Na los, komm schon. Mach mich an. Ich will dich, nur dich«, flüsterte sie ihm ins Ohr und schob ihr Knie zwischen seine Beine. »Laß uns Thorsten vergessen, er ist sowieso ein Langweiler. Laß uns zusammensein. Nur wir beide. In dieser Stadt. Wir schaffen alles, was wir wollen, wir erobern L.A. gemeinsam.«

»Sei still, ich will das nicht hören«, protestierte er schwach.

»Und die Nächte gehören uns beiden. Nur dir und mir.

Komm, gib deinen Widerstand auf, versuchen wir es noch mal, mach dich frei von deinen wirren Gedanken, du willst es doch.«

Er war dicht über Tanjas Gesicht. Ihr warmer Atem kitzelte seine Lippen. Begehren, Betrug. Thorsten war sein bester Freund. Claudia wartete in Hamburg auf ihn. Und er wollte nichts anderes als diesen Körper unter ihm besitzen, diese Stimme weiter flüstern hören, in diesen Laken herumwühlen. Den Höhepunkt als Nahaufnahme erleben, als riesengroße Nahaufnahme, vor ihm, mit ihm, jetzt.

Die Farbe des Geldes

[November 27th]

Billard Hall

Der schnieke Koreaner zeigte seiner jungen koreanischen Freundin den richtigen Winkel. Am Nebentisch übte ein Altrocker mit zwei Kugeln. Ging die farbige ins Loch, nahm er eine neue und plazierte sie an eine andere Stelle. Kleine grüne Vierecke im Teppichmuster, die Tische waren auch Vierecke, braun umrandet, dunkles Holz um dicken Filz. Ein großer Saal mit einer für Los Angeles ungewöhnlich hohen Decke. Eine alte Fabrikhalle mit gewölbter Holzrundung, schmale Galerie mit einer Reihe Grünpflanzen. Ein Ort der Schaukämpfe. Paul Newman als alternder Poolbillardspieler, Tom Cruise mit Holzfällerhemd, das nach amerikanischer Jungensart offen über der Jeans baumelte.

»Partner?« fragte Farun und balancierte das Tablett mit den Kugeln zu Tisch 27.

»Du mit ihr.« Joe zeigte auf Melanie.

»Ihr müßt mir aber noch mal die Regeln erklären«, sagte Melanie leichthin. Daß sie noch nie Pool gespielt hatte, verschwieg sie lieber. Drei Männer und sie. Farun und Klaus hatten sich vorhin allein getroffen, um ein Projekt zu besprechen, das sie gemeinsam realisieren wollten. Eine Western-Persiflage. Zehn Minuten Schüsse in der Wüste. Der dritte Typ, Joe, arbeitete in der Filmtechnik. Ein Beleuchter aus Bayern. Er war bei Gunter Horstmanns letztem Film dabei gewesen. Eigentlich hieß er Johannes, legte aber Wert darauf, von allen Joe genannt zu werden.

»Halt dich nur an unseren Champ hier«, meinte Joe. »Er ist 'ne echte Kanone.«

»Erst mal 'n Bier«, sagte Klaus. »Gut, daß wir hier gleich an der Quelle sind.« Klaus ging die paar Schritte zur Bar. »Four beers, please.«

Melanie folgte ihm.

»Für mich nicht, danke, ich trinke lieber Rotwein.«

»Ihr Wunsch sei mir Befehl, Gnädigste. Three beers, one red wine.«

»Sie muß immer eine Extrawurst haben«, sagte Farun zu Joe. Er ordnete die Kugeln in Dreiecksform.

»Wie alle Frauen.« Joe grinste. »So lange sie das Teil gut in der Hand halten...«

»Mach dir nichts draus«, sagte Klaus leise zu ihr. »Hinter schlechten Manieren verbirgt sich oft verkrampfte Unsicherheit. Stell ihn dir allein unter Raubvögeln vor, er wird sofort ein jämmerliches Bild abgeben. Und was sind die Menschen in L.A. denn anderes als eine Horde von Raubvögeln, die um ein bißchen Nahrung zanken. Die Filmwelt, die so erfolgreich Illusionen verkauft, ist selbst eine illusionslose Welt. Nur das weiß unser Opfer nicht. Er ist nur Statist. Und vermutlich unterbezahlt.«

Melanie lachte. Klaus wurde ihr sympathisch. Seine hintergründigen Bemerkungen waren eine Abwechslung zu Faruns manchmal doch etwas banalen Statements. Sie kamen zurück an den Tisch. Melanie trank im Gehen einen Schluck Rotwein. Herb, etwas sauer. Sie schüttelte sich. Behutsam legte Joe das abgegriffene Holzdreieck um die glänzenden Kugeln, ruckte es ein wenig hin und her, nahm es ab und hängte es über die längliche Neonlampe.

»Und wie geht das nun?« fragte Melanie.

»Die einfarbigen Kugeln sind eure, die mit den Streifen unsere«, erklärte Joe. »Die weiße knallt sie in eines der Löcher. Ganz einfach. Ab ins Loch, so wie im wirklichen Leben.«

Melanie überhörte die Anspielung. Raubvögel. »Und wenn die weiße selber reinfällt?«

»Wir wollen nicht hoffen, daß dir das passiert.«

Farun rieb die Spitze seines Queues mit Kreide ab. Schmal sah sein Gesicht aus, wenn er die Haare zum Pferdeschwanz zurückgebunden trug. Das langärmelige T-Shirt mit Knopfleiste mochte sie gern an ihm. Hellblau, mit aufgeklebten USA-Lettern, dem Donna-Karan-Logo. Er beugte sich über den Tisch. Austarieren, ein kräftiger Stoß, drei Kugeln ins Loch. Es war kurz vor zehn. An der hinteren Wand hingen große idealisierte Bilder von Athleten. Gelbe Sonnenstrahlen, Trikot, Turnstange, unterschwellige Leni-Riefenstahl-Ästhetik. Auf fünf Fernsehern lief ein Basketballspiel. Michael Jordon gab zwischendurch ein Interview. Der Ton war abgestellt, statt dessen plätscherte aus den Lautsprechern softe Rockmusik.

»Your turn, honey«, sagte Joe. »Laß ihn gut gleiten zwischen deinen Fingern.« Er stützte sich auf seinen Stock und legte das Kinn auf die gefalteten Hände.

Melanie fixierte den Abstand der Spielkugel zu der Kugel mit dem roten Streifen. Wish me luck. Sie stieß ihren Queue gegen die weiße Kugel, beide rollten ein Stück, die gestreifte fiel langsam ins Loch. Anfängerglück.

»Und rein ins Vergnügen«, sagte Joe.

»Nicht schlecht.« Farun nickte anerkennend.

Na also, ging doch. Melanie verspürte eine gewisse Genugtuung. Sie würde diesen eingebildeten Pool-Buben schon zeigen, wo's langging. Und dabei noch eine gute Figur machen. Spielende Eroberung, um zu halten, was sie besaß.

Melrose Avenue

Carl fror in seiner kurzen roten Jacke. Die Uniform des Parkservices sah auch ein bißchen lächerlich aus. Er pustete in die Hände. Die Melrose Avenue glänzte vor Feuchtigkeit, der erste Nieselregen in diesem Winter. Scheiß Job. Bei dem Wetter kamen alle Restaurantgäste in Taxen. Gerade mal drei Wagen hatte er geparkt. Los Angeles war eben nicht New York. Kaum regnete es, verkrochen sich die Leute. Wie in einem Provinznest. Schlechtes Wetter war im sonnigen Kalifornien der Sündenfall. Surfin' USA. Carl sehnte sich nach den Herbststürmen auf dem Land in Schleswig-Holstein. Nach dem Rauschen der sich biegenden Bäume. Obwohl er fror, freute er sich über die feuchte Luft. Drei Abende Theaterspielen hatte er hinter sich. Applaus für die Regisseurin, Applaus für die Schauspieler. Doch mehr als dreißig, vierzig Leute waren nicht in den Vorstellungen gewesen. Auch nicht die versprochene Truppe der Presseleute. Auf ihn jedenfalls war niemand zugekommen, um ein Interview zu machen. Kleine Brötchen.

Vor dem erleuchteten Schaufenster gegenüber waren die massiven Eisengitter heruntergelassen. Cowboystiefel, Boots mit dikker Gummisohle, used Levi's, Bodystockings mit Spitzen. Carl schlenkerte mit den Armen. Drüben bei Johnny Rockets hockten auch nur ein paar Gestalten auf den silbernen Barhockern. Best Hamburgers in town. Vielleicht nicht die besten, aber er mochte sie. Er hatte heute noch nichts Richtiges gegessen. Eine Sparmaßnahme. Morgens Brot, mittags nichts, abends Pizza oder Burger.

Ein Honda Accord fuhr vor. Valet Parking 5 Dollar. Carl hielt die Beifahrertür auf. Eine ältliche Frau in türkisfarbenem Kostüm und Turnschuhen stieg aus, wartete auf ihren Begleiter und hakte sich bei ihm ein. Amerikanerinnen hatten wirklich keinen Geschmack. Carl setzte sich hinter das Steuer. Fünfgangschaltung. Wenigstens etwas. Er mochte Automatikautos nicht. Hochtourig fuhr er um den Block, parkte den Wagen auf dem Liefergelände eines Supermarktes und machte sich auf den Rückweg. In dem Erotikshop stöberte ein Koreaner nach dem billigsten Schwulenvideo. For rent. Der Laden daneben stand auch immer noch leer. Leere und Einsamkeit, passend. Nicht einen einzigen Freund hatte er in dieser beknackten Stadt. Sicher, er kannte ein paar andere actors aus seiner Agentur, weil man sich immer wieder bei auditions traf. Aber mehr als ein bißchen oberflächliches Geplappere war nicht gewesen. Er wußte, daß es eine richtige

German Community gab, aber kennengelernt hatte er noch niemand von denen. War vielleicht auch besser so. Er war schließlich hergekommen, um den amerikanischen Markt aufzurollen.

Carl erreichte das siamesische Restaurant und hängte den Autoschlüssel des Hondas in den Kasten. Sein Kollege fuhr gerade einen Golf weg. Dahinter hielt ein Mercedes. Zwei deutsche Autos Stange an Stange. Eine Seltenheit in L.A. Ehe Carl die Tür öffnen konnte, stieg das Mädchen schon aus. Lange gelockte Haare, groß, schön, vor allem ihr Mund. Wie ein Herz. Sie trug einen Minirock und eine bunte Hawaiibluse locker darüber. Das war doch das Mädchen, das er bei Ralph's gesehen hatte. Oder nicht? Jedenfalls sah sie ihr ähnlich.

»Hi«, sagte Carl schüchtern.

»Hi.«

Sie lächelte ihn an. Ihr Begleiter, ein Typ mit schwarzer Baseballkappe, legte demonstrativ den Arm um ihre Taille. Zusammen gingen sie die Stufen hinauf. Das war doch ein ganz bekannter Schauspieler. Er spielte in dem einen Film über kolumbianische Drogendealer mit. Ernesto Gabriel. Wer Erfolg hatte, bekam auch hübsche Mädchen. Sie war bestimmt ebenfalls Schauspielerin. Aber ihr Gesicht hatte er noch nie auf der Leinwand gesehen. Noch nicht. Carl setzte sich in den Mercedes. Automatik. Wie öd. Er stellte den Hebel auf D.

»Chan Dara«

Der Kellner führte sie zu einem der Tische an der Westseite des Restaurants. André half Tanja aus ihrem Leinenblazer. Ihr T-Shirt hatte einen eckigen Ausschnitt. Goldkette mit Anhänger. Ein rotes Herz.

»Der Blick ist wirklich wunderschön von hier.«

Tanja schaute verklärt aus dem Fenster. Ein Meer aus Lichterpunkten, flirrend gegen die Dunkelheit. Gewoben wie ein Teppich, der dicht über dem Boden schwebte, ohne ihn zu berühren. Hexenstadt.

»Ich mag die Aussicht noch lieber als die vom Griffith Observatory«, sagte André.

James Dean, der Rebell, in *Denn sie wissen nicht, was sie tun.* Autorennen auf dem Hügel, der trotzige Blick hinunter, unverstandener Aufstand gegen sich selbst. Tanja nahm eine der Mappen aus olivfarbenem Kunstleder.

»Und was kannst du mir empfehlen? Du kennst die Karte bestimmt auswendig.«

»Chicken Teriyaki machen die gut hier.«

»Dann werde ich das natürlich nehmen.« Tanja klappte die Karte zu, ohne weiter zu lesen.

»Das mußt du nicht.«

Sie flirtete. »Ich vertraue dir vollkommen.«

»Das haben andere auch schon gewagt und dabei böse Überraschungen erlebt.« Flirtender Blick zurück. »Aber da ich hier der Geschmacksberater sein soll – wie wär's mit Sushi vorweg?«

»Da sag ich nicht nein.«

»Was du generell nicht gern sagst.« André zündete sich eine Zigarette an. Die Schachtel Benson & Hedges war fast leer. Was ich noch zu sagen hätte, dauert eine Zigarette. Zehn Tage hatten Tanja und er schon gemeinsam verbracht. Er lebte von Moment zu Moment, dachte nicht darüber nach, was er da machte, genoß in vollen Zügen, mit dieser Frau zusammenzusein, war euphorisch, verdrängte jeden Zweifel. Doch die Zweifel waren da. Kochten auf kleiner Flamme. Spritzer der Wahrheit. Morgen kam Thorsten wieder. Morgen war alles vorbei. »Wobei wir beim Thema sind, Tanja. Meinst du nicht, wir sollten unsere kleine Romanze ganz schnell wieder beenden?«

»Sie hat doch noch gar nicht richtig angefangen«, sagte sie beleidigt. »Wenn Thorsten morgen wiederkommt, sagen wir es ihm. Er zieht dann in dein Zimmer und du in meins. Er wird schon darüber hinwegkommen.«

»Da betört die Schlange K., und gleich beißt sie zu. Du vergißt, daß er mein Freund ist.«

»Tja. Gefangen im Dreieck der Leidenschaft.«

»Bedeutet er dir gar nichts mehr?« bemerkte er. »Ihr wart ein halbes Jahr zusammen, wenn ich dich daran erinnern darf.«

»Schnee von gestern. Du kannst auch nicht immer den gleichen Film runternudeln. Hier lebt man eben schneller. Außerdem kann ich das ja wohl entscheiden, oder? Ich will ihn nicht mehr in meinem Bett, sondern dich. Basta. So einfach ist das.«

André warf einen kurzen Blick auf den Lichterteppich. Punkte im Koordinatenkreuz. Der Nieselregen hatte aufgehört, Schwermut als Grundstimmung, ein bißchen neblig, die Farben weich, gebrochen. Verlassene Parkplätze, verquere Dialoge, Dreiecksgeschichten.

»Hast du *The Long Weekend of Despair* von diesem jungen Filmemacher gesehen?« fragte er. »Er heißt Gregg Araki. War auf dem Titel der L.A. Times, mit einer roten Baseballkappe auf dem Kopf, darunter stand ›Guerilla Godard‹.«

»Nein. Mit den Independents kenne ich mich nicht gut aus. Tell me all about it, chéri.«

Wenn sie ihn nur nicht »chéri« nannte. So hatte sie auch Thorsten genannt. Das gab dem Ganzen den Charakter der Austauschbarkeit. Callboy ihrer Gnaden.

»Es geht um einen Ex-Filmstudenten, der große Pläne hat. Filmstreifen hängen an einem Rollständer in der Wohnung, Filmbücher in den Regalen. Er träumt am Fenster. Der Propeller der Klimaanlage dreht sich, durch die weißen Lamellen fällt Sonnenlicht. Er langweilt sich, er träumt, er hat Sehnsucht.«

»Das klingt sehr nach dir. Du grübelst auch immer so.«

»Mit dem Unterschied, daß ich Kameramann bin. Jedenfalls reißt ihn plötzlich das Telefonklingeln aus seiner Trance, Freunde kündigen sich übers Wochenende an, er wacht auf, putzt, schmeißt Bücher und Filmstreifen in den Abfall, freut sich. Es werden lange Tage: schräge Gespräche, flüchtige Liebeleien, bedrohliche Enge, enttäuschte Hoffnungen. Am Ende steht er wieder am Fenster, ernüchtert, zurückgeworfen in die alte Lethargie, er hat wieder seine Wohnung für sich, seinen Raum zum Träumen, zum Warten auf das Morgen. Doch es wird lange dauern, bis das Telefon wieder klingelt.«

»Fühlst du dich wirklich manchmal so?« fragte sie leise.

»Ich? Wieso ich? Es ist ein Film. Nichts weiter.«

»Maxx«

Gleichmäßiges Stampfen. Maxx. In die Knie, auf und nieder, dunkel, schemenhaft die Umrisse der Leute. Fische schwimmen durch die Nacht. Durcheinander von Leibern, verrückt nach der Beute, nach Würmern des Meeres. Unwichtig sein – ein Gesicht unter so vielen, unbedeutend, nichtssagend, im Halbdunkel der Diskothek. Haare fliegen, kurze Röcke, aufgeworfene Lippen, Schwarze mit Baseballkappen. Ein jeder für sich und doch mit dem Wunsch zu gefallen. Unüberbrückbar der Abstand zum anderen, schon vergessen die letzten Abenteuer ungesteuerter Lust. Und aus der Masse ragt sie empor, unter dem Mond, den Sternen, märchenhaft, kometenhaft ihr Aufstieg, gefeiert wird die junge Schauspielerin. Clap your hands.

Nikita tanzte wie in Trance, Ernestos Körper zuckte im weißen Licht vor ihr auf. Unter den vielen Tanzenden verblaßte sein Ruhm, er war nur ein attraktiver Mann, mit dem sie flirtete, einer ihrer Vasallen. Und wenn du gehst, so gehe nicht mit ihm, ihr hättet euch am Morgen nichts mehr zu sagen. Ein Refrain, ein Refrain. Sieh nur, wie er da auf und nieder wippt. Im Dunkeln, schwitzend. Ich werde ihm schon zeigen, wer ich bin, ich werde es ihm schon zeigen. Ein quietschendes Saxophon, Rap, Rap, du bist cool. Er schob die Mütze in den Nacken, streckte die Brust vor. Ja, du bist cool, Hollywood ist deine Stadt und bald auch meine. Nikita drehte sich vor Ernesto. Tanz mit mir, ich will dir deine Mütze vom Kopf reißen, sie mir aufsetzen, auf daß ich so cool werde wie du.

Sie klaute ihm die schwarze Baseballkappe und setzte sie sich verkehrt herum auf ihre Locken. Er lachte. Sie legte die Arme um seine Schultern, ein Kopf kleiner war er, lustig sah das aus, trotzdem waren sie ein schönes Paar, wie gemacht als Darsteller der Leidenschaft. In seinem Film, bald, sie war nur noch ein paar Zentimeter von ihrem Ziel entfernt. Ernesto schaute hoch, schaute hoch zu ihr, glutäugiger Ernesto Gabriel, ich brauche dich, so wie du mich brauchst, ich gebe dir Bestätigung, was willst du mehr, ich brauche deinen Körper heute nacht, tanz mit mir, mein teuflischer Engel, tanze mit mir, schwitze, ich will die Schweißtropfen auf deiner Stirn perlen sehen, ich will sie ablecken, einen nach dem anderen, küß mich, faß mich an, zieh mich von der Tanzfläche, nimm mich an der Hand, alle sollen sehen, daß du mich willst, daß du mich begehrst.

Laut ist die Musik, Rap, Rap, umgarne, umspinne, verführe mich, auf und nieder, push it, feel it, dance it, du bist cool, und ich will heute ein Stück davon haben, gib es mir, beschenke mich, laß mich so berühmt werden, wie du es bist.

»Maxx«

Rote Lichter lösten das weiße Zucken ab. Keep on walking. Melanie folgte Farun mit den Augen, registrierte jede Bewegung, jede Geste. Rhythmus gegen Unverständnis, Lachen war Gewinn, Traurigkeit Verlust. Sie wollte mehr für ihn sein als ein Anhängsel. Aus ihrer defensiven Lage herauskommen und Tore schießen. Eins nach dem anderen. Die Trophäe war bedingungslose Ergebenheit. Klaus machte ihr ein Zeichen, zur Bar zu gehen. Dieser Joe oder Johannes hatte sich zum Glück nach dem Billardspielen verdrückt.

»Was willst du trinken?« schrie Klaus.

»Was nimmst du?«

»Vodka Lemon.«

»Okay, ich auch.«

Klaus erkämpfte sich einen Zugang zur Theke. Zwei ältere Männer im Anzug standen abwartend an der Ecke. Einer mit rosafarbenem Schlips, der andere im Polohemd. Die waren sicher im Filmbusiness, wahrscheinlich irgendwelche kleineren Nummern in einer unbedeutenden Produktionsfirma. Und auf der Suche nach jungen Körpern, die sie mit Versprechungen ködern konnten. Are you an actress? You look like an actress. Die Musik, so stampfend, so laut, mußte ihnen doch auf die Nerven gehen. Melanie lächelte den beiden freundlich zu, verständnisvoll, verschwörerisch. Das Polohemd lächelte zurück. Bei dem war wohl heute blond angesagt. Ein kleiner Triumph. Vielleicht sollte sie auch Schauspielerin werden. Yes. I'm an actress. Klaus kam mit den Getränken.

»Na, gefällt dir das Maxx?«

»Ja!« schrie sie zurück.

»Montags ist es noch besser. Da kommen viele deutsche Filmleute. Am Wochenende ist normal Disco. Gemischt. Donnerstags Gay, sonntags Lesben, mittwochs Special Night. Da finden immer irgendwelche events statt.«

Ein Mädchen winkte von der Tanzfläche, Melanie versuchte zu erkennen, wer sie war. Minirock aus Lackleder, kreischiges Hawaiihemd. Lange Locken. Sie kam zu Melanie.

»Hey, Melly, erkennst du mich nicht?«

»Das gibt's doch nicht. Was machst du denn hier?«

Sie umarmten sich.

»Ich lebe in L.A. Schon seit einem Jahr. Und du?«

»Ferien«, sagte Melanie lachend. »Na ja, nicht ganz. Ich mache einen Drehbuchkurs an der UCLA.«

Klaus verschränkte die Arme.

»Stellst du mich vielleicht mal vor, oder was?«

»Klaus, das ist Nikita. Wir sind zusammen zur Schule gegangen. Bevor sie nach Berlin gezogen ist. Das letzte, was ich gehört habe, ist, daß du in Mailand gemodelt hast. Aber das ist schon ein bißchen her.«

»Ich gehe zur Schauspielschule. Ein paar Filmrollen hatte ich auch schon. Die letzte in *Family Matters*. Kennst du die Serie? Na, egal. Wahrscheinlich bekomme ich jetzt eine richtig geile

Rolle, eine leading role.« Verschwörerisch fügte sie hinzu: »In Ernestos Film.«

»Wer ist Ernesto?« fragte Melanie.

»Mensch, Ernesto Gabriel. Sag bloß, du kennst den nicht.«

»Ich aber«, warf Klaus ein. »Er ist der aufstrebende Stern am Himmel der Latino-Darsteller. Berühmt für seinen Blick, der gleichzeitig unschuldig und unheilvoll ist.«

»Er macht seinen ersten eigenen Film«, schwärmte Nikita. »Als Regisseur und Hauptdarsteller. Er sagt, ich bekomme die weibliche Hauptrolle.«

»Toll.«

»Ich bin mit ihm hier. Er tanzt da hinten. Vermißt mich wahrscheinlich schon. Sag mal, wir müssen uns unbedingt treffen. Ruf mich an, du bekommst meine Nummer über die Auskunft: four-one-one. Am besten morgen. Da habe ich Zeit, da können wir was zusammen machen. Wo wohnst du denn?«

»In Venice.«

»Da geh ich immer surfen. Zum Wohnen aber viel zu weit weg. Warum ziehst du nicht zu mir? Das wär doch lustig. Wir hätten bestimmt viel Spaß.«

»Du, mit Farun ist es auch ganz lustig.«

Melanie deutete mit dem Kopf Richtung Tanzfläche. Farun stand am Pfosten, ein Fuß hinten abgestützt, Pose wie ein Callboy, das Becken herausgedrückt, den Blick sexy von unten. Unschuldslamm. Er nickte im Takt der Musik.

»Geiler Typ. Dein Lover?«

Melanie nickte. Farun war sauer, weil sie beim Pool natürlich doch verloren hatten. Was allerdings eher daran lag, daß dieser Joe ein noch besserer Spieler als Farun war. Farun, ihr Lover. Klang gut.

»Kann ich verstehen, daß du dann in Venice bleibst. Würde ich auch. Also ruf mich an, wir sehen uns morgen, okay?«

Nikita ging zurück, warf Farun einen langen Blick zu, er reagierte mit einem leichten Hochziehen der Augenbrauen. Anerkennend. Nikita zwängte sich durch die Tanzenden, zu Ernesto, der seine Hände um ihre Taille legte und sie zu sich heranzog.

Unglaublich, daß Nikita hier war. Wie lange hatten sie sich nicht gesehen? Acht Jahre? Zehn? Nikita hatte sich gar nicht verändert. Das püppchenhafte Lachen, der unschuldige herzförmige Mund. Männermordendes Weib. Darauf spezialisiert, Freundinnen den Freund auszuspannen. Das war schon mit fünfzehn so gewesen. Zum Glück war sie selbst nie Opfer eines solchen Eroberungszuges geworden. Als Nikita nach Berlin zog, hatten sie sich noch ein paarmal geschrieben, dann schlief die Freundschaft ein. Als Schauspielerin konnte sie sich Nikita allerdings gar nicht vorstellen. Höchstens, wenn sie sich selbst spielte. Sich zu verstecken hinter den Rollen war sicherlich nicht ihre Intention. Dafür war sie ein zu expressiver Typ. Facetten der Persönlichkeit. Die Tänzer zuckten in dem Lichtergewitter. Verheißungsvolles rotes Licht.

Melanie ging zu Farun, der immer noch lässig an der Wand lehnte. Komm, tanz mit mir, beschwor ihn Melanie in Gedanken, komm, zeig, daß du wirklich mein Lover bist, komm, küß mich so, wie du mich im Dunklen küßt. Grüne Strahlen durchzuckten das Rot, get up, get up. All I wanna do is to be with you. Farun zog sie zu sich heran, kurz, aber heftig, und in ihr kochte ein Schwall Erregung hoch. Das war das erste Mal, daß er das in der Öffentlichkeit tat. Aus den Augenwinkeln schielte Melanie zu Nikita hinüber, die gerade wild mit Ernesto knutschte und nicht herschaute.

6850 *Camrose Drive*

Leise schob er die Glastür hinter sich zu. Es war naß und kühl draußen. André wischte die Sitzfläche eines Gartenstuhls ab, setzte sich und zog den Aschenbecher heran. Nighthawks. Lautes Geräusch von der Absaugemaschine des Swimmingpools. Von fern hörte man den Freeway. André ließ sein altmodisches Gasfeuerzug zünden. Einmal, zweimal. Er zog den Docht ein

Stück heraus. Jetzt ging's. Glimmende Melancholie. Er hätte gern Musik gehört. Tom Waits rauchig betrunkene Stimme. And the piano has been drinking, not me. Tanja schlief, die Tür zum Schlafzimmer oben stand offen. Ihre freche Art, das kokette Schütteln der krausen Locken, ihr athletischer Körper. Schon der Gedanke daran machte ihn wieder geil.

Tanja nahm die Situation wirklich sehr leicht. Wenn Thorsten morgen wiederkam, wollte sie ihn abholen und mit ihm reden, allein. Ihn vor vollendete Tatsachen stellen. André sah Thorstens Lachen vor sich, das plötzlich gefror. Der Schreck. Ob er explodierte? Stritt? Versuchte, etwas zu retten? Verzeihung, Versöhnung. Wußte man nicht. Vielleicht überlegte es sich Tanja anders, wenn sie ihn wiedersah. André schnippte die Asche ab. Den besten Freund zu hintergehen war wirklich übel. Ja, er hatte ein schlechtes Gewissen. Klassischer Fall von Vertrauensmißbrauch. Früher hatte er ein völlig neutrales Verhältnis zu Tanja gehabt, der Freundin seines Assistenten. Wirklich am besten, wenn er morgen wegfuhr. Er hatte sowieso frei. Der Nachdreh für den Actionfilm war abgeschlossen.

Hinten bei den Eukalyptusbäumen raschelte es. Vermutlich ein Hase. Oder eine Schlange. Gunter war auch nur kurz in L.A. gewesen, sie hatten sich gar nicht gesehen. Die Finanzierung mit dem Bayerischen Rundfunk war durch, wahrscheinlich bekam er auch noch Geld von der Filmförderung des Bundes. Drehbeginn war Anfang Januar. André arbeitete gern mit Gunter zusammen. Da war er nicht nur Techniker, sondern genauso Visionär wie Gunter. Hollywood filmte anders, da mußten sich die Bilder der Storyline unterordnen. Moralische Charaktere, Anwälte des Guten. Und was gut war, bestimmten die Amis selbst. Das wechselte auch je nach Regierung. Eigentlich paßte Gunter mit seinem filmischen Anspruch gar nicht hierher. Eher nach Frankreich oder Rußland. Wenn er Mitte Dezember wiederkam, wollten sie gemeinsam mit Klaus noch ein paar Änderungen an dem Drehbuch vornehmen. *Winter in L.A.* Den Titel mochte er nicht so gern. Obwohl er in beiden Sprachen funktionierte, in Deutsch und in Englisch. Sunbird Productions sollten die Executive Producers sein. Das hieß, Tanja war die ganze Zeit mit auf dem Dreh. Hoffentlich ging das gut. Schließlich war Thorsten sein Assistent. Im Dreieck der Leidenschaft, so hatte sie es beschrieben.

Er mußte darüber in Ruhe nachdenken. Er mußte dringend raus aus L.A. Nur mal kurz. Das schnelle, gefährliche Brausen auf seiner Motoguzzi. Flüchtend sind die Schuldigen. Auseinandersetzungen waren auch schrecklich, die Stimmung der sich anbahnenden Konfrontation. Claudia, Tanja. Er mochte sie beide. Claudia und Hamburg, Tanja und L.A. Lautes Gluckern im Pool, die Wasseroberfläche kräuselte sich. Für die Jahreszeit war es extrem kühl, doch morgen schien bestimmt wieder die Sonne. Wenn er gleich im Morgengrauen losfuhr, schaffte er es bis zu den Canyons.

Jung und unschuldig
[November 28th]

»Vienna«
Klaviermusik im Café, leicht und beschwingt. Melanie wartete auf Nikita. Die blasse Nachmittagssonne verlieh dem rosafarbenen eckigen Haus gegenüber einen Graustich. Ein Mädchen betrachtete die Auslage des Schuhladens. Ciabattino. Ihr Jeanshemd war an den Schultern abgeschnitten, ausgefranst, der tpyische Westküsten-Cowboylook. Wie Filmausschnitte des großen L.A.-Streifens über das Ach und Weh im sonnigen Kalifornien waren solche kleinen Szenen. Gleich würde jemand »cut« rufen, und die Jungs von der Technik würden ihr Equipment einpacken.

Weihnachten in L.A.: Über der Theke hingen Tannenzweige, darunter auf Präsenttellern Muffins, Kuchenstücke, Laugenbrezeln. Eigenwillige Mischung. Zwei Wochen noch bis zum Fest. Apple pie, Lemon pie, Croissants. Gegen die Sehnsucht nach Europa deutsche Klassiker. Die Kerzen, das üppige Blumenbouquet, der Geruch von Räucherkerzen erinnerte Melanie an eine Bar im spanischen Valencia. Sebastian Bach. Ein Ort auf einem anderen Stern. Für ein Semester war sie nach Spanien gegangen, um einen Sprachkurs zu machen. Da wollte sie noch Korrespondentin werden oder Botschafterin in irgendeinem südamerikanischen Land. Ein bißchen Fernweh, ein bißchen Sehnsucht nach Abenteuern. Doch Sven hatte ihr diese Flausen ausgeredet. Ihr die Welt des Films gezeigt. Eigentlich sollte sie ihm dankbar sein. Sonst würde sie jetzt nicht an einem Drehbuch schreiben. Da war Nikita.

»Huhu!«

Große Geste des Winkens. Sie übertrieb mal wieder. Auch in der Schule war sie ständig zu spät gekommen. Baute sich dann vor dem Lehrer auf, zog eine Flunsch und erzählte irgendeine abenteuerliche Geschichte. Auftritt war alles.

»Wartest du schon lang? Ich mußte noch zu einer audition. Mein Gott, hat das lang gedauert, du glaubst es nicht. Ich war die letzte. Aber natürlich auch die beste. Ging um die Besetzung der weiblichen Rolle neben einem Bodybuilder, Kämpfer gegen die Ungerechtigkeit in der Welt, du kennst das ja. Hauptsache, sie stören sich nicht an meinem Akzent. Was trinkst du? Milchkaffee?«

»Cappuccino.« Melanie lächelte. Sie hatte recht behalten. Licht an, Show ab.

»Das nehme ich auch. Helloho?« Sie machte dem Mädchen hinter der Bar ein Zeichen und deutete auf Melanies Tasse. »Das Café soll einem Österreicher gehören. Wußtest du das?«

»Ja, ich war im Sommer mit Sven hier.«

»Ernesto hat es mir empfohlen. Ich geh ja immer ins King's, aber um diese Zeit kriegt man da keinen Platz.« Nikita schaute sich in dem fast leeren Café um, holte eine Packung Marlboro Lights heraus und zündete sich eine Zigarette an. »Stell dir vor, meine Agentin sagt, ich soll nicht mehr rauchen. Ist das nicht unverschämt?«

»Rauchen ist halt im Moment nicht in. Das saubere Hollywood…«

»Und du wohnst bei diesem geilen Typen mit dem Pferdeschwanz? Erzähl mal, ist er gut im Bett?«

»Das schon«, sagte Melanie. »Es ist nur nicht leicht mit ihm.«

»Wieso denn?«

»Er ist so wahnsinnig von sich überzeugt. Ich komme mir manchmal vor wie Luft. Luft, die er atmet und wieder ausstößt. Notwendig, aber nicht weiter beachtenswert. Zwar hatte auch Sven oft seinen Egotrip, aber da wußte ich wenigstens, daß ich in seinem Leben überhaupt als stetige Größe vorkam.«

»Wie lange wart ihr denn zusammen?«

»Knapp drei Jahre. Wir haben ja auch zusammen studiert.« Erstaunlich, daß sie schon so ruhig darüber reden konnte. Drei Jahre. Die Wunde war noch da. Ein Hauch lag darüber, ein Schutzfilm. War das Farun? Der Sex mit ihm? Die hinausgeschriene Lust? Er schien ein zufälliger Fixpunkt in dem Wahn nach Berührung, ihrem Bedürfnis, einem anderen Körper nahe zu sein, die so lange gelebte Nähe wieder zu spüren. Doch da war auch Angst, in einem Nebel zu schweben, nicht richtig zu sehen, zu urteilen.

»Ich hoffe doch, du hast ihn verlassen«, meinte Nikita.

»Sven? Leider nicht. War auch ein ziemlicher Hammer. Ich wollte mit ihm den ganzen Winter hier verbringen. Oder noch länger. Du kannst dir nicht vorstellen, mit was für einer Energie ich in L.A. angekommen bin. Das ist alles wie auf einen Schlag verpufft. Und geblieben ist eine Art Zärtlichkeit, die sich auf jeden richtet, der in meine Nähe kommt. Farun kam mir gerade recht.«

»Ach komm, Männer und Zärtlichkeit – du machst Witze. Das geht nicht zusammen. Die schnallen doch echt nichts. Sind doch ganz andere Wesen. Ständig machen die Streß wegen irgendeinem blöden Scheiß. Ich könnte dir da Sachen erzählen...«

Die Kellnerin brachte den Cappuccino. Nikita beugte sich vor. Sie berichtete von den Szenen, die William ihr immer machte. Aus Eifersucht. Begründet, unbegründet. Von Reinis Enttäuschung, als sie nach L.A. ging. Dem Streit, weil er sie besuchen wollte und dann in letzter Minute nicht kam. Aus einem ganz nichtigen Grund. Im Sommer war das. Da hätten sie sich fast getrennt. Und wieder William. Die Heimlichtuerei ihrer Beziehung. Nicht einmal essen gehen durften sie zusammen. Die von der Agentur verordnete Aufgabe, sich die Greencard zu erschleichen.

»Wenn er seine Bookerin heiratet, dreh ich durch.« Nikita drückte betont genervt ihre Zigarette aus.

»Willst du denn überhaupt hierbleiben, wenn du mit der Schauspielschule durch bist?« fragte Melanie.

»Ich gehe erst zurück, wenn ich einen Oscar habe.« Nikita lachte. »Stimmt nicht. Ich will in einem Film der Major Studios mitgemacht haben. Oder zumindest einem, den jeder sehen will. So wie bestimmt den neuen Film von Ernesto.«

Interstate Five

Die Motoguzzi röhrte. Interstate Five, Richtung Sacramento. Die Hälfte der Fahrbahn lag im Schatten. An dieser Linie tastete er sich entlang, auf dem Weg weg von Tanja, von Thorsten, von dem unweigerlichen Knall. Ein Aufschub, er gönnte sich einen Aufschub, eine kleine Flucht. Unter dem Helm konnte er kaum atmen, Kalifornien, Land des Smogs.

Blau war hier nicht blau, Asphalt nicht grau sondern hellbeige, gebleicht vom Wüstenstaub, blaß und ausgewaschen sah die Landschaft aus, ausgewaschen wie die Gemüter der Menschen, die ihre Fratzen lächelnd aufrissen, weil sie es nicht anders kannten. Sei bedeutungsvoll – welch Hohn aus dem Mund eines Amerikaners, eines Kaliforniers. Kalifornien war nicht bedeutungsvoll. Und das Schlimme: Sie wußten es alle. Ohne dieses dämliche Grinsen hatte ihr Leben gar keinen Sinn. Oh, mir geht es gut, I'm fine, I have this new job, you know, es wird alles gut, es wird alles besser, morgen vielleicht, morgen verwirkliche ich meinen Traum. I have a dream. Heute bleibt nur das Lachen, die Freude auf das Morgen, und daß morgen genauso beschissen wird wie heute, darüber sehen sie großzügig hinweg.

Und er? Hatte er eigentlich einen Traum?

Langsam schoben sich die farbigen Karossen über den Highway, Stoßstange an Stoßstange, ein Fließen von Mustern, auseinander, zusammen, in Schleifen übereinander, verschlungen die Ebenen, ein Knäuel des Fahrens, Autos, Trucks, vierspurig nach Norden, endlose Schlangen der Stadt entgegen, vor der Stadt fliehend. Blech in Bewegung. Gleich Schalentieren hockten die Fahrer hinter ihren Lenkrädern, geschützt und sicher vor der Welt. Dunstige Luft, ein weißlichgraues Staubflimmern, Himmel und Beton näherten sich in ihrer Farbsättigung einander an, dem Gelbgrün der Hügel fehlte jede Leuchtkraft. Im Nebel der Gleichgültigkeit.

André überholte einen Kleinbus. Bunte Wimpel, aufgemalte Sonne mit lachendem Gesicht, eine Shiva-Figur baumelte am Rückspiegel. Die waren auf Selbstfindungstour. Er grinste unter seinem Helm und fuhr die nächste Ausfahrt ab. Bakersfield. Er war auf dem Weg zum Red Rock Canyon. Der Tag gehörte ihm. Allein.

»Vienna«

»Und jetzt gehen wir shoppen.«

Nikita hakte sich bei Melanie unter. Es tat gut, mal wieder Deutsch zu reden. Und das nicht am Telefon mit ihrem Vater oder Reini, sondern live. Ein Drehbuch wollte Melanie schreiben. Vielleicht wurde sie sogar eine von den ganz wichtigen Scriptwritern Hollywoods. Na, eher unwahrscheinlich. Bis ihre kleine Melly das Spiel hier durchschaut hatte, war sie wahrscheinlich alt und grau. Und das Regal bog sich unter der Last der unveröffentlichten Drehbücher.

»Vielleicht sollte ich Farun mal anrufen«, sagte Melanie. »Der weiß gar nicht, wo ich bin. Er ist sicher längst vom Strand zurück.«

»Du mußt echt noch viel lernen, Mellylein. Erstens: Man ruft Männer nicht an, sondern wartet, daß sie sich melden. Zweitens: Je länger man sie schmoren läßt, desto heißer werden sie. Und drittens bist du mit mir unterwegs, und Freundinnen gehen immer vor. Was willst du also?«

Melanie lachte. »Okay, hast gewonnen. Ich wollte mir sowieso neue Jeans kaufen.«

»Dann gehen wir zu Gap.«

»Ich dachte an eine Levi's. Women's cut.«

»Nein, nein, das ist vorbei. Du bekommst eine Gap.«

Sie gingen die Melrose Avenue entlang. Eine 50er-Jahre-Jukebox stand vor einem Laden mit modernen Antiquitäten. Eiserne Coca-Cola-Werbetafeln, Neonleuchtschriftzüge zum Verkauf, Designerlampen mit Hut, Art-déco-Sessel. Daneben ein Secondhandshop. Cowboystiefel, Cowboyboots, Cowboyhüte. Gebrauchte Jeans, gebrauchte Lederjacken, gebrauchte Holzfällerhemden. Nikita warf ihre Haare zurück und schaute nach oben. Niedrige Häuser unter blauem Himmel, bunt bemalte Flächen wie provisorische Fassadenbauten für einen Film. Hier müßte man mal drehen. Nicht »Melrose Place«, sondern einen schönen Liebesfilm. Ernesto und sie. Hand in Hand gehen sie, eine Einheit, kugelrund, leicht wie ein Vogel, fliegend über den Dächern, hinauf zu den Hügeln und wieder zurück. Gemeinsames Shopping.

»Die Melrose war mal echt underground«, sagte Nikita. »Aber in letzter Zeit gibt's immer mehr High Fashion. Teure Fummel, so wie die in dem Laden hier.«

Wie Vogelscheuchen wirkten die eisernen Stangen, die die Schaufensterpuppen ersetzen sollten. Alaia, Yamamoto, Gaultier. Zwei blonde Verkäuferinnen in schwarzen kurzen Kostümen blickten gelangweilt auf einen Fernsehschirm, auf dem das Video einer Modenschau ablief. Die Schauen in Paris. Einmal für Chanel laufen, das war der Traum der Modenschaumodels. Ihr Traum war das nicht gewesen, sie hatte fast nur Print gemacht. Ihre Agentur fand ihr Gesicht zu niedlich, es hätte keine Fernwirkung, nicht die nötigen Wangenknochen. Ihre größten Erfolge hatte sie in Milano gefeiert. Bei den Mädchenmagazinen. Immer wieder wurde sie für die Titel gebucht, ganz nah, lächelnd, süßlicher Herzmund im Gegenlicht. Manchmal wurden drei an einem Tag fotografiert.

Die Ampel schaltete auf Grün. Ecke zur Curson Street. Hupen. Offener Cadillac. Der Fahrer winkte aufgeregt.

»Hey, Nikita, Nikita.«

»Hassan, I don't believe it.«

Sie konnte es wirklich nicht glauben. Wie lange hatte sie ihn nicht gesehen? Bestimmt ein halbes Jahr. Hassan war Araber, ein reicher Araber aus Libyen, in Frankreich erzogen, im Jet-set zu Hause. Verwegen sah er aus, à la Mafia, mit seinem offenen Hemd und der Goldkette, die da zwischen den Brusthaaren blitzte. Ihr langjähriger Freund Hassan. Einer jener Playboys, denen es Spaß machte, viele schöne Gesichter um sich herum zu versammeln. Er war bekannt für seine extravaganten Partys, ob in seinem Haus in Paris oder der Yacht in St. Tropez. Einmal war sie mit ihm sogar eine Woche ganz allein über das Mittelmeer geschippert. Abends hatte er ihr Gedichte von Rimbaud vorgelesen und sie ihn dafür vernichtend im Backgammon geschlagen. Er parkte am Straßenrand und stieg aus. Nikita umarmte ihn herzlich.

»Seit wann bist du in L.A., Hassan? Warum hast du nicht angerufen?«

»Niki-Schätzchen, ich bin gestern erst gekommen.« Sein Deutsch hatte einen französischen Akzent. »Heute vormittag hatte ich ein paar Sachen zu erledigen, und morgen früh fahre ich nach Mexiko. Komm doch mit. Wir sind eine ganze Gruppe. Und deine Freundin kannst du auch mitbringen.« Er reichte Melanie die Hand. »Ich bin Hassan.«

»Melanie.«

»Was macht ihr denn? Kaufst du wieder die Geschäfte leer, Niki-Schätzchen?«

»Wir wollen zu Gap. Kommst du mit?«

»Ich habe leider keine Zeit. Aber ich rufe dich nachher an. Es gibt eine große Party heute abend. In den Hügeln. Ich spreche dir die Adresse aufs Band. Und morgen fahren wir alle nach Mexiko.«

»Ich muß aber Mittwoch zurück sein. Abends habe ich Schule. Und wie meine Agentin das findet, weiß ich auch nicht. Auf jeden Fall muß ich erreichbar sein. Gibt es da ein Telefon?«

»Kein Problem, Niki-Schätzchen, ihr fliegt zurück, wann ihr wollt. Jederzeit, auch von einer Stunde auf die andere.«

Er gab ihr einen Kuß, winkte Melanie zu, stieg in seinen Cadillac und fuhr weiter.

»Was war das für ein Typ?« fragte Melanie.

»Melly, du verstehst wieder gar nichts.« Sie überquerten die Straße und gingen zu Gap. »Hassan ist echt cool, er trägt dich auf Händen, wenn du das willst, und verlangen tut er gar nichts dafür. Very gentlemanlike. Das weißt du wohl nicht zu schätzen. Wir gehen natürlich auf die Party. Und fahren nach Mexiko. Dann kannst du deine Meinung über meinen Freund noch mal überdenken. Komm, da hinten sind die Classics.«

Screen Actors Guild

Acting in your interest. Seit 1933. Gemeinsame Vision. Würde und Respekt. We are the professionals. Wir haben einen gewissen Standard etabliert. Für die beste Performance. That's why we don't do non-union work. Gewerkschaft gegen die Nichtgewerkschaft. National Headquarters: Hollywood.

220 Yucca Street

Es klingelte. Carl schaute das Telefon ungläubig an. Das rote Lämpchen blinkte. Keine Einbildung. Es klingelte wirklich.

»Carl Schrader.«

Er meldete sich immer mit seinem vollen Namen, untypisch für Amerika, aber das konnte er sich nicht abgewöhnen, das war wohl eine deutsche Gepflogenheit. Nur das »a« in Schrader sprach er als amerikanisch plattes »ehh« aus.

Ewa, die Regisseurin des Theaterstücks. Sie lud ihn zu einem Essen ein. Ganz ungezwungen, nur eine kleine Runde. Sie würde sich freuen, wenn er auch käme. Carl sagte zu. Er wollte nicht unhöflich sein, auch wenn ihm nach dem verpatzten Casting am Morgen der Sinn nicht sehr nach Gesellschaft stand. Wenn er nur einmal so spielen könnte, wie er wollte. Die Rolle hätte zu ihm gepaßt. Ein deutscher Soldat, Mitte Zwanzig, blond sollte er sein, kantige Gesichtszüge, leichter Akzent. Wie viele Deutsche liefen eigentlich rum in der Stadt? So viele konnten gar nicht in Frage kommen. Sicher, es war wieder für eine dieser Nazi-Rollen gewesen, die er ungern spielte. Stereotyp des dämlichen Befehlsempfängers, Sklavenseele, Freiheit, für die wir sterben. Sie stapfen, Schlamm an den Stiefeln, im prasselnden Regen, ein Lied auf den Lippen. Männerstolz, Männer weinen nicht. Vergessene Heroen ohne Erwähnung in den Geschichtsbüchern.

Sieben Uhr. Er hatte noch eine Stunde Zeit. Irgendwie war ihm Ewa unsympathisch. Sie kam aus Rußland, ihre Eltern waren kurz nach ihrer Geburt eingewandert, beide Tänzer an der Moskauer Oper. Vielleicht hatten sie sich auch bei einem Gastspiel abgesetzt, das wußte er nicht. Ewa war knapp dreißig. Die Art, wie sie arbeitete, hatte ihn wahnsinnig gemacht. Diese Angespanntheit, eine nervöse, fast hysterische Atmosphäre bei den Proben. Drei Frauen und er, der Mann, den sie umbringen. Alle Männer würden sie gern umbringen, diese Feministinnen. Und genau in diese Gesellschaft sollte er wieder zurück. Noch dazu in die Privatgemächer, in die Höhle der Löwin.

Er ging auf den Balkon. Es war schon dunkel. Vielleicht hatte jemand abgesagt, und sie brauchten Ersatz. Lückenbüßer, natürlich, er war nur Lückenbüßer. Wahrscheinlich ging die Runde nicht auf. Sie brauchte nur einen Deppen, einen Platzhalter. Carl wurde wütend. Am besten, er sagte wieder ab. Lieber sah er ein paar Filme, *Das Schweigen der Lämmer* zum viertenmal oder einen Western mit Clint Eastwood. Alle waren gegen ihn. Auch seine Familie. Allein der Kampf, als er nach L.A. gegangen war. Nachdem sie sich mit der Schauspielschule in München abgefunden hatten, wollten sie ihn aber nur auf der Bühne und bloß nicht beim Film sehen. Sie waren so unflexibel. Gestern war ein Brief seiner Mutter gekommen. Die Tante krank, der Edeka-Laden geschlossen, eine ehemalige Schulkameradin schwanger. Dörflicher Klatsch. Wenn der Mond aufsteigt, liegen die Kinder im Bett. Ein Wagen, so groß und funkelnd schön, es reitet Knecht Ruprecht, und die Magd bleibt schwanger zu Haus.

Oder sollte er doch gehen? Ewa hatte gemeint, daß ein paar Freunde vom Theater kämen. Vielleicht war es wichtig für ihn, daß er hinging. Vielleicht hatte sie sich etwas dabei gedacht. Vielleicht wollte sie ihm helfen. Nachdem er für sie umsonst gearbeitet, seine Zeit geopfert, Energie investiert hatte. Eine Einladung zum Essen als Dankeschön. Er sollte hingehen. Natürlich ging er. Eigentlich war es nett von ihr, daß sie ihn einlud, auch so kurzfristig. Was für L.A. eigentlich normal war, er sollte sich da nicht so viele Gedanken machen. Carl schloß die Balkontür. Er mußte noch duschen. Sich den Ärger, die Niederlage des Tages abwaschen. Mit einemmal freute er sich auf den Abend. Besser, als zu Hause herumzusitzen. Zum Glück mußte er heute nicht arbeiten.

13000 Mulholland Drive

»Warum zögerst du, Melanie? Komm mit uns nach Mexiko.«

Melanie schaute auf das Dach unter ihr. Komische Ecke war das hier, mitten in einem Waldstück und ohne den Ausblick auf die Weite des Lichtermeeres der Stadt, die man sonst von den Villen am Mulholland Drive kannte. Sie standen am hinteren Ende des nierenförmigen Pools. Überall im Garten waren Fackeln verteilt, Sitzgruppen aus Korbstühlen, Blumensträuße in kupfernen Krügen. Die Party war in vollem Gang, bestimmt dreihundert Leute standen auf der Terrasse herum, ein riesiges Buffet war aufgebaut, drinnen wurde bereits getanzt. Stars und Sternchen. Hollywood feierte sich selbst. Ausgiebig, ausschweifend. Nikita hatte ihr ein Oberteil geliehen, eine Art Korsage, schwarz, eng anliegend. Dazu trug sie die neue Gap-Jeans, Classic Fit. Und einen Moschino-Gürtel, der eigentlich ein Imitat war. Nikita hatte ihn aus Hongkong, doch sie schwor, daß keiner den Unterschied merken würde. Sie selbst hatte sich in ein rotes Minikleid von Versace gezwängt und flirtete wie verrückt mit jedem männlichen Wesen, das nach Filmgeschäft aussah. Hassan hatte sich unterdessen um sie gekümmert.

Pferde am Strand, ein verlockendes Angebot. Melanie sehnte sich nach ein paar Tagen Ruhe, nach schönem Essen. Sich verwöhnen lassen, es sich gutgehen lassen. Nur Farun würde sie vermissen, die Nächte mit ihm, nicht seine üblen Launen.

»Ich weiß nicht«, sagte sie vorsichtig. »Morgen kann ich nicht.«

»Eine Verabredung? Wichtig?«

Er fingerte an den goldenen Moschino-Buchstaben ihres Gürtels. Melanie trat einen Schritt zurück. Sie trank aus ihrem Glas, wich seinem Blick aus. Ein Haus in den Hügeln ohne Ausblick auf Hollywood war der Bedeutung entzogen, lag im Niemandsland ohne Aussicht auf euphorische Kritiken.

»Eine heiße Verabredung?« insistierte er. »Ich bin schon jetzt eifersüchtig.«

Es war ein Spiel für ihn. Sie spielten beide. Ein anderer Mann störte ihn offensichtlich nicht, um so besser. Das war ihre Chance, ihn auf Distanz zu halten. Farun war bestimmt richtig sauer auf sie. Den ganzen Tag hatte sie nicht angerufen, und vorhin war er nicht mehr da gewesen. Sie hatte auf sein Band gesprochen, daß sie mit Nikita auf eine Party ging. Der erste Abend ohne ihn. Einfach so. Und wenn sie morgen nach Mexiko fuhr, schmiß er sie vielleicht sogar raus. Na ja, dann könnte sie immer noch zu Nikita ziehen. Distanz als Anreiz. Nikita hatte schon recht. Sie mußte sich ihm entziehen, sein Verlangen steigern. Ein paar Tage wegfahren war gut. Wenn sie dann wiederkam…

»Okay.« Sie blickte Hassan an. »Ich komme mit.«

»Morgen schon?«

»Ja. Ich komme schon morgen mit.«

»Dann scheint die Verabredung nicht so wichtig zu sein«, sagte er lächelnd.

Punkt für ihn. Sie hatte zu schnell zugesagt. Jung und unschuldig.

»Ich muß meinem Freund noch Bescheid geben, das ist alles.«

»Oh.« Er wich zurück. Enttäuscht. Das war wiederum ein Schritt zuviel. »Ich wußte nicht, daß du in festen Händen bist. Ich an seiner Stelle würde dich nicht gehen lassen. Ist es eine ernste Sache?«

Statt einer Antwort lächelte Melanie hintergründig. Wo lag die Grenze? Wie machte Nikita das? Gab es Flirtschulen?

»Wenn es keine ernste Sache ist, habe ich noch Hoffnung.« Er kam wieder näher. »Also fahren wir morgen früh. Ich schicke einen Wagen zu Nikitas Wohnung. Um neun Uhr. Wir treffen uns um zehn am Flughafen. Der Fahrer wird wissen, wo.«

6850 Camrose Drive

Leise klappte er das Garagentor auf und schob die Motoguzzi neben die beiden Autos. Tanjas weißer Suzuki-Jeep, Thorstens schwarzer Pickup. Zwei Uhr nachts. Sie schliefen bestimmt schon. Der Orangenbaum neben der Eingangstür verströmte einen süßlichen Duft. Geruchsschwaden gegen den Staub in der Nase. Er war erschöpft. Autobahnbegrenzungen, Brücken, Gräser, Pumpwerke, Schwefelhalden. Doch der Canyon war großartig gewesen. Farbenspiel der Natur, die steilen Felswände, Figuren aus Kanten, Höhlen, Büschen. Auf steifen Beinen ging André durch die Halle. Er machte kein Licht. In der Nähe des Sofas glimmte ein kleiner orangefarbener Punkt im Dunkeln.

»Du bist wirklich ein Schwein.«

André blieb stehen. Der Haken war ausgeworfen. Er zappelte an der Angel. Ein Schwein. Sicher. Er starrte durch die Glastür hinaus auf den schwach erleuchteten Pool. Kein Aufschub mehr. High noon. Thorsten war wach, hatte auf ihn gewartet. Bezeichnend, daß er wieder rauchte, aus Verzweiflung oder aus Protest oder um ihm noch mehr Schuldgefühle zu machen. Tanja hatte es ihm also wirklich gesagt. Er kam nicht ungeschoren davon. Wenn sie die Affäre doch nur verschwiegen hätte. So weiterleben wie bisher. Er wäre irgendwann ausgezogen, ganz unauffällig, und aus ihrem Dunstkreis verschwunden. Vor der Versuchung geflohen.

»Ich hoffe nur, du hast kein Aids. Das hat sie nämlich nicht verdient.«

André sah einen Schatten, der sich bewegte. Thorsten stand auf, drückte die Zigarette aus und ging an ihm vorbei. In Richtung Gästezimmer.

»Warte«, sagte André mit belegter Stimme.

Thorsten drehte sich um. Nur das Weiß in seinen Augen war zu sehen.

»Spar dir deine Entschuldigung. Sie gehört dir. Ich verschwinde morgen aus der Stadt. Für immer. New York gefällt mir sowieso besser.«

Er knallte die Tür hinter sich zu. André blieb im Dunkeln stehen. Schwarz auf der Filmleinwand. Stille im Off. Jede weitere Einstellung war jetzt überflüssig. Kein Licht, kein Bild. Schnell einen Umschnitt machen. Doch wohin?

Ist das Leben nicht schön?

[December 1st]

MEXICO

An der Längsseite der Terrasse führten flache breite Treppen zum Pool hinunter. Rechts und links auf dem Mauervorsprung hockten zwei Steinlöwen mit aufgerissenem Maul, ihre Köpfe in einem Schwung nach außen gedreht. Sie schienen das Haus zu bewachen, brüllend. Um den Pool herum war ein Garten angelegt, mit exotischen Pflanzen unter Palmenwedeln. Der Hibiscus blühte rosafarben, Lilien dufteten, Farbtupfer zwischen grünen Schattierungen. Nikita blieb bei einem der Löwen stehen. Sie legte die Hand auf seine steinerne Mähne und strich kurz darüber. Löwe war Williams Sternzeichen. Diese gekränkte Eitelkeit. Löwe, König des Dschungels, seines Dschungels. Doch die dämliche Jane wollte sie nicht mehr spielen. Was war schon dabei, daß sie ein paar Tage in die Sonne fuhr? Unverständlich, seine Aufregung. Wieso nur fährst du ohne mich... ohne mich... ohne mich. Die Platte hatte einen Sprung. Sie konnte ja wohl mal was allein machen. Wenn sie zurückkam, beendete sie die Beziehung besser. Sollte er doch seine blöde Bookerin heiraten, dann war sie ihn wenigstens los und konnte sich weiterhin so spannenden Typen wie Ernesto widmen.

Im Liegestuhl döste eine Blondine mit Schmollmund, ein Klatschmagazin auf ihrem Knie, die Beine übereinander geschlagen. Nikita zog ihren Pferdeschwanz auseinander, so daß er höher rutschte.

»Where's Hassan?« fragte sie im Vorbeigehen.

Die Blonde schreckte auf, zog die Schultern hoch, schaute

dümmlich und sank wieder zurück in den Liegestuhl. Ihre Lippen waren bestimmt mit Silikon aufgespritzt. So dick war doch nicht normal. Nikita ging am Pool entlang, durch die kleine Palmenallee hinunter zum Strand. Warm war der Sand unter ihren nackten Füßen. Sie rollte die Ballen ab, bemühte sich um einen anmutigen Gang. Ein Laufsteg aus winzigen Steinchen, ausgewaschen, kleingerieben, weichgescheuert. Das Meer war ruhig. Da war der holländische Schnapsverkäufer mit seiner Freundin, daneben eine kleine Dunkelhaarige mit einer riesigen runden Sonnenbrille aus den 60er Jahren. Eine Möchtegern-Audrey.

Nikita winkte ihrem Verehrer Scott auf dem Windsurfbrett zu und ließ sich neben Melanie fallen.

»Weißt du, wo Hassan ist?«

»Mit dem Motorboot raus. Schon länger.«

»Was? Ohne mich?« Sie war beleidigt. »Er hat versprochen, mich mitzunehmen. Manno. Er hätte mir doch Bescheid geben können. Ich war in der Küche. Hast du ihm das nicht gesagt?«

»Ich wußte nicht, daß du mitwolltest. Außerdem hat er Angelique mitgenommen. Vielleicht wollte er mit ihr allein sein?« sagte sie schnippisch.

»Mit der doch nicht. Die ist dumm wie Brot. Hassan liebt nur mich.« Nikita versuchte, das Boot auf dem Wasser zu erkennen. Blau, glitzern, der Himmel ohne Wolken, gelbe Kreise, die in ihrem Kopf pochten, gelb auf blauem Untergrund. Ein kleiner Luxusurlaub, den sie sich allemal verdient hatte. Auch wenn sie jetzt nicht mit Eliot die eine Szene für die Schule proben konnte, die sie als Hausaufgabe aufhatten. Egal. Mußte Scott eben am Abend seinen Part lesen, das tat der Sonnyboy-Sportler bestimmt gern für sie.

»Wie kommst du darauf, daß Hassan nur dich liebt?« fragte Melanie.

»Du glaubst mir nicht?« Ein Anflug von Wut. Was bildete diese naive Kuh sich ein, an ihren Worten zu zweifeln? Sie hätte lieber Mary mitnehmen sollen. Die war ihr treu ergeben. Mary glaubte ihr wenigstens, wenn es um Männer ging. Backgammonpartien bei Vollmond.

»Doch, doch«, sagte Melanie leichthin und griff nach ihrem Buch.

Nikita sprang auf. »Ich weiß überhaupt nicht, was du hast. Da biete ich dir hier einen Kurztrip nach Mexiko, und du bist so ziegig.«

»Ich bin nicht ziegig. Im übrigen hast nicht du mich eingeladen, sondern Hassan.«

»Und wer kennt Hassan seit zehn Jahren? Du etwa?« Fast schrie sie. Feuerrotes Gesicht. Ein intensives Gefühl. Das mußte sie sich unbedingt merken. Für die nächste Szene in der Schule.

»Jetzt hör schon auf. Das ist doch sinnlos«, meinte Melanie beschwichtigend.

Nikita zog sich eine der Liegen heran. Sie streckte sich aus, nahm ihr Oberteil ab, schob die Sonnenbrille hoch und schloß die Augen. Nicht aufgeben, aber augenscheinlich aufgeben können. Balanceakte. Großzügig vergab sie Melanie die Palastrevolte. Nur das letzte Wort mußte sie noch sprechen.

»Er hatte es wirklich versprochen. Das kannst du mir ruhig glauben.«

San Diego Freeway

Milchiggrau zerfloß die Sonne über den dunklen Hügeln, 101 Richtung Ventura, der San Diego Freeway. Wie eine Gürtelschnalle sah das »101« aus. Carl überholte einen Motorradfahrer mit schwarzer Jeans und flatterndem T-Shirt. Er versuchte, das Gesicht unter dem Helm zu erkennen, vielleicht war es Nathan, der ihn zu dem Seminar überredet hatte. Nathan, der beste Freund von Ewa. Nein, Nathan hatte eine Harley, und dies war eine Crossmaschine.

It's love again, sang er lauthals mit. Die Propeller des Hubschraubers mischten sich in das Stampfen der Musik, erinnerten ihn an den Film *Apocalypse Now*. Nachmittagsstau auf dem Freeway. Er kam nur langsam voran. Car Pool Info stand auf einem grünen Schild. Pah, wer bildete in dieser egoistischen Gesellschaft schon Fahrgemeinschaften... Der Willkommenstrunk war um acht Uhr dreißig. Nathan war Regisseur und arbeitete gerade an einem eigenen Stück. Ein wichtiger Kontakt. Tat bestimmt gut, mal aus der Stadt zu kommen, ein Wochenende fern von allem. Freisetzung kosmischer Energien. Auch wenn ihn das Seminar an die dreihundert Dollar kostete und er zwei Abende Arbeitsausfall beim Valet Parking hatte. Hoffentlich verlor er dadurch nicht seinen Job.

Schön, so am Meer entlang zu fahren, langsam löste sich auch der Stau auf. Grünflächen neben dem Freeway, mit Geröll durchsetzt, hinter Gitter abgesperrt, im Hintergrund Hügel, dunkle, blaugrüne Hügel unter dem graugrünen Himmel. Drei Palmen standen einsam auf der Westseite. Die Sonne glühte durch sie hindurch und ließ ihr Grün zu Schwarz werden. Schwarzer Farn im Gegenlicht. Jetzt kam der traffic report.

Carl kurbelte das Fenster herunter. Es roch nach Fichte und ein bißchen Eukalyptus. Er dachte an die dunklen Tannenwälder in Deutschland, die Baumarten des Mischwaldes, sein Heft mit den Farnen. Schulausflug, Schnitzeljagd, nasse Blätter. Schleswig-Holstein war so weit weg, so unwirklich. Und Natur nur eine stilisierte Idee inmitten dieses Irrsinns: breite Straßen, Laternen, Ampeln, Autos, Autos, sie rasten über den Freeway, unter den Brücken hindurch, die Fahrer bohrten in der Nase, rauchten, waren gestreßt. Einkaufen, Besorgungen machen, welcome, welcome. Beat jam, more continuous music. GAP Reklame an der Bushaltestelle: ein Schwarzer mit brutalem Gesicht. Nackter Oberkörper, Amerika als Muskelpaket. Einmal so stark sein.

Er würde mit Nathan ein Zimmer teilen. Hoffentlich gab es keine Probleme. Ewa hatte ihn vorgewarnt. Du bist genau sein Typ, hatte sie gesagt und gelacht. Carl suchte nach dem Zettel mit der Wegbeschreibung. Weiß umrandete grüne Straßenschilder, Avenue, Boulevard, eine Meile, eine dreiviertel Meile, zweieinhalb Meilen, chromblitzende Armaturen in alten amerikanischen Schlitten, AM Radio, schlechter Empfang, Mittelwelle, Radios der fünfziger, sechziger Jahre.

Carl trommelte mit den Fingern den Rhythmus des HipHop-Stückes mit. Baby one, baby two, shake it, baby, shake it.

MEXICO

»Bandolero, Bandolero.«

Nikita tanzte um Scott herum und sang den Refrain mit. Ihre Schultern wippten auf und ab, die Haare flogen. Scott in seinem neonfarbenen T-Shirt und dazu passenden Shorts sah aus wie ihr kleiner Bruder, obwohl er einen Kopf größer war als sie. Halblange lockige Haare wie Nikita, beide hatten grüne Augen und die gleiche Stupsnase. Melanie saß in einem der Baststühle, ihre Beine baumelten über der Lehne, sie trank einen Cocktail mit Ananasscheiben. Ihr dritter. Die Terrasse war schwach beleuchtet, an der Lampionkette brannten nur die grünen und gelben Lichter, die roten und blauen waren dunkel. Grünes Mexiko, Sandkörner auf den Steinfliesen, bunte Kissenbezüge.

»Komm, Melanie, komm her.«

Hassan winkte ihr von einem der Tische aus. Auf der gepreßten Holzplatte lag ein runder Spiegel. Säuberlich ausgezogene Bahnen weißen Pulvers nebeneinander. Der holländische Schnapsverkäufer zog sich mit seinem eigenen silbernen Röhrchen eine Linie in die Nase. Melanie ging zu ihnen. Mauerblümchen verwelkten schnell, sie hatte keine Lust mehr auf die Rolle, wollte verwegen sein, loslassen können. Hassan gab ihr einen zusammengerollten Dollarschein. Sie hielt ein Nasenloch zu, sog in das andere das Pulver ein, kurz und schnell, so wie sie das aus den Filmen kannte, Koksen ist Lust ist Wachheit ist Euphorie. Kribbelnde Sehnsucht nach dem Moment zwischen den Gedankenblitzen.

»Scott, come on, get some more power. Niki-Schätzchen, Göttin des Tanzes.«

»What did he say?« fragte Scott und leckte sich die Lippen.

»Nothing special, honey.«

Nikita beugte sich über die Glasscheibe, eine Strähne ihres Haares wischte über die Enden dreier Linien.

»Hey, paß auf.«

Hassan hielt ihr das Haar hoch. Nikita lachte und strich sich etwas Pulver auf ihr Zahnfleisch.

»Gut, das Zeug, come on, Scotti, let's dance again.«

Sie zog den protestierenden Scott weg. Die kleine Dunkelhaarige mit der Audrey-Hepburn-Sonnenbrille tanzte allein vor sich hin. Nikita flüsterte Scott etwas ins Ohr, er schaute zu der Dunkelhaarigen, lachte.

»Quiero saver«, sang Nikita mit den Gipsy Kings im Chor.

Hassan machte Melanie ein Zeichen, bedeutete ihr, zum Strand hinunterzugehen. Das Meer leuchtete zu ihnen hoch, Melanie nickte, und gemeinsam gingen sie zur Treppe.

ESSLEN

Die Teilnehmer saßen um einen langen Holztisch, der aus einem quer durchgesägten Baumstamm bestand. Und sie alle sollten wohl im übertragenen Sinn die fehlende Hälfte ersetzen, dachte Carl. Die Gruppe bestand fast nur aus Männern, die einzigen beiden Frauen saßen an einer Ecke und hielten Händchen. Ein schlichter Raum mit vier farbigen Postern an den Wänden: Kreise, Pyramiden, kryptische Zahlen daneben, das gerahmte Bild eines Bärtigen. Bestimmt irgendein Guru.

Der Seminarleiter, ein schmächtiger Mann unbestimmten Alters, erzählte mit leiser Stimme einen Ursprungsmythos. Carl hörte nicht richtig zu. Nathan saß neben ihm. Sie hatten bisher kaum reden können. Er war erst kurz vor Beginn der Versammlung angekommen. Carl beobachtete ihn aus den Augenwinkeln. Nathan war sorgfältig rasiert, als ob er gerade aus dem Bad kam. Vielleicht hatte er sich im Auto rasiert, nein, das konnte nicht sein, er war ja mit dem Motorrad gekommen. Carl stellte sich Nathan mit dem Rasierapparat auf seiner Harley vor und mußte lachen. Alle sahen plötzlich zu ihm, der Lehrer mit strafendem Blick. Carl wurde rot. Nathan legte ihm zur Beruhigung eine Hand auf den Oberschenkel. Sie fühlte sich warm an. In Kreisen pochte die Wärme um Nathans Hand. Kosmische Energie, menschliche Zuwendung. Carl fing an zu schwitzen. Warum erregte ihn Nathans Hand so, wie albern. Verlegen schaute er ihn an. Nathan sah auf den Lehrer, interessiert, aufmerksam. Das anthrazitfarbene Polohemd lag eng am Oberkörper. Passend zu Nathans Profil. In seinem Gesicht war eine Gelassenheit, die Carl beruhigte. Die Hand bedeutete nichts.

Carl entspannte sich langsam und versuchte, den Ausführungen des Seminarleiters zu folgen. Er verstand ihn schlecht, da sein Englisch einen starken Akzent hatte. Ein Koreaner oder eher ein Japaner. Östliche Weisheit für gelangweilte oder gestreßte Amerikaner. Stunden der Besinnung. Entspannung, ein Streben hin zur völligen Auflösung des zielgerichteten Willens, zurück zum Selbst. Carl war froh, daß Nathan neben ihm saß. Er fühlte sich ihm verbunden. Nathan, der Regisseur. Ob er eine Rolle für ihn in seinem Stück hatte? Kosmische Energien, gerichtet auf ein Ziel. Carl war bereit, sich den Anforderungen zu stellen, an sich zu arbeiten. Und damit endlich seine Mißerfolgssträhne zu durchbrechen. Vielleicht konnte ihm das Seminar dabei helfen. Vielleicht konnte Nathan ihm dabei helfen.

»Olive«

»Den Zenit habe ich schon überschritten. Er soll mit Anfang Zwanzig stattfinden. Danach geht es nur noch bergab. Die Haut wird weich, böse gesagt schlaff, und die Knochen verschleißen.«

Sie saßen im Olive, einer versteckt gelegenen Bar auf dem La Cienega Boulevard. Dunkel gestrichene Wände, Dominomuster mit weißen und dunkelroten Elementen.

»Sag so etwas nicht, Tanjalein.« Klaus schlürfte an seinem Rotwein. »André, gib deiner Freundin das Gefühl, daß sie begehrt wird. Ich darf es ja leider nicht.«

»Nur zu, ich guck so lang weg«, meinte André lachend. Er strich sich die Haare aus der Stirn. Tanja saß neben ihm, hatte ihr Bein an seines gedrückt. Ausgehen mit der Geliebten. Klaus wußte von ihrer Beziehung, die Mitarbeiter von Sunbird auch. Vollkommene Akzeptanz. Es war, als ob es Thorsten nie gegeben hätte. André bemühte sich, nicht zuviel daran zu denken, auch nicht an Claudia. Er lebte eben zur Zeit in L.A., arbeitete viel, hatte einen neuen Assistenten. Farun saß ihm gegenüber, er trug ein hellblaues Jeanshemd, darunter eine Indianerkette. Wild man.

»Guck lieber nicht weg. Kann nach hinten losgehen. Man weiß nie, was passiert«, sagte Farun altklug.

»Es passiert, was passieren soll, der Lauf der Dinge geschieht ohne unser Zutun. Wir reagieren nur auf die uns bestimmenden Vorgänge, n'est ce pas?« Klaus neigte den Kopf zur Seite.

»Ich wußte gar nicht, daß du dich deinem Schicksal derartig willenlos ergibst«, meinte André. Er nahm eine Benson aus der Schachtel und ließ sein Gasfeuerzeug aufspringen. Saugen, Einatmen. Durchatmen, Ausstoßen. Erleben, Festhalten. Tanja nahm ihm die Zigarette aus der Hand. Er zündete sich eine neue an.

»Schicksal.« Klaus trank sein Glas Wein aus. »Du erwähnst die Vokabel, das Symbol meines Nachdenkens über die Welt. Sich seinem Schicksal ergeben… aber durchaus nicht willenlos, mein Lieber.«

»Das ist mir zu hoch, ich geh mal pissen.«

Farun verließ die drei. Tanja gab André einen Kuß.

»Wie findest du deinen neuen Assi? Sieht er nicht umwerfend aus?«

»Wohl kaum das Kriterium«, antwortete André. »Ich möchte sowieso mal gern wissen, wer von euch bei Sunbird ihn eigentlich für diesen Dreh heute gebucht hat.«

»Keine Ahnung, ich dachte, du hättest ihn vorgeschlagen, weil er für Thorsten gearbeitet hat.«

Wieder die Erinnerung an seinen besten Freund, den er so schmählich hintergangen hatte. André sah die Bilder der South-Central-Reportage vor sich, die bewaffneten Kids, die ausgebrannten Ecken. Faruns Kamera hatte das Grauen eingefangen, Faruns Kameraeinstellung, seine Wahl der Ausschnitte. Aber unter Thorstens Regie. Das war der Unterschied.

»Von mir kam der Tip nicht«, sagte André.

»Wahrscheinlich hat er eine von euren Castingelsen flachgelegt«, feixte Klaus.

»Also hör mal, willst du uns unterstellen…« Tanja hob den Zeigefinger.

»Aber nicht doch, schöne Frau. Ihr seid unantastbar, unbestechlich und loyal. Vor allem zu unsereinem. Apropos, was ist eigentlich aus meinem Treatment für diese Videogeschichte geworden? Tom wollte mir Ende letzter Woche Bescheid geben.«

»Ich bin nicht seine Sekretärin. Ruf ihn an. Ich arbeite jetzt für Christopher.«

»Hey, das wußte ich gar nicht«, sagte André verwundert.

»Du hörst mir eben nicht richtig zu, chéri«, meinte sie unbesorgt. »Ist auch egal. Wir haben alle das gleiche Ziel: gute Filme zu machen. Da spielt es keine Rolle, wer was wo tut.«

»Völlig richtig«, sagte Klaus. »Beim Film sind alle gleich. Du mußt deine Individualität vergessen, das heißt, du mußt sie in dem Kosmos der Gemeinsamkeiten aufgehen lassen. Du bist nur so stark, wie die Gruppe mit dir ist. Deine Verantwortung liegt in deiner Arbeit. Wenn du versagst, können alle einpacken. Wenn der Tonmann einen Fehler macht, ist es total blöd, wenn der Kameramann einen falschen Knopf drückt und es nicht merkt, ist er der Doofe, und wenn das Licht nicht stimmt, kannst du eh einpacken. Obwohl die Verantwortung geteilt wird, mußt du so gut sein wie all die anderen. Du darfst dir keine Fehler leisten. Deswegen sind am Ende des Drehtages alle gleich erledigt.

Sieh dir die Gesichter abends an. Es ist die gleiche Erschöpfung, es sind die gleichen eingefallenen Augen und herunterhängenden Mundwinkel. Und doch können sie nicht eher gehen, bis alle gehen. Sie sind eine Person. Eine einzige Person mit gigantischen Fähigkeiten. Ein Filmgott mit vielen Gesichtern.«

»Bravo«, Tanja klatschte Beifall. »Unser Filmphilosoph hat gesprochen.«

»Ich dachte früher, daß Film das einzige ist, was man machen kann«, sagte André. »Das Optimum. Medium der Zukunft. Heute glaube ich, daß es die größte Entartung ist. Alle stehen herum, warten, warten, warten. Einer bestimmt – es kommt ›action, speech‹, die Szene fängt an, doch dann weißt du nicht, warum die ganze Aufregung überhaupt nötig war, du hast es vergessen, denn das Bild entsteht im Kopf und ist nicht Wirklichkeit, dein Kopf tobt, und du weißt nicht, warum.«

»Man lernt viel über Menschen, wenn man im Team arbeitet«, sagte Klaus. »Ich wollte früher auch lieber allein arbeiten, aber man gewinnt mit anderen. Du gehst gemeinsam durch die Hölle, und am Ende fühlst du dich einfach gut. Du hast etwas geschafft. Mit anderen zusammen. Ein unglaubliches Gemeinschaftsgefühl.«

Tanja beugte sich vor. »Schaut mal, unser Schönling macht sich an zwei Nachwuchsschauspielerinnen ran. Gar nicht mal uncharmant übrigens.«

Sie blickten alle zu Farun, der sich auf einen der Tische aufstützte und zwei junge Mädchen unterhielt.

»Das wird unserer kleinen M.M. aber gar nicht gefallen«, stellte Klaus fest.

»Wer ist M.M.?« fragte Tanja.

»Melanie. MCM, um penibel zu sein. Melanie Clara Marquardt. Wußtest du, daß sie die Tochter der Grünenpolitikerin ist? Ökologie-Referat. Und klug wie sie ist, hat sich Melanie L. A.s begehrtesten Junggesellen und vielversprechenden Nachwuchsvideofilmer geschnappt. Allerdings scheint sie davon bereits gelangweilt. Zur Zeit weilt sie mit einem Araber im schönen Mexiko.«

»Was sind denn das für Geschichten?« sagte André. »Ich hatte einen völlig anderen Eindruck von Melanie. Sie war so still...«

»Stille Wasser sind bekanntlich tief.«

»... und jetzt nicht nur dieser Frauenheld Farun, sondern auch noch ein Araber...«

»So schlimm ist es nicht. Sind noch zehn auf dem Trip mit. Also gibt's genug Gouvernanten. Obwohl ich nicht finde, daß sie eine benötigt. Im übrigen...«

Klaus unterbrach sich, weil Farun näher kam.

»... finde ich, wir sollten alle noch etwas trinken. Wer will Wein?«

MEXICO

Orte, die sie vergessen würde. Momente, die unwichtig waren. Menschen, die ihr nichts bedeuteten. Mala Vida. Die Straße nach Norden, die Straße nach Süden, die Straße des Strandes, die nirgendwohin führte. Pacific Coast, die Steilküste, hohe Wellen, unruhige Strudel, ein Sonnenhut, der auf dem Wasser tanzte, allein. Melanie und Hassan gingen barfuß über den nassen Sand. Wasser, Wasser glitzernd, sprinkelnd, funkelnd in der Vollmondnacht.

Ein einsamer Weihnachtsbaum auf dem schwarzen Hügel. Vergessen, verloren das kindliche Vergnügen am Fest. Wärme als der Inbegriff altmodischer Rituale. Porzellanteller mit Blumenrand. Spatzenkleine Mädchen malen Margeriten. In Gedanken erzählte sie Sven von ihrem Urlaub, als ob er schon vorbei war. Sie fühlte sich erinnert an die zahlreichen Wochenendausflüge mit ihm. Romantikhotels am Rhein, Schritte über den Rosenteppich, Rosenschürzen keck gebunden, in der Gediegenheit des letzten Jahrhunderts. Ein Paket schöner Erinnerungen, das geschnürt irgendwo in ihr ruhte.

Hassan hob einen flachen Stein auf und warf ihn ins Wasser, er schlitterte über die Wellen, tanzte, Melanie zählte die Hüpfer, sieben, acht, neun, er war gut, wenn der nächste Stein zehn schaffte, konnte sie sich etwas wünschen. Noch zwei Tage, dann fuhren sie wieder zurück in die Stadt der Sonne, die nicht warm war, warmherzig, wärmend. Hassan legte den Arm um ihre Schultern, nur ein Stein, ein Beweis, kein Wunsch, es machte nichts, sie mußte sich nichts wünschen, wunschlos glücklich sein, für einen Moment, einen wachen Moment lang. Das Kribbeln war da, sie spürte die Stelle nicht, an der Hassans Hand sie berührte, Schulter, Ellenbogen, Unterarm, Haut an Haut, Grenzen verschwammen, grenzenlose Lust. Sie sank in den Sand, ließ sich fallen, machte die Augen zu, hörte auf das Pochen im Hirn, ihr Gaumen war taub, das Zahnfleisch auch, wie betäubt war alles, ein weicher Schwall durchströmte sie, jede Berührung war wie ein Stromschlag. Peitschen gegen ihre Gleichmütigkeit. Der Sand nahm sie auf, die Kühle umschloß sie, tief, immer tiefer schwebte sie hinunter, ins Dunkel des Nachthimmels, unten wurde oben, drehte sich, immerfort, rund herum, das Rund der Waschtrommel, wunderbar, wunderbarer Waschsalon, rund, hinein, dem Schwindel ergeben.

Sex, Lügen & Videotapes

[December 17th]

A & I Lab

Regen prasselte auf den Zementboden, der Himmel war grau, düster, die Stadt wirkte blaß, ohne Konturen. André saß in Tanjas Jeep und rauchte. Der Hinterhof des Farblabors. Er hatte einen Sack Filme abgegeben, Bilder von möglichen Locations für Gunters neuen Film. Morgen früh sollte er mit Klaus zum Arbeitsfrühstück zu ihm nach Santa Monica kommen. Drei Stunden würde die Entwicklung dauern, und er wußte nicht so recht, wie er die Zeit totschlagen sollte. André hielt Zeigefinger und Daumen als Rechteck vor die Augen. Sah ganz gut aus, die Hofecke. Flache Fabrikkästen, gestrichene Klinkerbauten. Studios mit altmodischen Sprossenfenstern und Klimakästen. Aus denen im Sommer das Kondenswasser tropfte. Joe – das war der passende Name für einen Mann, der jetzt hier sitzen würde. Einen Joe kannte er. Dieser bayerische Beleuchter, ein beschränkter Typ. Nein, der Joe, den er meinte, der war cool. Der wußte, was er wollte. War stark, unangreifbar, verwegen. Wie der Marlboro-Mann. André lachte kurz. Er dachte in Klischees. Bildästhetik der amerikanischen Kultur. Aus dem gleichen Grund fand er auch, daß Regen und Hollywood nicht zusammenpaßten.

Hollywood, Hauptstadt des Films. Wie eine Krake, die sich in jede Ecke zwängt, das Leben der Bewohner bestimmte. Auch seines. Herrscher über das Licht, Bildgestalter im Auftrag des Geldes. Was interessierte ihn eigentlich an diesem Beruf? Thorstens rückhaltlose Euphorie war ihm immer leicht suspekt gewesen, auch wenn er es vermißte, mit seinem Freund über die Vor- und

Nachteile filmischer Gestaltung zu reden. Mit Klaus arteten Dialoge dieser Form zu oft in Selbstdarstellungen des Drehbuchautors aus, da war kein wirklicher Austausch, keine gemeinsame Linie. Thorsten dagegen brachte oft in seiner Naivität einen neuen Aspekt hinein, auch die Arbeit mit ihm war fruchtbar. Gedankenlos geopfert hatte er diese Freundschaft. Hingegeben für ein Abenteuer, dessen Ausgang ihm unklar war.

Letztens war eine Postkarte aus New York gekommen, adressiert an Tanja: Mache die Aufnahmeprüfung an der NYU. Gruß, T. Die drei Buchstaben standen für New York University. Sehr renommiert, die Filmabteilung. Martin Scorsese kam da her. Er wünschte Thorsten, daß er dort genommen wurde. Auf der Postkarte war das Empire State Building zu sehen, bei Nacht, mit roten und blauen Lichtern erstrahlte es zum Tag der Unabhängigkeit, Symbol Thorstens eigener ungewollter Unabhängigkeit. Thorsten war frei, Thorsten setzte um, was André sich nicht zugestand. Visionen, denen die Kraft zur Umsetzung fehlte. Die Karte hing mit einem Magneten am Kühlschrank.

André rieb sich die Augen und schaltete den Wischer ein. Ein leerer Einkaufswagen stand am Gitter. Private property. Schräg vor seinem Auto lag ein altes aufgeweichtes Plattencover von Thelma Houston, braune Haut auf vergilbtem Weiß, mit dem Schriftzug »Baby think«. Claudia wußte noch nicht, daß er über Weihnachten in den USA blieb. Tanja wollte mit ihm nach Hawaii fliegen. Sie hatte bereits gebucht, ohne ihn zu fragen. Gleich nach Silvester fingen die Dreharbeiten zu Gunters Film an, und für die eine Woche lohnte es sich nicht, nach Hamburg zurückzufahren. Bisher hatte er nicht den Mut gehabt, es Claudia zu sagen. Vielleicht könnte er ihr einen Brief schreiben. Oder ein Foto machen, das alles ausdrückte. Eines vielleicht von der Ratte, die da hinter dem Gitter entlanghuschte und so passend die nagenden Zähne an seinem Gewissen zeigen würde. Der Regen pladderte knallhart auf den Zement. Er mußte hier weg.

André startete den Jeep, fuhr hoch zum Hollywood Boulevard, bog dort ab nach Westen. Vor dem Mann's Chinese Theatre war eine lange Schlange. Die Leute flohen vor der Nässe in den warmen Raum des Kinos. Was hieß warm – geheizt wurde dort sicher nicht. Aber trocken war es. Mit dieser Winterstimmung konnte keiner in L. A. umgehen, sie war ein zu krasser Kontrast zu dem happy feeling, das Hollywood stets verkaufen wollte. Auch war die Stadt nicht auf Regen vorbereitet. In breiten Bächen rauschte das Regenwasser die abschüssigen Rinnsteine entlang und sammelte sich vor den schmalen Vierecken unter den farbigen Bordsteinen. Wasser, Wasser und noch mehr Wasser. Die Abfälle stanken, Bazillen, Bakterien, krabbelnde Viecher zerwühlten die Essensreste, ein undefinierbarer Wust aus fauligen Partikeln. Ein Penner mit Plastiktüte über dem Kopf holte eine Blechdose aus dem überquellenden Ascheimer – für ein Pfund Dosen 90 Cents, noch eine zerquetschte Dose, Blechverwertung, Blechlawinen ergoßen sich über die Freeways, next exit right, nach Westen, immer nach Westen, bis es nicht mehr weiterging.

Wo war der Traum des Landes der unbegrenzten Möglichkeiten, wo war Amerika, Traumland, sein Land. Einen Traum träumen um des Träumens willen?

»Overland Café«

»Na, wie weit bist du mit deinem Drehbuch?« Klaus stellte sich neben sie.

»Ich komme voran«, sagte Melanie betont gleichgültig. Daß sie sich im Maxx zuletzt ganz nett unterhalten hatten, gab ihm nicht das Recht, wieder herumzusticheln. Melanie schaute zur Bühne. Eine Frau las aus ihrem Buch vor. Bedächtig, pointiert. Donnerstagabend im Overland Café. Künstlerprogramm. Tanja hatte sich mit ihr hier verabredet, war aber noch nicht da. Treffpunkt der deutschen Clique. Eine Kolonie im fernen fremden Lande – schrecklich. Gehörte sie auch schon dazu?

»Ich kenne die Leute von Malibu Production«, sagte Klaus.

»Die suchen gerade nach einer Vorlage für einen Low-Budget-Film. Ich meine, was heißt Low-Budget. Sind ja auch ein oder zwei Millionen Dollar. Sie haben eine Regisseurin unter Vertrag, über die kürzlich ein langer Artikel in der *L. A. Weekly* war. Ihren Film hast du bestimmt gesehen. Mutter mit zwei Töchtern und ihre Probleme in einer Kleinstadt irgendwo im Mittelwesten. Der Film ist ziemlich feministisch, aber es hängt ja vom Script ab, welche Intention dein Film bekommt. Sie haben zwei Drehbuchschreiber in ihrem Team, du darfst dir aber einfach nicht reinreden lassen. Alles eine Frage der Vereinbarung. In jedem Fall könntest du bis zur letzten Fassung mitarbeiten. Wenn du willst, rufe ich die mal an, oder ich gebe dir die Nummer, damit du gleich einen Termin machen kannst.«

Melanie nickte höflich. Wieder dieser belehrende Tonfall. Gefälligkeiten. Er hatte Erfolg mit seinen Sachen, war ein gefragter Drehbuchschreiber. Ob sie das je schaffen würde? Wenn sie nur das Ende ihres Scripts besser hinkriegte. Melanie trank ihren Rotwein aus und bestellte sich einen neuen. Klaus sprach mit seiner Begleiterin. Eine langweilig aussehende Blondine, eine Amerikanerin, die so aussah, als wäre sie gern Schauspielerin, könnte aber wegen schrecklicher Dummheit nicht eine Zeile auswendig lernen. Sie unterhielten sich über Autoversicherungen.

»Und du?« fragte sie mitten in seinen englischen Redefluß.

Er unterbrach sich sofort.

»Ich habe gerade ein Drehbuch abgeschlossen. Die erste Fassung hatte ich vor einem halben Jahr in nur sechs Wochen auf deutsch geschrieben. Mit der Übersetzung fingen dann die Probleme an: Ganze Passagen hatten einen völlig anderen Sinn. Andreas, ein anderer Autor, und ich, wir haben uns hingesetzt und sind alles Satz für Satz durchgegangen.«

»War es so schlimm?«

»Grauenvoll. Es ist doch ein Unterschied, wenn ich auf deutsch schreibe, mir ist kalt, und ich will damit etwa ein Gespräch beenden oder eine bestimmte Situation überbrücken. Die Übersetzerin hat daraus gemacht ›I have a cold‹ – eine Erkältung!«

»Wovon handelt dein Script?«

»Es ist eine Geschichte über die Liebe.«

»Boy meets girl?« Hitchcock, der nachts die zündende Idee hatte und sie auf einem Block notierte.

»Nicht direkt. Es geht um verschiedene Ebenen, auf denen zwischenmenschliche Erfahrungen ausgetauscht werden. Menschen begegnen sich, reagieren aufeinander und gehen wieder auseinander. Was bleibt, ist nur die Erinnerung, die im nachhinein nicht genau der Wirklichkeit entspricht, denn jeder der Protagonisten hat eine andere. Sie verstricken sich mehr und mehr in die Wunschvorstellung ihres Erlebnisses, so daß sie sich am Ende gar nicht mehr aneinander erinnern können. Denn das Bild, das sie sich vom anderen gemacht haben, stimmt mit dem wirklichen Erscheinungsbild des Menschen, den sie geliebt haben, nicht überein. Sie gehen aneinander vorbei und erkennen sich nicht, sie sind sich fremd, und es gibt keine Chance der Interaktion mehr zwischen ihnen.«

»Das klingt interessant.« Melanie versuchte, sich den Film vorzustellen. Verschwommene Bilder von Menschen, die aneinander vorbeigingen.

»Ich hoffe, die Geldgeber finden es auch interessant.«

»Warum nicht? Das ist doch mal was anderes.« Die Autorin auf der Bühne hatte ihre Lesung beendet, ein paar Leute klatschten.

»Du weißt doch, daß nur das Immergleiche das Sichbewährende ist. Im Produzentengewerbe sucht man nach bekannten Strukturen: Entweder Hitchcock oder Billy Wilder, entweder Schwarzenegger oder Steve Martin, Drama oder Komödie, Thriller oder Lovestory. Was aus der Reihe fällt, fällt durch.«

Ein junger Poet wurde angekündigt. Er sprang auf die Bühne, fing an, wild zu gestikulieren, schrie seine Worte heraus, flüsterte, beschwor, ging in die Knie. Enthusiastisch, überzeugt von sich.

»Schau dir doch die Boxoffice-Sales an«, fuhr Klaus fort. »Selbst in Deutschland war *Kevin allein zu Haus* letztes Jahr der erfolgreichste Film. Da siehst du, was sich verkauft. Aber zu solchen Massenartikeln will ich gar nicht in Konkurrenz treten. Mir reicht es, wenn ich einige wenige Menschen durch das, was ich zu sagen habe, wirklich beeindrucke. Das zählt.«

»Einen Kritiker vom Hollywood-Reporter und zwei Freunde?« stichelte Melanie.

»Natürlich können ein paar mehr im Kino sitzen. Ich möchte das Publikum bewegen, zu einer Reaktion zwingen. Sie sollen aufspringen und agieren.«

»So wie der Typ da auf der Bühne? Vielleicht solltest du lieber Theater machen.«

»Aber nein, Theater ist nicht modern. Film ist das einzige Medium, das heutzutage noch Zukunft hat. Die Zweidimensionalität, die Textur der Leinwand, auf der plötzlich etwas entsteht: Leben. Das passiert einfach vor dir, und du vergißt, daß du selbst in dieser Welt bist. Die Welt entsteht neu in Lebensgröße, und du bist ein Teil von ihr, du bist nicht von ihr getrennt. Du löst dich auf in den vielen farbigen Partikeln des Bildes vor dir. Ein Rausch des Vergessens.«

»Wie in deinem Film.«

»Ja«, schwärmte er, »wie in meinem Film.«

»Overland Café«

Carl war nervös. Er hockte an der Bar und biß seine Fingernägel ab. Dieses lange Gedicht war völlig unverständlich. Und wie der Typ rumhampelte. Hoffentlich funktionierte der Verstärker. Er mußte unbedingt noch etwas trinken. Nathan zeichnete auf einer Serviette, Kugelschreiberstriche, die sich in dem stumpfen Weiß verhakten, eine nackte Frau mit weit ausgebreiteten Flügeln. Wie eine Galionsfigur. Die silberne Gürtelschnalle über der knappen Jeans, Eagles, Hotel California, Surfen auf den hohen Wellen Hawaiis, die Angst vor den Haien, sie schnappen zu, und das Maul bleibt offen. Carl drehte sich um. Das Mädchen hinter der Bar trug ihre Haare in winzig geflochtenen dünnen Zöpfen, die an der Spitze mit roten Gummibändern umwickelt waren. Sie sah aus wie eine Billigausgabe von Bo Derek. Er bestellte einen Gin Fizz.

Nathan hatte ihn zu dem Auftritt überredet. Bühnenerfahrung wäre immer gut, wieder dieser Tip mit experience. Obwohl er diese Art des Erlebnisses noch nicht kannte. In einem Café abends Gitarre spielen, richtig frei in ein Mikro singen. Er fand nicht, daß er singen konnte. Jedenfalls hatte er noch nie auf einer Bühne gesungen. Sicher, in der Schauspielschule hatte er wie alle anderen Gesang als Fach gehabt. Doch was hatten sie schon groß gesungen: Arien, Brechtlieder, Chansons. Gitarre spielte er nur zu Hause und für sich. Nathan hatte das Instrument bei Carl in der Ecke stehen sehen und ihn gebeten, etwas vorzuspielen. Let it be, verkratzte Erinnerungen auf Vinyl, das Beatles-Songbook. Der laute Poet war mit seinem Gedicht fertig. Carl klatschte mechanisch.

Der Veranstalter las einen kleinen Text von Walter Benjamin vor. Über das Radio als Massenkommunikationsmittel. Er leitete auf die heutigen Medien über, das Fernsehen, die großen Bühnenshows, Musik der 60er und 70er Jahre. Carl bekam Herzklopfen, er spürte, daß er gleich aufgerufen wurde. Protestsongs, Bob Dylan, sein Vorbild. Nathan schaute von seiner Zeichnung auf. Carl begegnete seinem Blick. Er versuchte zu lächeln.

»Don't worry, you're gonna be great.« Nathan klopfte ihm aufmunternd auf die Schulter.

Carl entspannte sich etwas. Nathan war für ihn da. Er würde für Nathan singen. Nathan, der Regisseur, sein Freund und Mentor. Der Veranstalter rief Carl Schrader auf. Aus good old Germany. It's a long way… Carl stand auf, ging auf wackeligen Beinen zur Bühne und holte seine Gitarre aus der Ecke. Riemen über die Schulter, Räuspern. Der schmale Kegel des Scheinwerfers fiel von oben auf seine blonden Haare. Carl schaute auf die Gruppe Leute an den Holztischen vor ihm. Sie waren nicht feindselig. Er hatte nichts zu verlieren. Hier nicht. Let it be. Whisper words of wisdom.

»Overland Café«

»Und du bist wirklich Deutscher?«

Melanie hielt den Sänger, der gerade von der Bühne kam, am Arm fest.

»Ja. Ich komme aus Eckernförde. Das liegt in der Nähe von Kiel.«

Er blieb stehen und musterte die Gruppe unsicher. Melanie lächelte freundlich.

»Setz dich doch einen Moment zu uns, wenn du magst. Das ist Klaus, daneben Maren«, sie deutete auf das blonde Mädchen neben Klaus, »und ich bin Melanie.«

»Carl Schrader.«

Er blieb förmlich, lächelte nicht, blickte zur Bar. Der Mann auf dem äußeren Barhocker winkte ihm zu. Carl wurde rot.

»Dein Freund?« fragte Klaus. »Er kann sich doch auch zu uns setzen.«

Carl umfaßte mit der Hand die Lehne des Holzstuhles.

»Ich bin nicht schwul«, sagte er verstockt.

»Hey, hey, so war das nicht gemeint«, versuchte ihn Klaus zu beschwichtigen. »Freund ist Freund. Wir sind alle Freunde. Ein ganz harmloses Wort. Ich wollte gar nichts damit sagen.«

»Dann ist es ja gut.« Carl biß sich auf die Unterlippe.

»Setz dich schon hin, ich krieg sonst eine Nackenstarre.« Er rollte seinen Kopf.

»Laß ihn in Ruhe, Klaus. Wenn er lieber stehen will, kann er doch auch stehen«, meinte Melanie freundlich. »Sag mal, Carl, spielst du schon lange Gitarre? Ich meine, professionell.«

»Ich bin Schauspieler. Das war nur so, heute.«

»Schaut mal, da ist Tanja. Huhu!« rief Klaus. »Hier sind wir.«

Tanja kam zu ihnen, musterte Carl, der immer noch stand, und zog sich einen Stuhl heran.

»Tut mir leid, Kinder, ich konnte nicht früher weg. Wir stecken voll in der Vertonung von diesem Schoko-Spot.« Sie suchte hektisch in ihrer Jacke nach etwas. Klaus hielt ihr seine Packung Marlboro hin. Sie nahm eine Zigarette. »Und? Habe ich viel verpaßt? Junge, aufstrebende Künstler, die Elite von morgen?«

»Er hier.« Melanie deutete auf Carl, »er hat klasse gesungen.«

Tanja sah kurz zu Carl und beugte sich zu Klaus.

»Das Gesicht kommt mir irgendwie bekannt vor.«

»Er spricht übrigens unsere wunderschöne Muttersprache, er wird dich verstehen, wenn du ihn nach seiner Vita ausfragst.«

»Bei einem Casting haben wir uns gesehen«, sagte Carl, »ich bin Schauspieler.«

»Natürlich. Für diesen Schoko-Spot hast du dich auch vorgestellt. Tut mir leid. Da hat der Kunde jemand anderen ausgewählt. Aber morgen früh machen wir ein Casting für eine neue Hot-dog-Kampagne. Hat dir deine Agentur da Bescheid gesagt? Wie ist dein Englisch?«

»Es ist okay. Nein, von dem Casting weiß ich nichts.«

»Du kannst trotzdem kommen, wenn du willst. Bist du in der SAG?«

»In der AFTRA.«

»Wunderbar. Zwischen 11 und 1 dann. Du weißt ja, wo Sunbird ist.«

»Ja.« Carl nickte eifrig. »Danke.«

Er hob die Hand zum Abschied und ging wieder an die Bar.

»Findest du ihn so toll?« Klaus schaute Carl hinterher.

»Ich dachte, ihr wärt ganz begeistert von ihm?«

»Er hat wirklich gut gesungen«, meinte Melanie.

»Daß ihn der Verdacht des Schwulseins so aufgeregt hat...« Klaus schüttelte den Kopf.

»Wieso schwul?«

»Na, schau mal, sein Freund da. Aber er hat es gleich in den falschen Hals gekriegt.«

»Der Dunkelhaarige mit dem markanten Gesicht?« Tanja klopfte die Asche ihrer Zigarette ab. »Das ist Nathan Reeves. Gefeierter Theaterregisseur. Der ist auf jeden Fall schwul. Sagt mal, wenn der Junge wirklich singen kann, wäre er doch auch etwas für diese Rolle des Sängers in Gunters Film, oder?«

»Eine solche übermäßige Deutschen-Protektion ist nun wirklich nicht nötig«, maulte Klaus.

»Wieso?« Tanja lachte. »Du willst doch auch gefördert werden. Die German-Connection in Hollywood arbeitet für dich ebenso, mein Schatz.«

Fairfax Avenue

Sturzbäche liefen den Rinnstein entlang und strömten in den Gully. Ängstliche Fahrer, über ihre Lenkräder verkrampft, die Scheibenwischer schmierten über das Glas, Kanäle aus Pfützen, Fahren ein Alptraum, die funkelnden Lichter der Stadt verwischten zu gelben Streifen. Schwach zeichneten sich die Umrisse der Palmen vor dem graublauen Nachthimmel ab. Eine Gruppe Leute drängte sich unter Regenschirmen. Warten auf den Bus.

An der Kreuzung von Fairfax Avenue und Venice Boulevard war die Ampelanlage ausgefallen. Kein Straßenlicht, stockend tasteten sich die Autos voran. Nikita gab Gas und wäre beinahe mit einem Landrover zusammengestoßen. Geschickt wich sie aus. Idioten, konnten alle nicht Auto fahren. Sie bog nach rechts ab, fuhr die Rampe zum 10er Freeway hoch. Die Ampel sprang auf Grün. Naß, dunkel, kaum befahren. Zehn Uhr abends, Night Beat on KKBT Los Angeles, hold on tight. Williams kräftige Arme, sein langer Schwanz. Der Sex mit ihm gestern nacht war wieder genial gewesen. Besser als je zuvor. Da kam Ernesto nicht mit. Nur einmal war der gekommen, lausig. Sexy Willy dagegen hatte eine unglaubliche Ausdauer, und er war richtig gut dabei.

Schweißtropfen in der Kuhle am Hals. Der intensive Geruch. Durchatmen, festsaugen. Sie könnte ihn wirklich noch ein paar Wochen als Lover behalten. Ein bißchen Spaß brauchte man doch, schon als Ausgleich zu dem anstrengenden Hollywoodleben. Das einzige, was ihr Sorgen bereitete, war ihre Regel, die seit zwei Wochen überfällig war. Konnte aber auch der Streß sein.

Die Abfahrt zur Robertson Avenue war mit weißen Graffiti beschmiert. Die Bildsprache der Armen. Bei den Riots hätten sie lieber den Rodeo Drive plündern sollen und nicht die billigen Elektroläden der Koreaner. Arme Schweine Amerikas, vereinigt euch. Eine tiefe Pfütze brachte Nikitas Wagen ins Schleudern, sie krallte ihre Hände um das Lenkrad und wechselte auf die mittlere Spur, schwimmen auf dem Freeway, kaltes Kalifornien.

Ernesto hatte vorhin angerufen. Er fand die Nacht mit ihr wahrscheinlich nicht lausig. Klar, bei der langweiligen Tusnelda an seiner Seite. Morgen sollte sie den Produzenten von seinem Film treffen. Und ein paar andere Leute. Ganz zwanglos, hatte Ernesto gesagt. Ein bißchen über die Rolle sprechen. Ihre Interpretation der Figur. It's so easy. Sie sollte eine deutsche Frau aus dem Osten spielen. Langsam hochkriechende Angst, Verdachtsmomente, ist der Ehemann der Mörder oder nicht, stark sein, schwach sein, ein Wechselbad der Gefühle. Das klang einfach. Wusch, wieder eine Pfütze. Nikita wechselte auf die Außenspur. Hinter ihr Hupen, laut, schrill, ein Knall, sie schlingerte hin und her, bremste, das Auto drehte sich, schlug mit dem Heck an die Leitplanke, soff ab.

Shai – ...if I ever fall in love

Auf der Rückseite des Plattencovers:

1. personification of destiny
2. soulful sensuality
3. harmony in feeling, action and ideas
   (copyright 1992 Gasoline Alley, J.V.,
   9720 Wilshire Boulevard, Beverly Hills, CA 90212

175 Indiana Street

Farun lag auf dem Sofa und schaute sich einen Videofilm an. Das digitale Bildplattensystem war sein ganzer Stolz. Melanie erkannte eine Szene aus *Clockwork Orange*. Sie zog ihre Jacke aus und warf sie in die Ecke.

»Scheiß Wetter da draußen.«

Sie kam zu ihm, hockte sich auf ihn, wollte ihn küssen.

»Hey, geh mir aus der Linse.«

»Du hast den Film doch schon x-mal gesehen«, sagte sie geduldig.

»Na und?« Er schaute an ihr vorbei.

Melanie setzte sich vor das Sofa und zog die Beine an. Manchmal war er wie ein kleines Kind. Trotzkopf. Seit sie aus Mexiko zurückgekommen war, bedachte er sie mit schlechter Laune, probte den Aufstand. Doch je mehr er rebellierte, desto alberner fand sie ihn. Mit federnden Schritten gegen den Gegner. Sie war kein Gegner. Und elegant federnd war seine Dialogkunst auch nicht. Wenn sie diskutierten, zog er sich auf Platitüden zurück. Oder er muffelte einfach nur vor sich hin. Das schlechte Wetter in L.A. machte ihm zu schaffen. Kein Basketball, kein Surfen, keine Demonstration seiner Herrlichkeit. Melanie hatte ihn gefragt, ob er am Abend mit ins Overland kommen wollte. Klaus treffen, Tanja treffen. Er hatte nur mürrisch abgewunken. Das Westernprojekt, das er mit Klaus machen wollte, war erst einmal verschoben. Bei dem Wetter konnte nicht gefilmt werden. Selbst die Wüste sah trüb aus. Geduld haben war seine Sache nicht. Farun, der Held in seinen eigenen Filmphantasien. Stanley Kubrick junior. Sie mochte diese Gewaltschlachten nicht.

»Hat jemand für mich angerufen?« fragte sie.

»Hm.« Er war völlig von dem Geschehen auf dem Bildschirm gebannt.

»Wer denn?«

»Jetzt nerv mich hier nicht. Ich hab die Nummer aufgeschrieben. Liegt aufm Schreibtisch.

Melanie stand auf. An einem Stapel unbespielter Videokassetten pinnte ein grüner Haftzettel. Ein krakeliges »for M.«, darunter eine 310-Nummer. Melanie tippte sie in den Hörer. Das Beverly Hills Hospital meldete sich.

Wege zum Ruhm
[December 18th]

150 Wadsworth Avenue

Klaus schraubte das Marmeladenglas auf.

»Die gute Schwartau. Ein Stück Heimat. Wie schön.«

»Habe ich nur für dich gekauft«, sagte Gunter und schob ihm zu der Erdbeer- noch die Kirschkonfitüre zu. »Bei Schatzi. Arnold sorgt ja reizend für uns. Und falls die Sehnsucht noch stärker wird, kann ich dir auch Rudolf-Steiner-Brot holen.«

André kam mit einem Topf aufgeschäumter Milch in der Hand auf die Terrasse. Die nassen Blätter des Avocadobaumes waren zu einem Haufen zusammengekehrt. Zum Glück hatte der Regen aufgehört, durch die weiße Wolkendecke blitzten bereits wieder ein paar Sonnenstrahlen. Arbeitsfrühstück in Gunters Strandhaus in Santa Monica. Klaus hatte in Gunters Abwesenheit an der amerikanischen Version des Drehbuches gearbeitet, und so klebten an der zerfledderten Scriptkopie lauter gelbe Zettel, die sie im einzelnen durchgehen wollten. Daneben lag ein Stapel mit Fotoabzügen der möglichen Locations für Außenaufnahmen, die André gefunden hatte. Eigentlich gab es für die Suche nach den Drehorten einen eigenen Location-Scout. Aber *Winter in L. A.* war knapp kalkuliert, und Gunter mochte es auch lieber, wenn die Anzahl der Crewmitglieder überschaubar war. André goß die heiße Milch in seine Tasse.

»Mir auch, bitte.« Klaus nahm sich noch ein Croissant. »Ein hervorragender Tagesanfang. Aber man muß sich auch stärken für das Leben hier. Das Leben in L. A. ist wie ein Marathonlauf. Du brauchst einen langen Atem, und die Leute laufen scharenweise an dir vorbei. Gerade wenn du denkst, nun hast du es geschafft, nun bist du übern Berg, da siehst du vor dir das nächste Wegstück. Es ist endlos. Und das Schlimme ist: Du kommst nie an. Du kommst nie irgendwo an.«

»Ich liebe Reisen mit dem Zug«, schwärmte Gunter und kraulte seinen fast ergrauten Schnauzbart. Seine blauen Augen strahlten, gaben ihm trotz der Falten etwas Jungenhaftes. »Das Ankommen ist nicht wichtig. Du fährst vorbei an Bahnhöfen, die du nicht kennst, an Städten, in denen du nicht bleiben willst, siehst Wälder und Äcker, Flüsse und Menschen, und alles rast an dir vorbei. Das ist gut so. Denn stellt euch nur mal vor, ihr müßtet so leben wie die. Immer nur an einem Platz. Die Nähe zu den Gleisen, die Gewißheit, daß die anderen fort können, unterwegs sind, und du kannst nicht weg. Also, das würde mich krank machen. Die Züge rauschen an dir vorbei, du starrst sie an und mußt wieder in dein Haus gehen. Was für ein Schicksal!«

André lehnte sich in seinem Regieklappstuhl zurück. Seine Haare waren ganz kurz geschnitten, und er fühlte sich nackt. Tanja hatte sie ihm gestern nacht gestutzt, irgendwann nach drei war sie auf die Idee gekommen, holte eine Schere ins Bett und fing einfach an. Jetzt hing ihm wenigstens nichts mehr in die Stirn, dafür sah er aus wie Mekki.

»Es ist doch sowieso bald Schluß hier. Wenn uns dieses Jahr nicht das Erdbeben erwischt, geht bestimmt nächstes Jahr eines der Kraftwerke in die Luft. Oder wir ersticken im Qualm der Autoabgase.«

»Mein privates Gemach, mein Wohnzimmer, mein alles«, jammerte Klaus. »Ich bin nackt ohne meine Hülle.«

»Keiner will dir dein Auto wegnehmen.« André lachte und zündete sich eine Benson an. »Ich habe nur gesagt, daß wir eines Tages im Qualm ersticken werden. Das kannst du nicht leugnen.«

»Elektrische Fensterheber.« Klaus häufte sich drei Löffel Zucker in seinen Milchkaffee. »Ich habe eine ausgezeichnete

Klimaanlage. Die Luft draußen brauche ich nicht. Und überhaupt. Nur Deppen gehen heute noch zu Fuß. Laß die doch ersticken. Wir fahren dann an den Leichen vorbei und haben noch was zum Gucken. Oder man verlegt die Straßen unter die Erde. Nur noch Tunnel. Ein riesiges Netz. So wie an Stellen in Paris. Genial. Pont neuf, Etienne Marcel, eine Linkskurve, eine Rechtskurve, sanfte Schwünge, abbiegen, die Blinker leuchten orange im Neonlicht der künstlichen Welt, meiner Welt, wir fahren...«

»Gegen die Mauer«, meinte André lakonisch.

»Wer möchte noch Kaffee? Dann mach ich neuen.« Gunter stand auf. »Übrigens eine gute Idee für einen Film, Klaus. Die Erdmenschen. Wir filmen gleich dort in Paris. Eine Science-fiction-Geschichte à la Wim Wenders. Statt *Paris, Texas* dann *Paris, Global.* Unendliche Weiten in von Neonlicht beschienenen Tunneln. Kunstvoll arrangierte Bilder, leichte Unschärfe, ein Alptraum in Schwarzweiß. Das machen wir als nächstes Projekt. Mit Hollywoodschauspielern. Die drehen gern in Europa.«

»Schon dieser Begriff: Europa.« Klaus schüttelte den Kopf. »Europa schrumpft, von hier aus gesehen, zu einem einzigen Land zusammen. Das Europa-Feeling. Nicht mehr Italien, Frankreich, Deutschland – es ist eben overseas. Europe. Für den Amerikaner ein Trip, den er im Leben gemacht haben muß. Das hat er mit dem Japaner gemeinsam. Und dann haken sie ab: den Papst in Rom, die Uni in Heidelberg, Eifelturm, Big Ben, Prado, zehn Tage Europa im Paket, ihre Stationen anhand der Fotos rekonstruierend. John und Mary in Venedig in der Gondel, John vor dem Petersdom, etwas unscharf, Mary in Pisa im Gegenlicht. Der Turm ist schwarz. Doch was sie nicht mitbringen werden, ist dieses typisch Europäische, das mir auch unklar war, bevor ich herkam. Es ist einfach ein anderer Blick auf Dinge. Wir Europäer – das kann man auch erst hier sagen –, also wir Europäer denken anders. Komplizierter, tiefer, verschlungener. Oder nicht? Na, jedenfalls sind wir hier schon ganz richtig. Wir bringen den Amis, was sie schon immer vermißt haben und immer vermissen werden: Kultur.«

André nickte. Kultur, sicherlich. Dennoch sehnte er sich nach den Ursprungsländern. Vielleicht sollte er nach Paris gehen. Oder London. Er mochte den englischen Film, den britischen Humor. Sie hatten einige hervorragende Schauspieler dort. André trank seinen Milchkaffee aus. Nach Gunters Film war alles wieder offen.

Beverly Hills Hospital

Schwacher Nebel, unklare Konturen. Das Weiß blendete aber auch, Nikita schloß die Augen schnell wieder. Sie paddelte mit den Armen im Wasser. Noch über diese eine Welle wollte sie, da kam sie angerollt, das Boogieboard schlingerte hin und her. Williams Kopf tauchte neben ihr im Meer auf, er rief ihr etwas zu, sie konnte ihn nicht verstehen. Wasser spritzte, ein Motorboot raste vorbei, das Steuerrad vibrierte in ihren Händen. Hart schlug der Bug auf die Wellen. Ernesto wollte, daß sie schneller fuhr, er schaltete das Gas hoch. Schneller, schneller. Der Termin mit dem Produzenten. Sie waren zu spät, schon nach elf.

»Wake up, honey, wake up.«

Schwammig tanzte ein weißer Fleck vor ihr, ein Kittel, eine Schwester, *Chicago Hope*, die Serie, spielt sie da mit, war sie eine Patientin oder vor dem Fernseher eingeschlafen, nein, da war ein Schmerz, im Bauch drückte es, pochte, zog. Sie riß die Augen auf. Über ihr das Gesicht einer Krankenschwester.

»Good morning, my dear. How are you?«

Nikita brachte ein mühsames »O.k.« heraus. Redeschwall der Schwester, langwierige Erklärungen, lauter Fachtermini, die sie nicht verstand. Quetschungen an den Rippen hatte sie. Operation in der Bauchgegend. Ein paar Tage liegen. Krankheitsreport. Und dann hörte sie nur noch »baby« und »sorry« heraus. Ein Baby? Schwanger? Was? Sie war schwanger. Schwanger gewesen.

Und hatte das Baby verloren. Verloren, nein. Man wird Tests machen, beruhigte die Schwester sie, Fruchtbarkeitstests. O Gott, Reini, mein Reini, o Gott, was sollte sie Reini sagen? Trauerarbeit, Hoffnung oder nicht. Williams Baby war es. Schreiendes kaffeebraunes Gesichtchen. Stumm blickte Nikita die Schwester an, die ihr ein Schmerzmittel spritzte. Vergessen können, vergessen wollen, der Kloß im Hals, Entscheidung abgenommen, so einfach war es also. Die Schwester ging, sagte ihr, sie solle sich ausruhen, solle versuchen zu schlafen. Schlaf, schlaf den Schlaf der Treulosen.

Auf ihrem Nachttisch stand ein Wasserglas. Silbriges Glitzern. Die Neonröhre über dem Waschbecken leuchtete dahinter, gab dem Bild dreidimensionale Tiefe. Nikita folgte den Bewegungen, Irrungen der hellen Punkte, tauchte ein in das silbrige Glitzern des Wassers. Das Glitzern war nur ein momentanes Licht in diesem Leben, in dieser Stadt, in der jeder aus einer anderen Richtung kam. In den Brennpunkt des Geschehens, sternförmig zum Film. Die Floskeln der Leute, die Versprechungen, schlimmer, die Vorschriften der Agentin. Nacktaufnahmen. Nikita schluckte. Zum Glück waren die letzte Woche gewesen. Operation am Bauch. Das Baby. Eine Pause, eine erzwungene Pause, bevor der Tanz wieder begann. Warten, telefonieren, wieder warten, die Schauspielklasse am Abend, üben, lernen. Du mußt wiederholen, was ich sage, du weichst mir aus, du kannst gehen, laß mich allein, warum läßt mich niemand allein, alle wollt ihr was von mir. Bilder von Hollywood schwirrten ihr durch den Kopf, pochten in kleinen glitzernden Punkten in dem Wasserglas: die Palmenreihen im Morgenlicht, der Schwarze mit dem Saxophon vor Thrifty's, Los Angeles, die Avenue hoch, den Boulevard nach Westen, nach Westen wollen alle, let's go west, an den Beach, an das Wasser, Wellenreiten, die Welle ist meine, mein Boogiebord als Plattform, es allen zu zeigen, der ganzen verdammten Stadt.

Und dann wurde ihr plötzlich ganz heiß. Versicherung. Shit,

sie war gar nicht richtig versichert. Das Auto jedenfalls nicht, nur eine Grunddeckung war da, sie hatte gedacht, das bräuchte sie eh nicht. Wenn sie nur wüßte, was genau passiert war. Dann kamen noch die Krankenhauskosten, Unsummen bestimmt, allein die Operation. Und ihr Vater war in Hongkong und außerdem wollte sie ihn nicht um einen Zuschuß bitten. Er wußte gar nicht, daß sie sich den alten Ford Convertible gekauft hatte. Und wenn er erfuhr, daß sie schwanger gewesen war, o Gott, und dann noch von wem... Er durfte es nie erfahren. Wer könnte ihr nur helfen? Mary hatte überhaupt kein Geld. Sie jobbte als Kellnerin, für vier Dollar fünfundzwanzig. Eliot verkaufte seit kurzem Weihnachtsbäume, draußen im Valley. Das brachte auch nichts. William wollte sie nicht fragen. Nur keine Abhängigkeit von einem Mann. Noch hatte sie ihren Stolz. Aus der Bahn geworfen. Glitzernde Gewißheiten. Das Wasser in dem halbvollen Glas leuchtete silbern, die Neonröhre über dem Waschbecken lief quer durch das Bild. Zwei Hälften, zwei Ebenen. Sie war getrennt von ihrem Leben, außer Kraft gesetzt, mit pochenden Kopfschmerzen, allein, ohne Gegenüber, ohne Zuschauer. Where the sky is blue.

2345 Westwood Boulevard

Carl ging durch das weitläufige Foyer des Bürohauses. Westwood, die neue Adresse für Filmfirmen. Ein Park aus Hochhäusern korrespondierend zur Downtown-Gruppe, Skyline in Stereo, Los Angeles – Manhattan. Sunbird Productions war im 14. Stock. Hoffentlich kam seine Agentur nicht dahinter, daß er hier war. Er bekam den Job sowieso nicht, wie immer. Aber nett war es schon von dieser Frau, daß sie ihn zu dem Casting eingeladen hatte. Ein Hot-dog-Commercial war zwar nicht die Rolle, die er sich wünschte, aber Werbung brachte wenigstens Geld. Nathan hatte gelacht. Gut gemacht, halte dich an deine Landsleute.

Er stieß die Glastür auf, nannte der Empfangsdame seinen

Namen, wurde angemeldet. Tanja holte ihn ab. Die goldenen Ketten an ihren Handgelenken klimperten, cremefarbener Bodystocking zu nußbraunem engem Minirock und Wildlederpumps. Sie sah umwerfend aus, selbstbewußt, stark.

»Hallo, Carl, da bist du ja. Du hast Glück, es ist gerade keiner drin. Komm.«

Er folgte ihr in das Aufnahmestudio am Ende des Ganges. Zum ersten Mal wurde er freundlich begrüßt. Zum ersten Mal mußte er nicht warten. Tanja gab ihm seinen Text. Nur zwei Sätze, das war einfach. Er prägte sie sich ein und gab Tanja den Zettel zurück.

»Okay, bin soweit.«

»Sieh mal an, ein Deutscher in Hollywood.« Hinter dem Stativ erschien ein Typ mit Pferdeschwanz. Sein rosa-braun kariertes Hemd mit spitzem Kragen stand weit offen. Er grinste.

»Können wir, Farun?« fragte Tanja.

»Man wird ja wohl noch hallo sagen dürfen.« Er verschwand wieder hinter der Videokamera.

Tanja nickte Carl freundlich zu.

»Go.« Faruns Arm ging nach unten.

Rotes Licht. Carl sprach seine Sätze. Er war entspannt, er wußte, wie er sich zu geben hatte. Zum Abschluß ein Lächeln in die Kamera. Tanja klatschte. Farun kam aus seiner Ecke.

»Ich blende mich mal eben aus, bin gleich zurück.« Er ging aus dem Raum.

»So, Carl, wir werden sehen, was der Kunde sagt. Ich brauche noch eine Karte von dir, oder am besten zwei. Ich möchte Gunter eine geben. Gunter Horstmann. Kennst du ihn? Ein Münchner. Er macht einen neuen Film, *Winter in L.A.*, und wir von Sunbird sind Executives. Gedreht wird hier, voraussichtlich ab Januar. Es gibt da den Part eines Sängers, vielleicht wäre das was für dich.«

»Meinst du wirklich?« Sein Herz klopfte. »Das ist aber nett von dir. Vielen Dank.«

»De nada. Erstens hast du die Rolle noch nicht, und zweitens«, sie musterte ihn kritisch, »habe ich das Gefühl, daß du nicht gerade ausgebucht bist, oder?«

Carl wandte sich ab. Ein Stich in seine Wunde. Fliegen über den Lichtern von Los Angeles, Partikel seiner Niederlagen.

»Carl, du mußt nicht gleich beleidigt sein, weil ich so direkt bin. Ich weiß, man gibt das in dieser Stadt ungern zu, wenn nicht alles nach Plan läuft. Alle sind immer ungeheuer selbstbewußt und optimistisch. Aber ich finde es viel sympatischer, wenn man auch mal Schwäche zeigt.«

Carl sah sie erstaunt an. Tanja, die erfolgreiche Frau. Sie sah gut aus, arbeitete bei einer der Top-Filmfirmen, hatte L. A. bereits erobert. Durch das Zeigen von Schwäche etwa? Ihre Freundlichkeit paßte gar nicht zu dem Filmgeschäft, so wie er es bisher kennengelernt hatte.

»Wieso bist du eigentlich hier?« fragte er.

»Hier in dem Büro oder hier in Hollywood?«

»Beides. In Amerika.«

»Puh, da fragst du mich aber was.«

Tanja suchte nach ihren Zigaretten. Carl bot ihr eine seiner Luckies an. Farun kam zurück.

»Es sind neue Jungs da. Gleich drei.«

Beverly Hills Hospital

Arme Nikita. Hoffentlich ging es ihr einigermaßen. Melanie fuhr mit einem roten Daihatsu auf den Besucherparkplatz. Den Wagen hatte sie gerade gemietet, downtown bei dem Car Rental an der 3rd Street. Ein spontaner Einfall am Morgen, ein paar Telefonate, schließlich hatte ihr André den Tip gegeben, welcher Autoverleih besonders günstig war. Melanie hatte es satt, immer Farun fragen zu müssen, ob er ihr seinen Renegade Jeep lieh. Außerdem redeten sie im Moment nicht viel. Trotzphase Teil zwei. Statt stillem Vorwurf verletzende Nichtbeachtung.

Sie parkte unter einer Werbetafel für Alitalia. Ein Flugzeug hob ab in den dunkelblauen Himmel. Vor dem Eingang des Krankenhauses wurde gedreht. Styroporaufheller, Kabel, Leute, die untätig herumstanden. Ein junger Sunnyboy stieg aus seinem Sportwagen aus, schmiß die Tür zu, eilte in die Notaufnahme. Und cut. Noch mal von vorn. Kreide auf dem schwarzen Täfelchen. Strafsitzen in der ersten Bank. Der junge Arzt hat alles stehen- und liegengelassen, um seiner edlen Pflicht nachzukommen. *Beverly Hills Doctors* – einer, der hilft. Der Blondschopf verschwand hinter der Rezeption, und cut, Pause für alle. Der Weg zum Eingang wurde freigegeben.

Melanie ging die weißen, kalten Flure des Krankenhauses entlang. Im vierten Stock sollte Nikita liegen. Sie hatte ihr eine Tüte Obst mitgebracht, Orangen, Bananen, aber vielleicht konnte sie noch gar nichts essen. 422, ein Einzelzimmer. Nikita schlief. Sie sah schlimm aus. Eine blutige Wunde an der Lippe. Unterbrochener Schwung des Herzens. Fahle Haut, irrige Augen. Bestimmt hatte man ihr ein starkes Beruhigungsmittel gegeben. Melanie stellte die Papiertüte auf den Nachttisch, setzte sich leise auf die Fensterbank und wartete. Der Parkplatz von oben. Vor dem Eingang standen jetzt zwei große Laster. Das Filmteam packte zusammen. Ob sie auch mal ein Script für eine Serie schreiben sollte? Nicht eine Krankenhaus-Soap, das war klar, aber vielleicht so etwas wie *Melrose Place*, aber unten am Strand. Mit ihrem Drehbuch war sie fast fertig, nur ein paar Dialoge stimmten noch nicht ganz. Ihr Kurs an der Uni war vorbei, ein nächster fing erst in zwei Monaten an.

»Ich kann nie mehr Kinder kriegen.« Gebrochene Stimme hinter ihr.

Melanie setzte sich zu Nikita. Das Fahle der Haut war wirklich erschreckend. Gespensterhaft.

»Ist das ganz sicher?«

Melanie nahm Nikitas Hand und strich sanft darüber.

»Ich spüre es. Irgendwas ist kaputt. Die wollen noch Tests machen, aber ich glaube nicht, daß da was anderes rauskommt.«

Nikita tastete mit ihrer Zunge nach der Wunde an der Lippe. »Shit, tut das weh. Weißt du was? Ich war schwanger.«

»William?«

»Ich möchte wissen, wofür ich bestraft werden soll. Hab ich was falsch gemacht, Melly? Sag es mir. Was hab ich falsch gemacht? Hab ich nicht das Recht, eine Familie zu haben?« Nikitas Augen waren feucht. »Warum tut man mir das an? Warum nur?«

»Jetzt wein doch nicht. Hey, wein nicht. Vielleicht gibt es irgendeinen Ausweg. Eine Familie kannst du doch in jedem Fall haben. Ob mit eigenen Kindern oder nicht.«

Bestrafungen, Schicksal spielen. Hatte Nikita sich falsch verhalten? Mit William ein Baby. Soweit sie wußte, wollte sich Nikita doch von ihm trennen. Wann war das denn passiert? Bevor sie nach Mexiko gefahren waren? Sechste Woche mindestens. Wahrscheinlich hätte sie sowieso abgetrieben. Alles für die Karriere, gnadenloses Verfolgen ehrgeiziger Ziele. Das kam einer inneren Vergiftung gleich. Wichtiger war doch, daß man seinem Gefühl folgte. Prioritäten setzen. Nun, Nikita hatte sich für den harten Hollywood-Weg entschieden. Doch nie mehr Kinder bekommen zu können – das war wirklich ein hoher Preis. Das war der Erfolg nicht wert.

6850 Camrose Drive

Tanja nippte an ihrer Weinschorle.

»Mir ist heute etwas klargeworden. Als ich mit Carl geredet habe.«

André legte seine Füße auf den klammen Gartenstuhl. Sonne beschien das Stück Haut zwischen Mokassins und Hose. Die Regenzeit schien schon vorbei zu sein. Von einem Tag auf den anderen. Morgens bei Gunter war die Sonne noch so blaß gewesen, jetzt knallte sie wie üblich. Tanja lag in Shorts und Trägerhemd auf der Liege, unter ihr das gelbe Handtuch. Ein Freitagnachmittag. Das Wochenende lag vor ihnen, sie mußten beide nicht arbeiten. Und nächste Woche fuhren sie gemeinsam nach Maui. Eine Woche Ferien. Claudia hatte auf sein Fax nicht reagiert. Sicher war sie sauer, daß er Weihnachten nicht nach Hamburg kam. Erklärungen, Ausflüchte, Kopf in den Sand und abwarten. Was hatte Tanja gerade gesagt?

»Wer ist Carl?«

»Ein Schauspieler. Er ist gestern im Overland aufgetreten. Ich habe ihn nicht gehört, aber er soll gut gespielt haben. Heute war er bei Sunbird, bei einem Casting. Aber das ist auch egal. Es geht gar nicht um ihn. Er hat nur gefragt, warum ich hier in L. A. bin.«

»Das würde mich auch interessieren. Was hast du geantwortet?«

»Gar nichts. Farun kam, und wir haben weiter gecastet.«

»Arbeitet der immer noch für euch?«

»Was hast du bloß gegen den armen Jungen?«

André nahm die Flasche aus dem Terracottakübel. »Nichts. Möchtest du noch mehr Wein?«

»Gern.«

André schenkte erst ihr, dann sich nach. Wie ein altes Ehepaar. Sie sonnte sich, er verabreichte ihr den Alkohol. Sich benebeln, um zu vergessen. Von fern hörte man den Freeway. Ehemänner, die ins Valley zu ihren Ehefrauen und Kindern fuhren. Ins Fertighaus, finanziert von der Bank. Rasensprengen und Autowaschen. Wasser in der Wüste.

»Ich werde morgen ins Fernando Valley fahren«, sagte Tanja.

André mußte lachen.

»Willst du umziehen?«

»Was? Nein, natürlich nicht. Ich wollte mir die Kunstschule dort anschauen. Sie geben Kurse in Fotografie und Skulptur und so weiter.«

»Wie kommst du denn darauf?«

Er lachte immer noch. Tanja im Fotokurs. Das paßte überhaupt nicht zu ihr. Wie gut kannte er sie eigentlich? Mit dem hochgebundenen Pferdeschwanz sah sie aus wie ein kleines Mädchen. Kunstschule, Töpferkurs, gute Noten für gutes Betragen. Oder eine Affäre mit dem Zeichenlehrer. Der junge Professor mit dem Lockenkopf. Beim Aktmalen beugt er sich über ihre Schulter.

»Die Busineßnummer kann nicht alles sein«, sagte sie. »Ich will nicht mein ganzes Leben damit zubringen, irgendwelche Castings zu organisieren oder dafür zu sorgen, daß alle auf dem Set was zu futtern haben. Das reicht mir auf Dauer nicht. Ich möchte selber kreativ arbeiten. So wie du.«

André trank sein Glas aus. Kreativ arbeiten. Die Komplexität des menschlichen Seins ausdrücken, fließende Bilder, Fotografien stiller Momente, die Gebrochenheit eines Kunstwerkes. Er war weit davon entfernt, sich als kreativer Mensch zu fühlen. Die Kamera war sein Handwerk, er war ein Techniker ohne große Vision. Es hatte sich so ergeben, entwickelt. Aus großen Plänen nackte Tatsachen. Und plötzlich kam jemand, von dem er es nie erwartet hätte, und verlangte, seinen längst aufgegebenen Anspruch für sich selber einzulösen. Merkwürdig, nach Thorsten nun auch Tanja.

220 Yucca Street

Klick. Er drehte den Schlüssel nochmals um. Klick. Der Motor gab keinen Ton von sich. Carl fluchte. Er drückte das Gaspedal durch und versuchte erneut zu starten. Scheißregen, bestimmt waren die Zündkerzen naß geworden. Keine Zeit mehr zum Putzen oder Wechseln, er war sowieso schon spät dran. Wütend knallte Carl die Wagentür zu und ging zu Fuß unter dem Garagentor hinaus. Er brauchte ein Taxi, und zwar schnell, gleich fing sein Job beim Valet Parking an. Verrückt, mit einem Taxi da vorzufahren, aber anders schaffte er es nicht. Unten auf dem Hollywood Boulevard war ein Stand, da warteten immer welche. Schon fast dunkel draußen, der Himmel bekam diese unwirkliche orangefarbene Tönung, die ihn an extremes Theaterlicht erinnerte. Und bald war Weihnachten. Carl lief die Straße hinunter, rechts in die Franklin, links durch die Vine Street. Kein Taxi, das Schild grinste ihn blöd an. Carl lief weiter zur Bushaltestelle, wartete ungeduldig, biß sich auf die Lippen. Er hätte nach einem Wagen telefonieren sollen. Seine Arbeit fing in dieser Minute an, und er stand hier untätig rum. Scheißauto. Hoffentlich war es nichts Schlimmes. Er hatte kein Geld für eine teure Reparatur. Sein morgendliches Hochgefühl nach dem Casting war völlig verflogen.

Endlich kam der Bus Richtung Süden, nach Inglewood. Ein Dollar 25 Cent. Er ließ sich auf den harten Sitz fallen. Keine Federung, kein Kissen, nichts, nur hartes Plastik. Kein Vergleich zu deutschen Stadtbussen. Nur ganz Arme fuhren hier Bus. Die, die kein Auto hatten. Oder deren Auto gerade kaputt war.

Er las die Aufschrift einer Sitzbank draußen: If you can read this so can your customers. Bunt bemalt, weiße Blumen auf grün. Das bedeutete, noch frei für Werbebotschaften. Daneben eine schwarze: Don't smoke death cigarettes. Und ein Totenkopf. Zigarettenmarke oder ein Aufruf der Gesundheitsbehörde. Carl tastete nach seinen Zigaretten. Das volle Päckchen Luckies hatte er auch vergessen. An jeder Avenue-Ecke hielt der Bus. Es dauerte ewig, bis sie an der Melrose waren.

Carl sprintete los. Sieben Blocks waren es bis zu dem siamesischen Restaurant. Vorbei am Melrose Car Wash, enter on Manhattan, ein altmodischer rosafarbener Pfeil mit kleinen Glühlämpchen. Restaurants, Cafés, Klamotten. Noch zwei Blocks, noch einer, endlich. Durchgeschwitzt und rot im Gesicht kam er an. Sein Kollege runzelte die Stirn, deutete auf seine Armbanduhr.

»Are you crazy, man?« flüsterte er.

Carl winkte ab, verschwand in dem Verschlag und holte sein rotes kurzes Jäckchen. Als er gerade einen Wagen übernehmen wollte, tippte ihm jemand auf die Schulter. Carl drehte sich um. Sein Chef vom Valet Parking schüttelte nur den Kopf. Er sagte nichts. Carl verstand, er wußte, daß es vorbei war.

Ohne noch ein Wort zu verlieren, zog er die rote Uniformjacke wieder aus, hängte sie in den Verschlag und verließ die Ecke. Er versuchte nicht, sich zu rechtfertigen. Er war über eine halbe Stunde zu spät. Und letztens das Seminarwochenende. Der Typ hatte ihn sowieso auf dem Kieker. Ohne Arbeitserlaubnis und dann noch unzuverlässig. Schauspieler waren eben Deppen.

Zerknirscht ging Carl die Melrose weiter. Schritt für Schritt weg von seiner Einnahmequelle, die dürftig genug gewesen war. Vielleicht klappte ja wirklich dieses Hot-dog-Commercial, damit wäre ihm schon mal geholfen. Statt Autos parken in Brötchen beißen – war auch egal. Auf die Rolle bei dem Deutschen wagte er nicht zu hoffen, das war zu unwahrscheinlich. Aber Nathan konnte ihm doch einen Job vermitteln, er hatte doch so viele Beziehungen. Würde sowieso guttun, wieder Nathan zu sprechen. Er hatte so etwas Beruhigendes in seiner Art, er brauchte nur ein paar Worte, um ein Gefühl ganz präzise zu benennen. Oder um Trost zu spenden. Carl suchte nach einer Telefonbox. Die Nummer von Nathan wußte er auswendig. Zu blöd, es lief nur ein Band. Carl legte wieder auf. Die Läden auf der Melrose schlossen gerade. Nach sieben Uhr schon.

Er überquerte die Fairfax Avenue. Schräg gegenüber lag die Straßberg-Schule. Ein paar Typen kamen gerade heraus, aufstrebende junge Schauspielschüler. Vielleicht sollte er noch mal ein paar Unterrichtsstunden nehmen. Doch ein Privatlehrer war teuer, das bedeutete wieder Geld, das er nicht hatte und von dem nicht wußte, wie er es verdienen sollte. Teufelskreis der Hollywood-Player. Da war ein Café, das Mokba. Dunkelrotes Rechteck über dem Eingang mit schwarzer russischer Schrift, daneben ein gelbgrünes kleines Viereck. Ein heißer Kaffee tat ihm bestimmt gut. Carl betrat den düsteren Raum. Er mußte stark sein. Er wollte überleben in dieser beknackten Stadt. Um jeden Preis.

Ärger im Paradies

[December 24th]

Santa Monica Beach

Ebbe war immer etwas Trauriges, fand Melanie. Das Meer hatte sich richtig verkrochen, wie von den Stürmen der letzten Tage vertrieben. Der Himmel allerdings war wieder hellblau, hoffnungsvoll, versöhnlich, die Regenwolken nur noch ein schmaler Streifen am Horizont. Nachdenklich hockte Melanie auf den rauhen porösen Felsen. Die Rohfassung des Drehbuchs war fertig. Und nun? Sie brauchte jemand, der es las. Farun war sicher nicht der Richtige. Schnelles, wildes Filmen mit der Handkamera – das konnte er. Aber ein Script auf Dramaturgie hin durchschauen? Wohl kaum.

Ein alter Mann mit einem Metallsuchgerät folgte der dicken Reifenspur parallel zum Wasser, mit gleichmäßiger Pendelbewegung einen Stab vor sich her schwingend. In der Hand hielt er ein kleines Plastikeimerchen, das noch leer war. Von dem Unwetter gestern nacht war nichts zu spüren, den schaumdurchwalkten Wellenstürmen, Strudel, die sie in Gedanken niederrissen, hinein in die Arme eines Ungeheuers mit bestechlich großen Augen, die ihren Blick nicht von ihr ließen, furchterregende Masse, die sie erdrückte. Ihr Atem stockte, sie löste sich auf, ließ sich in die brodelnde Dunkelheit fallen, ein warmes feuchtes Nichts, das ihr die Schmerzen nahm, ihre Empfindungen abstumpfte.

Heute war Heiligabend. Weihnachten. Familienfest. Zu Hause feierten sie jetzt oder hatten die Feier schon hinter sich. Brennende Kerzen, der Duft von Nadelbäumen, frisch gebackenen Keksen – wie wehmütig sie daran dachte. Wenn man es doch vergessen könnte, einfach auslassen. Farun wollte abends mit ihr essen gehen, chinesisch. Chop Suey am Heiligabend. Statt eines Festessens, Gans oder Karpfen, den ihr Großvater so gern gemocht hatte. Weihnachtstelefonate. Als sie ihrer besten Freundin erzählte, daß mit Sven Schluß war, mußte sie heulen. Von Farun dagegen hatte sie nichts erzählt, zu unwirklich kam ihr die Beziehung vor. Was sollte sie über ihn sagen? Daß er hinreißend aussah, daß er zu jung war, daß er so gar nicht sensibel war, daß sie mit ihm nicht reden konnte, es auch längst nicht mehr versuchte, daß sie schon so oft überlegt hatte, ihre Sachen zu packen und einfach zu gehen? Ein Lückenbüßer war er gewesen, nichts weiter, ein Anker in einer unglücklichen Zeit. Melanie schloß die Augen, sie versuchte sich Farun vorzustellen, sie sah ihn Frisbee spielen, vorn am Strand, die Haare zum Pferdeschwanz zurückgebunden. Mit seinem Freund, der aus Hamburg zu Besuch gekommen war, dem er stolz vorführte, was er bisher in L. A. erreicht hatte. Sie spielten Frisbee wie vor Jahren an den Samstagen und Sonntagen in Timmendorf am Strand, mit ihrer Clique, die Sportwagen im Hotel Maritim geparkt, am Ostseestrand, wo sich alle kannten, bewundert von den blonden Mädchen der Stadt. Sie hätte ihn nicht angehimmelt, bestimmt nicht. Und eigentlich hatte sie außer Sex auch gar nichts von ihm gewollt. Um Sven zu vergessen.

Melanie öffnete die Augen. Farun ging, mit dem Handtuch auf der Schulter, Richtung Santa Monica Pier. Immer kleiner wurde er, bis er ganz verschwand. Damit war seine Rolle vorbei, und cut. Er konnte nach Hause gehen. Als Vorbild für die Figur des Surfers im Drehbuch brauchte sie ihn nicht mehr, das wurde ihr gerade klar. Und gleich fand live die letzte Szene zwischen ihnen statt. Es würde das erste Mal sein, daß sie eine Beziehung beendete, daß sie einfach von einer Minute auf die andere Schluß machte. Gnadenlos. Aber sie hatte keine Lust mehr. So brachte es gar nichts. Melanie stand auf, zog ihre grünen Superga aus, ging barfuß über das Watt. Wie in Mexiko. Wie in der Nacht mit Hassan.

Der Mann mit dem Metallsuchgerät kam ihr entgegen, langsam und gleichmäßig seinen Stab schwingend. Der Eimer war immer noch leer.

Beverly Hills Hospital

Er streichelte ihr über den Kopf. Sie versuchte zu lächeln. Der Bluterguß an der Lippe tat weh. Kein Herzmund.

»Shit.« Nikita tastete nach der Wunde.

»Niki-Schätzchen, das sollst du doch nicht.« Hassan nahm ihre Hand und küßte die Fingerspitzen. »So, ich muß los. Mein Flugzeug geht in zwei Stunden.«

»Wie kann man nur Heiligabend fliegen«, maulte sie.

»Du vergißt, daß wir dieses Fest nicht feiern. Also, du machst alles wie besprochen. Hier ist die Karte von meinem Anwalt. Ruf ihn aber erst nach Silvester an. Er ist in den Bergen beim Skilaufen. Okay? Ich bin im Februar wieder hier. Tschau.«

An der Tür drehte er sich noch mal um, kam zurück, nahm ein kleines Röhrchen aus der Brusttasche seines Blazers und steckte es unter Nikitas Kopfkissen. Er zwinkerte ihr zu und verschwand.

Nikita drehte sich auf die Seite. Das war typisch. Statt seinen Flug zu verschieben, brachte er ihr Koks. Was sollte sie im Krankenhaus damit? Auf den Gängen tanzen? Sie konnte kaum laufen. Noch drei Tage, dann durfte sie raus. Nach den Weihnachtsfeiertagen. Auf der Fensterbank stand eine Kerze, eine dicke rote Kerze mit einem aufgeklebten Goldstern. Advent, Advent, ein Lichtlein brennt. Wenigstens mußte sie sich um die Kosten des Unfalls keine Sorgen machen. Hassan hatte dem Anwalt drei Schecks gegeben. Einen für ihre Autoreparatur, einen für den Unfallgegner und einen dritten für die Krankenhauskosten. Schon sehr großzügig. Aber sie war auch seine Lieblingsfrau, Königin in seinem Harem. William hatte sich bisher nicht blicken lassen. Dabei hatte Melanie ihn bestimmt wie vereinbart angerufen. So ein Arsch. Kaum ging es ihr schlecht, kümmerte er sich nicht mehr. Und warum dann die Eifersucht? Wenn er sie allein wollte, dann hatte er auch eine Verantwortung. Blöder Typ, der konnte seinen Schwanz in Zukunft woanders reinstecken. Einen Fernseher hatte sie auch nicht bekommen. Obwohl sie in einem Einzelzimmer lag. In Deutschland hätte das bestimmt geklappt, da gab es auch in jedem Zimmer ein Telefon. Jetzt mußte sie doch heulen. Weihnachten im Krankenhaus in Los Angeles. Die Tür ging auf.

»Merry Christmas.«

Verdutzt schaute sie hoch.

»Papa. Ich glaube es nicht.«

Universal Rescue Mission

Serving the Homeless since 1987. Notunterkünfte, Langzeitunterkünfte, Erziehungsprogramme, Kleidung an Bedürftige, Essensausgabe. Serving Los Angeles County, Orange County, Ventura County and Las Vegas. Bitte ankreuzen: $250, $100, $50, $25, Other $. Thank you very much.

175 Indiana Street

»Du hast mich nur ausgenutzt. Hast mich vollgesülzt von wegen Verliebtsein und so, und kaum paßt dir irgendwas nicht, haust du ab.«

Farun hockte auf der Lehne seines Sofas. Die Haare hingen ihm strähnig ins Gesicht, der Ansatz war fettig. Er preßte seine Lippen aufeinander, das Rot war fast ganz verschwunden. Der edle Kämpfer, Sportler gegen die Ungerechtigkeit, verlangsamt waren die federnden Schritte.

»Ich gehe jetzt, Farun«, sagte Melanie kalt.

Er tat ihr nicht einmal leid. Sie wunderte sich selbst über ihre Härte. Seine Arroganz hatte sie stark gemacht. Oder die Nacht mit Hassan. Ähnlichkeiten. Wie einfach das war, Kribbeln in der Nase, Waschtrommeln des Schwindels, Begehrtwerden als Frau.

Farun war dazu gar nicht in der Lage. Gerade mal zwanzig, jung, wild. Das Ungestüme hatte sie angezogen, das Unreife sie abgestoßen. Stufen auf der Beziehungsleiter. Hier hatte sie nicht einmal die erste erklommen. Sex und Schluß. Von Verständnis keine Spur.

Er hatte erst gar nicht bemerkt, daß sie vom Strand gekommen war und begonnen hatte, ihre Sachen zu packen. Bestimmt konnte sie bei Nikita wohnen. Die Wohnung war klein, lag aber direkt in Hollywood. Nicht weit von den Celebrity-Sternen, im feineren Abschnitt des Hollywood Boulevards. Kein Strand mehr, dafür war der Griffith Park in der Nähe. Vom Observatorium die Sterne anschauen. Sven sehen, wie er zum American Film Institute fuhr. Seine Uni lag nur ein paar Blocks von Nikita entfernt, verdammt nah, aber egal. Das Risiko mußte sie eingehen.

»Geh nur, geh schon«, sagte Farun bitter. »Je schneller du raus bist, um so besser. Dann muß ich deine langweilige Visage nicht mehr ertragen.«

Melanie warf sich ihren karierten Blazer über. Athletisch, anziehend, ja, das war er, aber wenn sie genau hinsah, lag etwas Stumpfes in seinem Blick. Traumtänzer. Er hatte keine Träume, obwohl er ständig davon redete, daß er sie verwirklichte. Ein Abziehbild. Es schaffen in Amerika. Was überhaupt?

»Hilfst du mir trotzdem, die Koffer rauszutragen?«

Er sackte in sich zusammen. Für einen Moment schien aller Hochmut vergessen, der Ärger, der Trotz. Melanie sah ihn an, die großen braunen Augen, den zuckenden Mund, seine zu langen Bartstoppeln, und schon wollte sie auf ihn zugehen, ihm sagen, daß alles gut wurde, daß sie bei ihm blieb, daß sie einen neuen Start versuchen sollten. Doch sie sagte nichts. War es Stolz? Vor ihr lag wieder ein neuer Abschnitt. Ein anderes L. A. Und Farun gehörte nicht mehr dazu.

MAUI

»Ich möchte wissen, warum wir unbedingt diese Inselrundfahrt machen mußten. Wir haben nicht mal die Hälfte geschafft, und es ist schon drei Uhr.«

André drückte sein Bein gegen das Lenkrad des Jeeps und zündete sich eine Benson an. Der Wagen lief etwas aus der Spur. Tanja legte ihre Hand auf den Lenker.

»Sag doch was, ich hätte dir doch eine geben können, chéri.«

Dieses chéri ging ihm wirklich auf die Nerven – wie in einem schlechten französischen Film, einem dieser Krimis, in dem Männer schmutzige Geschäfte machten, eine Frau eigentlich nur störte und am Ende aus Versehen erschossen wird.

Sieben Tage Maui, in einem gigantischen Hotel. Ein rosafarbener Palast mit exotischem Garten, in den Teichen echte Schwäne, Mondscheinterrasse, Champagner am Swimmingpool. Er mochte es nicht, gerade weil es so perfekt war. Das Meerwasser war ihm zu salzig, die Sonne zu warm, der Kaffee zu amerikanisch. Tanja tat so, als bemerkte sie seine schlechte Laune nicht. Sie kam mit immer neuen Einfällen, Unternehmungen. So wie mit dieser Inseltour. Sie hatten gleich zu Anfang einen Jeep gemietet, einen knallroten Wrangler. Auf der Straßenkarte der Verleihfirma waren bestimmte Strecken durchgestrichen. Not allowed. Unebene Pisten. Auf einen dieser Punkte fuhren sie gerade zu, Tanja hatte darauf bestanden. Wir fahren ganz rum, das ist doch spannend, der Jeep schafft das schon.

Da kam ein Aussichtsparkplatz. André fuhr den Sandweg hoch und hielt neben zwei Ford Fiesta, einer war blau, der andere weiß, bestimmt kamen beide von der gleichen Mietwagenfirma. Die Fiesta-Fahrer verständigten sich gerade, daß sie zurückfahren wollten. Der Regen der letzten Tage hatte die Straße aufgeweicht zu einer richtigen Schlammpiste, keine Chance, da durchzufahren.

»Laß uns auch umkehren, Tanja.«

»Jetzt sind wir schon so weit gekommen.« Sie holte die Karte aus dem Handschuhfach. »Schau, nur noch das kleine Stück. Der Rückweg wäre fast doppelt so lang.«

André lenkte ein. Sie fuhren weiter. Nach einer Stunde wurde die Straße schmaler. Dunkles Dickicht, grün in allen Schattierungen, Bananenbäume, Farne, Schlingpflanzen. Sie waren allein. Alle anderen Wagen waren offensichtlich nur bis zu dem letzten Parkplatz gefahren, auch war ihnen keiner mehr entgegengekommen. André hielt an. Die Asphaltierung endete, eine Schotterpiste begann. Tanja kraulte ihm den Nacken.

»Worauf wartest du?«

Sie warf ihre Locken zurück. Ihre Haut war leicht gebräunt, sie sah hübsch aus. Dieses herausfordernde, überlegene Lächeln. Er legte einen Gang ein und fuhr weiter. Der Jeep hoppelte über die Steine. Camel Trophy, wir suchen noch Abenteuerlustige, Freiheitsliebende, Verrückte. Es ging abwärts. Da vorn überschwemmte ein Gebirgsfluß die Straße. Das war es also. André stieg aus, brach von dem nächsten Baum einen Ast ab und hielt ihn ins Wasser. Der Stock versank völlig.

»Ziemlich tief.«

»Ich werde fahren. Wenn ich steckenbleibe, mußt du schieben.«

Sie saß schon auf dem Fahrersitz. Der Jeep rollte auf ihn zu. Tanja schaltete auf Four-wheel-drive und gab Gas. Das Wasser spritzte hoch, die Räder verschwanden im Fluß, es gluckerte, gurgelte, Wasser schwappte in die Fahrerkabine, der Wagen blieb stecken, einen schrecklichen Moment lang, André warf sich gegen das Heck, stemmte mit aller Kraft, links neben ihnen war der Abgrund, der reißende Fluß, die Tiefe. Tanja gab Vollgas, der Jeep ruckelte, bewegte sich plötzlich wieder und schoß aus dem Wasserloch. André watete hinterher, stieg ein. Verrückt. Lebensmüde. Nach der ersten Kurve stellte Tanja den Motor ab.

»Na, sind wir ein gutes Team?«

Er lächelte sie an. »Ich werde dir ein T-Shirt kaufen, das ich auf dem Markt gesehen habe: I did it in Maui.«

Sie legte ihre Hand an seinen Nacken und zog ihn an sich. Fester Griff. Parfümschwaden stiegen ihm in die Nase. Gucci.

»Na, da fällt mir aber noch was anderes ein.«

Knutschend rutschten sie gegen das Lenkrad. Lautes Hupen. Lachen. Dschungelboden.

Beverly Hills Hospital

Okay, no big deal. Die nächste Beziehung zu Ende. Obwohl man die Geschichte mit Farun kaum eine Beziehung nennen konnte. Entschlossen ging Melanie den langen Gang des Krankenhauses entlang, machte einen Bogen zu Zimmer 422, schloß die Tür hinter sich. Nikita saß aufrecht im Bett, mit roten Wangen, glänzenden Augen. Der Bluterguß an der Lippe hatte sich dunkel verfärbt. Neben ihr, auf der Kante, saß ein älterer Mann, mit weißen Haaren und sportlicher Brille. Er war braungebrannt, trug einen Polopullover und darüber ein Sakko.

»Hey, Melly«, rief Nikita, »schau mal, wer hier ist! Kannst du dich noch an meinen Vater erinnern?«

Melanie nickte. Sie begrüßten sich, und Nikitas Vater erzählte, daß er auf dem Weg nach Hawaii war. Nikita hatte ihre Gespräche auf die Telefonnummer des Krankenhauses umleiten lassen, und eine Krankenschwester hatte ihm die Adresse gegeben. Sozusagen als Weihnachtsüberraschung.

»Wenn die Telekom nur genauso fortschrittlich wäre«, sagte Nikitas Vater. Er hatte eine ziemlich tiefe Stimme, nicht so rauchig wie Nikita, eher melodisch, aber sie vibrierte genauso. »Da wir beim Thema sind: Reinhard wird dich morgen anrufen. Neun Uhr Los Angeles Zeit. Du sollst dann in der Nähe des Schwesternzimmers sein. Er vermißt dich sehr, mußt du wissen.«

»Mein Reini, der Süße. Warum hast du ihn nicht gleich mitgebracht? Ich fühle mich so schrecklich einsam hier. Hat er wieder beim Squash jämmerlich gegen dich verloren?«

Melanie schaute sie überrascht an. Also hatte Nikita kein Wort über die Sache mit William verloren, vom Baby dann auch nicht. Und die Fruchtbarkeitstests? Wie scheinheilig sie sein konnte.

»Wir haben länger nicht gespielt«, sagte Nikitas Vater. »Er arbeitet sehr hart im Moment und hat kaum Zeit. Man hat ihm die Bauleitung eines Projektes übertragen. Seitdem habe ich ihn nicht mehr gesehen.«

»Hauptsache, er baut irgendwann auch ein schönes Haus für mich. Ich will eine Riesenterrasse. Und alles soll ganz hell sein. Licht von allen Seiten.«

»Sag mal, Niki, was ich dich fragen wollte…« Melanie zögerte. Menschen trennten sich eben. Ihre Scheu war unnötig. »Ich wollte dich fragen, ob ich ein paar Tage bei dir wohnen kann. Du bist ja jetzt hier und…«

»Natürlich, jederzeit. Was ist mit Farun? Gibt es Probleme? Hast du ihn mit 'ner anderen erwischt? In flagranti? Oder gibt es einen neuen Lover, von dem ich noch nichts weiß? Bei dem du aber nicht wohnen kannst, weil er verheiratet ist? Tell me, was ist passiert?«

Nikitas Vater lachte.

»Du denkst zu schlecht von den Männern, Nikita«, er betonte Nikita auf der ersten Silbe. »Nicht jeder Mann betrügt seine Freundin. Auch wenn das immer wieder ein beliebtes Filmthema ist. Sind Sie auch Schauspielerin geworden?« wandte er sich Melanie zu.

»Nein, Drehbuchautorin. Ich bin sozusagen für die Storyentwicklung des Betrugs zuständig. Persönlich bin ich mehr für Treue.«

»Du warst immer schon ein bißchen spießig, Melly. Mir wäre das zu langweilig. Also spuck's aus. Was ist passiert?«

»Wir haben uns getrennt, das ist passiert.« Im Vergleich zu dem Ende der Beziehung zu Sven war es ein Kinderspiel gewesen, dachte sie.

»Und diesmal hast du ihn verlassen, stimmt's? Ich seh's dir an. Meine Melly war eine gelehrige Schülerin. Macht gar nichts, gibt noch genug gute Typen in L. A. Wenn ich hier raus bin, gehen wir mal ordentlich aus. Wie lang bleibst du eigentlich, Papa?«

»Nur bis morgen früh. Leider.«

»Ach, Papa.« Nikita schlug mit der Hand auf ihr Bettzeug. »Kaum kommst du, läßt du mich schon wieder allein. Wir haben uns über ein halbes Jahr nicht gesehen. Manno.«

»Ich treffe Marlen auf Hawaii. Sie ist schon dort.«

»Siehst du, da haben wir es«, maulte Nikita. »Und mir sagst du, ich denke schlecht von den Männern.«

»Das ist doch nicht das gleiche. Sie ist meine Freundin, und du bist meine Tochter. Ich betrüge doch nicht die eine mit der anderen. Es ist schwer genug für sie, daß sie Heiligabend allein feiern muß.«

Melanie schaute die beiden an. Sie sahen sich sehr ähnlich. Die gleiche Stupsnase. Und der Abstand zum Mund war bei beiden sehr kurz. Verspielt, eigenwillig. Zwei Herzen. Nikita wollte ihrem Vater beweisen, daß sie von anderen Männern begehrt wurde. Was wollte er ihr beweisen? Nikitas Vater ging kurz aus dem Zimmer. Er wollte Marlen im Hotel auf Hawaii anrufen.

»Gut, daß er grad raus ist«, sagte Nikita schnell. »Er soll das mit William nicht mitkriegen. Sonst bekommt sein Weltbild von der treuen Tochter womöglich einen Knacks. Hast du William erreicht? Er war noch nicht da.«

»Nein, stell dir vor, da war eine Ansage, daß es die Nummer nicht mehr gibt. Disconnected.«

»Das gibt's nicht. Bestimmt hast du falsch gewählt. Versuch es einfach weiter. Ich muß ihn sehen.«

»Ja.«

»Ich *muß* ihn sehen«, wiederholte Nikita. »Verstehst du?«

»Ja doch.«

Melanie verabschiedete sich. Mit Nikitas Schlüssel in der Hand ging sie über den dunklen Krankenhausflur. Sie hatte gar nicht gefragt, ob Hassan wie versprochen gekommen war, ob er sich um alles kümmerte. Aber jetzt war Nikitas Vater da. Da hatte sie wenigstens jemanden, der mit ihr Heiligabend verbrachte. Sie dagegen würde nun ganz allein sein, in einer fremden neuen Wohnung. Tanja und André waren auf Maui, Klaus in Frankfurt bei seinen Eltern, sonst kannte sie nur ein paar Leute aus ihrem Script-Writing-Kurs, alles Amerikaner. Weihnachten fiel also wirklich aus für sie, aber das war gar nicht so schlecht. Früh schlafen gehen, Augen zu und durch. Aus dem Fahrstuhl wurde gerade ein Patient geschoben, der am Tropf hing. Melanie schaute schnell zur Seite. Den Anblick Kranker konnte sie nicht ertragen.

607 Burnside Avenue

Ewa füllte sein Glas nach. Sie kümmerte sich rührend um ihn, war eine aufmerksame Gastgeberin. Carl fühlte sich dennoch unwohl. Es waren fast nur Schwule da. Weihnachten, Fest der Liebe. Was für eine Liebe. Neben ihm knutschten zwei Typen, gierig saugten sie aneinander. Im Halbdunkel in der Ecke lagen zwei andere zusammen auf den Sitzkissen, strichen sich sanft über die Arme, dösten vor sich hin. Joints kreisten. Carl hatte zu Anfang einen Zug genommen, jetzt war ihm leicht übel. Vielleicht kam es auch von der Luft, von den ganzen Räucherstäbchen, auf Wachstabletts, an den Fensterrahmen, in Gläsern auf dem Boden. Laut lief Musik von den Doors. Ewa legte ihren Arm um die Schauspielerin, die die Tochter in ihrem Stück gespielt hatte. Carl war sich nicht im klaren darüber, ob die beiden ein Paar waren, denn Ewa küßte gerade eine Dunkelhaarige, die links von ihr saß. Come on baby, light my fire. Eine Zwischenwelt, Gitarrengeklimper, weiße Stimmen, weiche Rebellen auf dem Weg in die Sackgasse. Jim Morrison im Doors-Film in der Badewanne, und das Licht über ihm nimmt die ganze Decke ein, wird heller, zieht ihn an, weg aus diesem Dasein.

Wo war Nathan eigentlich? Er hatte ihn kaum beachtet, nur kurz »hi« zugerufen. Komisch, sonst war er ganz anders. Er traf Nathan oft, ging mit ihm essen, begleitete ihn zu den Proben seines neuen Stückes. Eine Persiflage auf den Othello. Nathan war Autor, Regisseur und einer der Darsteller. Carl hätte auch gern einen Part übernommen, wenigstens einen kleinen. Statist im Hintergrund. Doch Nathan blockte stets ab, wenn er diesbezüglich Andeutungen machte. Warum nur? In Ewas Stück hatte er ihn doch gut gefunden, vielleicht einen Tick zu hingebungsvoll. Die Facette des Widerstandes hatte gefehlt, aber sie war in seiner Rolle nicht angelegt gewesen. Er wäre auch lieber stark gewesen, hätte sich gegen die Frauen gewehrt, die ihm solches Leid zufügten. Ein anderes Stück, ein anderes Leben, nicht seines. Ewas Warnungen waren unnötig gewesen. Nathan wollte nichts weiter von ihm. Auf dem Wochenendseminar nicht und danach auch nicht.

Wieder kreiste ein Joint. Die Typen neben ihm unterbrachen ihr Geknutsche. Der eine reichte Carl den Joint weiter, kommentarlos, Carl nahm ihn in einem Reflex an, der andere strich ihm kurz über die Haare. Carl sog an dem Joint, stand auf, um ihn Ewa zu bringen. Ihm war schwindelig. Ewa hatte immer noch den Arm um die Tochter-Schauspielerin gelegt, der Kopf der Dunkelhaarigen war in ihren Schoß gebettet. Sie nahm den Joint, gab ihn erst der einen, dann der anderen Frau zum Rauchen, behielt ihn dabei die ganze Zeit in der Hand. Eine zärtliche Geste, ich verführe dich, du verführst mich, zum gemeinsamen Rausch, den wir zelebrieren.

Carl ging aus dem Zimmer, er brauchte dringend frische Luft. Stockfinster im Flur. Wo war nur der Lichtschalter? Er drückte die Klinke der ersten Tür. Eine dunkle Kammer mit Gerümpel. Die nächste. Hier war Licht, Kerzenschein, flackernd sah Carl die Umrisse von Körpern. Auf dem Bett lagen zwei Nackte, eng umschlungen, die Beine ineinander verkeilt, sie bewegten sich im gleichen Rhythmus, der Rücken des Obenliegenden glänzte schweißnaß. Eine Kerze brannte. Carl blieb stehen, schaute wie gebannt auf die Szene, die ihn abstieß, die ihn verwirrte, faszinierte. Einer der beiden nackten Männer war Nathan. Sein Nathan.

Singles
[December 31st]

6850 Camrose Drive

»Wir saßen beim Essen, hatten Pizza bestellt, und die war kalt. Kalte Pizza – wer mag das schon? Ich habe vorgeschlagen, daß wir sie kurz in den Ofen schieben. Und weißt du, was Farun gesagt hat? Knallhart: Flenn hier nicht rum.«

»Das ist stark.« Klaus klatschte in die Hände.

»Flenn hier nicht rum«, wiederholte Melanie. »Ist das nicht unglaublich?«

»Ein guter Satz. Den werde ich gleich in meinem Drehbuch verbraten.«

»Typisch. Aber zu deiner Beruhigung, ich habe das längst verbraten.«

Melanie war aufgekratzt. Silvester, längst nach Mitternacht, das neue Jahr hatte begonnen, ein neues, erfolgreiches Jahr sollte es werden. Sie hatte Nikita zu der Party bei Tanja und André mitgenommen, doch Nikita schien sich nicht zu amüsieren. Mißmutig hockte sie auf einem der Gartenstühle. Von dem Bluterguß an der Lippe sah man nichts mehr, sie war sorgfältig geschminkt, fast ein wenig zu aufgedonnert mit ihrer Hochfrisur und dem grellbunten Seidenkleid. Klaus hatte ihr vorhin einen Vortrag über Liebe und Sexualität gehalten. Seitdem war sie merkwürdig still. Gespräche über die Filmindustrie, über die kreative Arbeit, die dahinterstand, waren nichts für sie. Da fehlte vermutlich der Glamour.

»Ich möchte wissen, was ihr Drehbuchschreiber übernehmt von den Sachen, die wir von uns geben«, sagte André.

»Ich habe oft ein schlechtes Gewissen, einfach Charaktere und Geschehnisse zu übernehmen«, überlegte Melanie. Farun war in ihrem Script der beste Freund des Surfers und hieß, wie nach der ersten Eingebung: Athos. Autobiographische Züge. »Ich denke dann, daß ich denen, die mir da als Vorbild dienen, etwas von ihrer Lebendigkeit stehle. In bestimmten Kulturkreisen haben die Menschen Angst, fotografiert zu werden, weil ihnen ihre Seele gestohlen wird.«

»In Madonnas Sexbuch bleibt nichts mehr verborgen«, sagte Klaus. »Aber Amerika ist zu prüde, um das zu genießen. Die Amis klonen sich selbst, einem fatalen Schönheitsideal hinterherhechelnd. Die Mädchen in den Diskotheken sehen alle gleich aus. Eine Blonde neben der anderen. Sie tragen schwarz, tief ausgeschnitten, die Schultern frei, und immer sieht man den Ansatz des schwarzen Spitzen-BHs. Stilisiert man sie zu Filmfiguren hoch – obwohl es fraglich ist, ob man das sollte –, dann wird zumindest ihr banales Dasein verewigt. Wie heißen wir übrigens in deinem Script?«

»Ihr kommt gar nicht vor«, Melanie lachte. »Es sei denn, du möchtest die Leiche am Strand sein.«

»Och, wie schade. Vielleicht kannst du uns doch noch einbauen, hm? Der erfolgreiche Drehbuchautor und sein genialer Kameramann?«

»Zu unwahrscheinlich.«

»Wieso? Dies ist Hollywood, da werden Träume wahr.«

»Was hast du denn für Träume?« Bestimmt andere als Farun, beantwortete sie sich selbst die Frage. Es schaffen. Zum Glück war er nicht auf der Party. Vielleicht nahm er einmal in seinem Leben Rücksicht. Oder er scheute einfach nur eine weitere Auseinandersetzung.

»Irgendwann nur noch Regie führen.« Klaus stemmte die Füße gegen den Tisch. »Ich glaube nicht an die Idee des Autorenfilmers. Gezwungenermaßen muß ich meine eigenen Drehbücher schreiben, weil mich sonst kein Produzent auf den

Regiestuhl läßt. Wenn ich entscheiden könnte zwischen nur Schreiben oder nur Filmen, würde ich natürlich die Regiearbeit wählen.«

»Das ist dein Streben nach Macht. Du willst nur bestimmen«, sagte André.

»Ich mag Bilder. Ich male auch sehr gern. Ich denke in Bildern. Das führt leider dazu, daß ich oft keine Lust habe, sie in Worte umzusetzen. Umgekehrt ist das etwas anderes. Ich arbeite schließlich auch bei Drehbuchprojekten mit, ohne daß mein Name erscheint. Du siehst, André, um Ruhm und Macht geht es nicht. Wie sagte Karl Kraus so schön? Wenn die Sonne der Kultur niedrig steht, werfen auch Zwerge lange Schatten. Mein ganzes Geld steckt in diesem einen 45-Minuten-Film, den ich gerade gemacht habe und der noch nicht fertig geschnitten ist. Also können ihn die Leute nicht sehen, um mir Geld für einen neuen Film zu geben. Es kostet eben alles so viel.«

»Wem sagst du das.«

»Für mein nächstes eigenes Drehbuch werde ich versuchen, deutsche Fördergelder zu bekommen. Obwohl das nicht so einfach ist, weil meine Sachen immer etwas absurd sind. Und das mögen die Redakteure drüben nicht so.«

»Eben hast du gesagt, dies ist Hollywood, da werden Träume wahr«, sagte Melanie. »Glaubst du selbst nicht daran?«

»Doch, doch. Traumstadt Hollywood. Man muß nur wissen, was man will.«

»Maxx«

Einsame Gestalten bewegten sich in dem zuckenden Licht. Schwarze Wände, ein schmaler langer Raum. Auf dem Tresen tanzte ein Typ im Calvin-Klein-Slip. Er stand fest auf seinen klobigen Springerstiefeln, ging in die Knie, bewegte die Hüften vor und zurück, eine eindeutige rhythmische Kopulationsbewegung, den Arm über den Kopf gelegt, tanz mit mir, nimm mich, dumpf dröhnte der Baß, why is no time, why is no time, alles war künstlich, der Diskjockey scratchte das »why«, schob den Geschwindigkeitsregler am Mischpult ein Stück hoch, ließ ein neues Acid-House-Stück einfließen, Schwarzlicht, weiß in weiß, Baseballkappen im Rauch, schlag den Ball, ich bin cool, der koreanische Kellner räumte Gläser in einen flachen Waschkorb, ruckte mit dem Kopf auf und nieder, eine einheitliche Masse ruckender Köpfe, eng, dunkel, nackte Oberkörper, das längst ausgezogene T-Shirt in den Bund der Jeans gesteckt, so daß es über dem Hintern hing, locker, kraftvoll, Bauarbeiterlook, stählerne Muskeln, es stank nach Schweiß, Mann pur, durchtrainierte Körper, aneinander, hintereinander.

Carl drückte sich in die Ecke zwischen dem DJ-Pult und der Wand. Vor ihm tanzte ein Schwarzer in Trainingshose und gelbgrüner Baseballmütze. Carl betrachtete die geschmeidigen Bewegungen, das Spiel der Schultern, das Auf- und Zuklappen der Beine. Wie ein Hampelmann, nur nicht so hölzern. So müßte man tanzen können. Die Ghettokinder konnten das schon mit nicht einmal zehn. Kriss Kross. Carl trank seinen Gin Fizz aus. Nathan war nicht hier. Unerreichbar für ihn. Und blieb es, wenn er nicht den letzten Schritt wagte. Sich einem Mann hingeben, und sei es nur einmal, erfahren, was die Faszination ausmachte. Deeper and deeper. Madonnas Vaterlied. Die Kerzen und Räucherstäbchen der Hippies. Sweeter and sweeter. Luftballons, die hochfliegen. Einmal so berühmt sein, daß man sich alles erlauben konnte. Den Vater küssen, jeden lieben. Videoart.

Er zündete sich eine Zigarette an. Der Schwarze vor ihm stoppte in seinem Tanz und machte ihm ein Zeichen. Carl klopfte ein paar Stengel aus der Lucky-Strike-Schachtel und hielt sie ihm hin. Der andere dankte, ließ sich Feuer geben, tanzte weiter. Rauch kam aus dem Rohr neben Carls Beinen. Carl schloß die Augen. Klacken der Absätze auf dem Asphalt. Eine schmale Gasse in Eckernförde, enge Häuser mit schief gegeneinander strebenden Giebeln, am Ende ein kleiner Platz, die Eisdiele, Mofas, Fahrräder, Treff der Dorfjugend, grölend, scherzend, ein Sommernachmittag, er hatte Geld für ein Eis, doch er kehrte um, es war warm, er ging zurück in die schmale Gasse, ging zurück in das dunkle Haus, zu seiner Mutter.

Asche fiel auf seine Hand. Uh, baby, uh. Der Schwarze tanzte nicht mehr vor ihm. Umkehren hieß feige sein. Er wollte nicht mehr feige sein in seinem Leben. Sich etwas trauen. Voran. Carl stieß sich von der Wand ab und ging quer durch den Raum. Er brauchte Luft. Die Tür zu dem kleinen Hof war offen. Männer lehnten an der Mauer, saßen auf den Holzbänken. Carl zwängte sich zur Bar durch, bestellte noch einen Gin Fizz und gab großzügig Trinkgeld.

6850 Camrose Drive

»Sag mal, mit was für Leuten hängst du eigentlich rum? Ich möchte wissen, was dem einfällt, mir so einen Scheiß zu erzählen.«

»Klaus meinst du? Ich mochte ihn zu Anfang auch nicht. Ich weiß noch, als ich ihn das erste Mal getroffen habe. Da hat er mich endlos mit der deutschen Nachkriegsfilmgeschichte gelangweilt. Er hörte ewig nicht auf.«

Nikita warf ihre Zigarette ins Gras. Sie mußte weg hier.

»Ein richtig blöder Wichser ist das.«

»Ach was, er ist echt ganz nett.«

»Wenn man auf Typen steht, die einen vollquatschen, bis man kotzen muß… Aber irgendwie hast du auch so einen Zug.«

Verletzungen, um sich zu schützen, Beleidigungen, um sich trennen zu können.

»Wie?«

»Du gibst doch auch deinen Senf zu allem möglichen Scheiß ab, gefragt oder nicht.Und weißt immer alles besser.«

»Findest du?«

Nikita pustete rhythmisch Luft aus. Es machte keinen Spaß, sich mit Melanie zu streiten. Sie war einfach zu empfindlich. Die letzten Tage, nachdem sie aus dem Krankenhaus gekommen war, hatten ihr das klargemacht. Ein richtiges Sensibelchen. Jedes Wort mußte man auf die Goldwaage legen, damit sie einen nicht plötzlich mit großen Augen, tief verletzt, anstarrte. Außerdem war heute Silvester, und sie wollte das neue Jahr nicht mit Ärger beginnen. Der Streit mit William reichte ihr. Der Idiot war einfach abgehauen aus L. A. Am Tag, als sein Visum ablief. Die Wohnung in West Hollywood hatte er aufgegeben, die Decken und Figuren in einen Container gebracht, und tschüß. Aus dem Grund war er auch nicht ins Krankenhaus gekommen. Vorgestern kam ein Anruf von ihm. Aus Paris. Hey, Nikita, Princess. Als ob nichts gewesen wäre. Sie sollte zu ihm kommen. So ein Spinner. Hätte er mal lieber seine Bookerin geheiratet. Dann könnte er jetzt mit ihr Silvester feiern. Und sie müßte sich nicht mit diesen Langweilern abgeben. Abgehobene Scheißer. Sie mußte sich ablenken. Dahinten saß ein einigermaßen gutaussehender Typ, der entfernte Ähnlichkeit mit Ernesto hatte. Er unterhielt sich gerade mit der Gastgeberin. So eine mit kleingelockten Haaren und weißem Lipgloss. Das war doch auch längst vorbei. Milano vor drei Jahren, mindestens.

»Guck mal, sieht der nicht geil aus? Kennst du den?«

»Wen? Den Italiener?« fragte Melanie.

»Ich wette, er ist Spanier. Oder noch besser, Südamerikaner. Am besten aus Argentinien.«

»Wie kommst du auf Argentinien?«

»Die Steaks vom Blockhaus...«

»Du bist albern.«

»Wild wie ein Stier, feurig wie die Sonne, stark wie ein... ein...«

»Tequila?«

»Trinkt man den da?«

»Ich weiß nicht. In Mexiko trinkt man das.«

»Dann soll er Mexikaner sein. Komm, wir gehen hin. Und dann verschwinde ich. Es gibt da eine geile Party im Prague, zu der ich unbedingt noch hin muß. Ernesto wollte auch kommen.«

»Wozu brauchst du dann den Stier hier?«

»Das verstehst du nicht.« Nikita ließ Melanie stehen. »See you later!«, rief sie.

6850 Camrose Drive

Weit hinten blinkten die Lichter von Los Angeles. Sie flimmerten im Dunst der Stadt, feine helle Linien, die hin und her schwangen, eine Ebene flirrenden Gelbs, leuchtender Anziehungspunkt, verführerisch, unwirklich. André lehnte an einem der Eukalyptusbäume am Pool, eine dunkle Silhouette unter einem Baum. Melanie kam zu ihm.

»Kennst du das Bild von Caspar David Friedrich? Das mit den Felsen?«

André antwortete nicht. Er schaute zu Tanja, die mit den Gästen scherzte, die tanzte, die das Silvesterfest wieder großartig organisiert hatte, einfach perfekt. Dabei waren sie erst gestern aus Maui wiedergekommen. Gebräunt, erholt. Übermorgen fingen die Dreharbeiten zu Gunters Film an, und er konnte endlich wieder arbeiten. Zwei Wochen hatte er nichts getan, das war viel zu lange.

»Man sieht die Figur von hinten«, erklärte Melanie. »Ein Spazierstock in der Hand, auf den sich der Mann stützt. Vor ihm wilde Natur, er ist allein inmitten dieser grandiosen Landschaft, die sich vor ihm ausbreitet, hell und mächtig, er ist angezogen und aufgewühlt, ein Bild vollkommener Naturbegeisterung, der Inbegriff von Erhabenheit. Kennst du das Bild?«

André trank aus seinem Glas, das er lässig in der Hand gehalten hatte.

»Nein.«

Er log. Natürlich kannte er das Bild. Ihn interessierte, was sie noch dazu sagen wollte. So ließ er ihr den Triumph.

»Mich hat es immer fasziniert. Ich reagiere auch sehr empfindsam, nicht nur auf Natur, sondern eigentlich immer. Nach außen zeige ich davon wenig. Alles gut verpackt. Gut kaschiert unter der Maske des stillen Menschen, doch ich sehne mich oft danach, all dies mal rauszulassen.«

Das war es also. Ein Kampf gegen die Vernunft. Stille als äußere Erscheinung. Was steckte noch dahinter? Er versuchte, die Antwort aus ihrem Gesicht zu lesen. Eine lange Einstellung. Er stattete Melanie für einen Moment mit den Eigenschaften aus, die er bei Frauen mochte. Er sah Claudias klugen Blick, er sah Tanjas verschmitztes Lächeln. War sie glücklich? Er wußte, daß sie bei Farun ausgezogen war und jetzt bei dieser deutschen Schauspielerin wohnte. Nikita. Die war nicht sein Fall. Ordinärer Mund, er mochte solche Formen nicht, zu aufdringlich, zu unecht. Melanie legte ihre Hand auf seine Schulter.

»Was hast du?«

»Nichts. Ich denke nur nach.«

»Worüber?«

André schaute zu den Leuten am Pool.

»Über Bilder. Über das Filmen. Was ist das Bild, das ich sehe? Die scharfen Umrisse, die Räumlichkeit, Vertikalen, Horizontalen, dieser Tisch dort, die zwei, die daran sitzen, Menschen – sind das Menschen? Manchmal frage ich mich, ob es uns überhaupt alle gibt, ob es dich gibt, die mir zuhört, und mich, der redet. Vielleicht ist alles gar nicht da, und wir bilden uns das nur ein.«

»Das ist eine normale philosophische Fragestellung. Gibt es etwas außerhalb meiner Existenz, das ich begreifen kann? Und damit stelle ich natürlich meine eigene Existenz in Frage. Nach Kant gibt es eigentlich keinen gültigen Beweis mehr für die wirkliche Existenz der Welt unabhängig vom Subjekt, das sie wahrnimmt.«

André trank sein Glas aus.

»Gott ist tot.«

»Das war Nietzsche«, belehrte ihn Melanie.

»Wer sind diese Männer, die da meinen, alles zu wissen? Der Wüstensand weht über ihre Köpfe hinweg und läßt sie zu Staub werden. Zu gelbem Staub.« Er lachte über sich. »Ich bin wirklich in einer merkwürdigen Stimmung. Komm, laß uns reingehen.« Eingehakt gingen sie zum Pool. »Wahrscheinlich fehlt mir nur die Arbeit. Auf dem Set zu sein ist wie eine Droge, und ich bin ein Junkie auf Entzug.«

»Die Nähe zu den anderen Menschen?«

»Das auch. Aber das ist nicht das Wesentliche. Nur wer das erste Mal dabei ist, empfindet dieses absolute Gefühl der Zusammengehörigkeit. Weswegen auch lauter Affären während der Dreharbeiten gestartet werden. Eine abgeschlossene Welt, das Außen existiert nicht. Man konzentriert sich auf ein einziges Produkt, und alles andere, dein Zuhause, deine Freunde, dein eigenes Leben, das gibt es in dem Moment nicht. Möchtest du noch Wein?«

»Gern. Hast du oft Liebesgeschichten während der Dreharbeiten gehabt?«

»Nein, ich kann den Druck aushalten.« Er schenkte ihnen beiden ein. »Meistens hatte ich eine feste Freundin. Die Leute im Filmbereich sind im Prinzip beziehungsunfähig. Sie schlittern von einer Geschichte in die andere. Kaum eine Affäre hält über die Dauer der Dreharbeiten. Und was erst beflügelt, kann dann ziemlich nach hinten losgehen. Das bedeutet plötzlich Streß für alle am Set.«

André trank einen großen Schluck Wein. Eigentlich war es Zufall gewesen, daß er seine Freundinnen bisher immer außerhalb der Dreharbeiten kennengelernt hatte. Den Streß hatte er sich ersparen können. Doch nun: Tanja am Set.

»Maxx«

Der wievielte Gin Fizz war das eigentlich, den er gerade bestellte? Carl hielt sich an der Kante des Tresens fest. Der Typ hinter der Bar grinste ihn an. Ob er wohl wußte, ahnte, daß Carl hier nicht hergehörte. Maxx, gay party till the end. Der schmale Schlauch, immer noch angefüllt mit hitzigen Leibern, das Lichtgewitter. Wie spät war es? Noch nicht hell, noch nicht Zeit zu gehen, er konnte noch hierbleiben, sich ausleben in der Nacht der Nächte. Carl holte einen zerknautschten Zehndollarschein heraus, schob ihn im Austausch gegen den Gin Fizz über den Tresen. Bald hatte er gar kein Geld mehr. Auch egal.

Neben ihm stand der Schwarze mit der gelbgrünen Baseballkappe, der so gut tanzen konnte. Er fragte ihn wieder nach einer Zigarette. Carl gab sie ihm, gab ihm auch Feuer, der Schwarze hielt seine Hand fest, und Carl zog sie nicht weg. Er sah das Rot in den Augen des anderen, rot vom Tanzen, rot vom Trinken, rot von Drogen, und es war ein Funkeln in den Augen, ein Aufflackern, das Carl verwirrte, weil es ihm galt, ihm als Mann. Sie unterhielten sich nicht, aber der Schwarze blieb an seiner Seite, stand ganz dicht neben ihm, ihre Schultern berührten sich. Carl trank seinen Gin Fizz in einem langen Zug aus. Nathan kam bestimmt nicht mehr. Der Schwarze machte eine Kopfbewegung in Richtung Tür. Er wollte wahrscheinlich tanzen gehen, und Carl sollte ihm zuschauen, seine geschmeidigen Bewegungen betrachten, die gelenkigen Beine in der weiten Trainingshose. Carl folgte ihm. Er folgte ihm auch, als der Schwarze am anderen Ende des Schlauches aus der Tür hinausging und den Laden verließ.

Vor dem Eingang standen Gruppen von Typen, hockten auf den Autos, feierten ihre private Party mit dem Türsteher. Der Schwarze ging die Straße entlang, schaute sich nicht einmal um, ob Carl ihm folgte. Carl ging einen Schritt hinter ihm. Der Schwarze bog ab, hinter dem zweiten Parkplatz, er schien sich gut auszukennen, jetzt vergewisserte er sich doch, ob Carl ihm folgte. Carl versuchte zu grinsen, es geriet ihm etwas schief, er wankte auch leicht, da vorn war es dunkel, der Schwarze zog ihn an sich, drückte ihn gegen die Wand, Backsteine, vor ihm ein Auto, kein Jeep, ein Ford oder so, dahinten die Reklametafel für eine Airline. Delta – we love the way you fly. Der Schwarze steckte ihm seine Zunge in den Mund, griff ihm an den Hintern. Carl schloß seine Augen, ihm war schwindelig, das rote Funkeln vermischte sich mit den »A's« der Baseballkappe, die Streifen der Trainingshose schnürten die Kreise ein, Saugen und Pochen, ein Spiel, ein neues Spiel, ein anderes, zu dem er Zugang fand. Stärke und Schmerz, Schmerz und Stärke.

»Prague«

»Na, Cowboy, so ganz allein hier?«

Farun schaute auf, sein Blick war glasig. In der Hand schwenkte er eine Flasche Champagner. Er hielt sie lässig am Hals, mit zwei Fingern, setzte sie an seine Lippen, trank, reichte sie Nikita. Sie nahm einen Schluck, Kribbeln an ihrem Gaumen, in ihrem Hals, erfrischend, betörend. Farun war unrasiert, lange über den Dreitagesbart hinaus, die Stoppeln schon weich, sie umrahmten seinen Mund, wie bei einem englischen Lord, nein, wie Matt Dillon in *Singles*, Seattle Rock, Grunge, be an outlaw. Die langen Haare wirr, leicht verklettet, sie hingen ihm ins Gesicht, gingen weit über die Schultern. Cool. Farun schien sich nicht an sie zu erinnern, an sie als Freundin von Melanie. Um so besser. So würde er keine dummen Fragen stellen. Sie hatte sowieso keine Lust auf lange Erklärungen. Ernesto war nicht im Prague, außer Farun kannte sie niemanden. Unten spielten sie die neueste Housemusik, hier oben Rock. Zwischen den grauen Steinpfosten standen die HipHopper, die sonst ihre weit ausholenden Bewegungen machten – jetzt schüttelten sie nur ihre Köpfe zu den Gitarrensoli. Farun tanzte für sich allein, auch er schüttelte seine Haare, doch bei ihm sah es authentisch und sexy aus, die ganzen Kurzhaarigen und Bemützten wirkten wie ein schlechter Abklatsch von ihm. Nur William hätte ein gutes Bild abgegeben, William, ihr William, der heute nacht in Paris bestimmt irgendein Model aufriß, der blieb doch nicht allein in der Silvesternacht, nicht ihr William, Löwe, der er war. Mitternacht war bei denen längst vorbei, er hatte bestimmt schon einen Kater, Champagner oder Whiskey, sie mußte ihn vergessen, sich ablenken, das Vakuum füllen, das er hinterlassen hatte. Wenn

Reini doch nur da wäre. Er hätte wirklich ein paar Tage nach L. A. kommen können. Fadenscheinige Gründe. Zuviel Arbeit. Den Wettbewerb gewonnen. Durcharbeiten müssen. Es war doch genauso wichtig, mal eine Pause zu machen.

Graues Dämmerlicht, keine Beleuchtung außer zwei matten Glühbirnen über der Bar. Wie eine Schulfete. Neue Spärlichkeit. Auch die Mode würde vorübergehen. Nikita tanzte vor Farun, jetzt kam ein Stück von Bruce Springsteen, ein langsames, im Video der Mechaniker unter dem Auto, die Pumps neben dem Reifen, L. A. von den Hügeln aus, ein sanftes Glitzern der Lichter, du gehörst mir heute nacht, sie kam näher an ihn heran, tanzte ganz dicht vor ihm, er schaute auf.

»Who the hell are you?«

Sie legte ihren Arm um seinen Hals, kam mit ihrem Mund ganz dicht an sein Ohr, streifte die Haut, nahm seine strähnigen Haare zurück.

»Nenn mich, wie du willst«, flüsterte sie auf deutsch, preßte sich an ihn und schob ihr Knie zwischen seine Beine.

Der große Frust
[January 1st]

7500 Hollywood Boulevard
Auf jeden Fall gute Dialoge. Fetzig. Verbaler Schlagabtausch. Melanie saß an ihrem Laptop, sie war müde, zwang sich aber zu arbeiten. Klaus hatte sich angeboten, ihr Script zu lesen. Endlich ein Leser, ein kompetenter Leser, einer, der ihre Sprache sprach. Sie schrieb natürlich auf deutsch, was den Austausch mit den Leuten im Script-Writing-Kurs erschwert hatte. Klaus wollte ihr auch jemanden vermitteln, der das Drehbuch übersetzte.

Nikita war noch nicht nach Hause gekommen, wahrscheinlich schlief sie bei Ernesto. Oder bei wem auch immer. Melanie nippte an ihrem Tee. Der Kalkgeschmack war widerlich, aber Kaffee konnte sie so früh noch nicht trinken. Ihr fiel der erste Milchkaffee bei Farun ein, ihre Verlegenheit, die plötzliche Nähe, was hieß Nähe, es war nur eine physische Nähe gewesen, nie eine Vertrautheit. Ob sie ihn mal anrief? Einfach so? Früher wurde ihr solche Nettigkeit immer übelgenommen. Das freundliche Lachen, hinter dem sich eigentlich Ablehnung verbarg. Oder Unruhe. Oder Traurigkeit. Als Kind hatte sie in den Auseinandersetzungen mit ihrer Mutter allen Anschuldigungen eine unbewegliche Miene entgegengesetzt. Was den Streit regelmäßig eskalieren ließ. Jetzt sag was dazu, rechtfertige dich, bezieh Stellung. Genau dieses Stellung-beziehen-Müssen zu allem und jedem stieß ihr sauer auf. Sozialpolitischer Anspruch. Die stundenlangen Diskussionen der 68er, Alptraum ihrer Kindheit. Abgegessene Teller und reden, reden, reden. Probleme der Parteien, Strategien, Visionen, Ostpolitik. Strauß, Brokdorf, deutscher Herbst.

Letztendlich war es der verinnerlichte Zwang zur Intellektualität gewesen, der sie zum Studium gebracht hatte. In der Nische der Linguistik hatte sie fern der politischen Konzepte ihre Sprachschulung erlebt. Das Interesse für Drehbücher war ein Nebenprodukt. Hervorgerufen durch Svens Faible für Western-und Gangsterfilme. Ob Sven wohl schon einen Film gedreht hatte? Drei Projekte machten sie in einem Schuljahr. Erzähltalent. Ob sie ein solches besaß, wurde ihr mehr und mehr fraglich. Weder das Schreiben selbst noch das Ausdenken einer Geschichte waren eigentlich ihre Stärken gewesen. Solides Handwerk sollte angeblich die Basis sein für ein gutes Script, hatte sie in ihrem Kurs gelernt. Sie war immer schon gut darin gewesen, das ihr entgegengebrachte Paket an Anforderungen zu erkennen und perfekt zu erfüllen. Doch ob das reichte, um eine begnadete Drehbuchschreiberin zu werden? Die Zweifel piksten, stachen in ihre Finger, die noch auf der Tastatur des Laptops lagen, bewegungslos. Komm, noch eine Szene durchschauen, ermahnte sie sich. Müdigkeit und Unwillen stemmten sich gegen die Vernunft.

Vielleicht lag Farun mit seiner wilden Naivität doch nicht so verkehrt. Aus seiner Stimme könnte sie den Kick zum Weiterschreiben ziehen. Nur kurz fragen, wie es ihm ging. Ein frohes, neues Jahr. Eines, das er ohne sie erlebt hatte und erleben würde. Sie wollte nicht zurück zu ihm, ihn nur behalten als in sich geschlossene Figur, in ihrem Script verwendet und also ihr zu Gefallen, wenn sie es wünschte. Athos, bester Freund des Surfers. Melanie nahm den Sony-Hörer in die Hand, strich über die Tasten, ohne zu wählen. Etwas klebrig. Feine Taktilität. Die Textur seiner Strähnen. Entschlossen drückte sie jetzt die Nummer.

Faruns Stimme klang mürrisch und verschlafen.

»Ich wollte dir nur ein frohes neues Jahr wünschen«, sagte sie freundlich.

»Gleichfalls«, murmelte er.

»Bist du gut reingekommen? Warst du auf einer Party?«

»Hm.«

Wie mühsam. Er schlief wirklich noch. Sie hörte das Bettzeug rascheln.

»Farun?« Rascheln. »Farun? Hörst du mich?«

»Hm?«

»Farun, bist du allein?«

»Hm.«

»Antworte. Bist du allein?«

»Nein.«

Sie legte auf. Okay, dann nicht. War eh besser so. Farun war nicht Athos. Athos gehörte ihr. Athos war anders. Mit Athos hätte sie reden können. Wer war schon Farun.

175 Indiana Street

Nikita hob den Kopf. Ihre Haare hingen ihr über das Geicht, der Bluterguß an der Lippe hatte seinen Schorf verloren. Herzmund, sei mir gnädig.

»Wer war das?«

Farun schlug in sein Kissen. Einen Arm hatte er angewinkelt, der Ellenbogen lag über seinen Augen. Tiefblaue Bettwäsche, edel, bestimmt von Ralph Lauren. Im Santa Monica Center hatte sie solche gesehen. Farun, der Junge mit dem reichen Vater. Melanie war ganz schön blöd gewesen, den sausen zu lassen. Lonesome Cowboy. Nikita fuhr mit ihrem Mund über seinen Unterarm, Schlangenlinien, Buchstabenraten, Tafel wischen und von neuem beschreiben. Statt mit dem Finger mit der Zunge. Ein »N« für Nikita. Seine Haut schmeckte salzig. Sie biß leicht in die Kuhle am Ellenbogen.

»Autsch.«

»Sag mal, wer war das am Telefon?«

»Unwichtig.«

»Warum willst du mir denn das nicht sagen?« Singender Tonfall.

Er drehte sich um, nahm sein Kissen und drückte es sich auf sein Gesicht.

»Weil es scheiß egal ist, deshalb«, murmelte er in das Kissen. »So 'ne nervige Ex von mir. Blöde Kuh.«

»Melanie?« fragte Nikita lächelnd. Er wußte nicht, daß sie befreundet waren, daß sie sogar zusammen wohnten. Er kannte nicht einmal ihren Namen. Farun nahm sein Kissen vom Gesicht, guckte doof.

»Woher weißt du das denn?«

Sie lächelte noch immer. Er wäre zu gern cool. Wenn sie ihn auf Distanz hielt, fraß er ihr aus der Hand. Nikita stand auf, Farun starrte sie noch immer an, ungläubig, etwas mürrisch, wie ein trotziger Junge, der plötzlich erfährt, daß sein geliebtes Mountainbike eine primitive Fälschung ist.

»Hey, wo willst du hin? Und überhaupt, was weißt du über Melanie?«

Er warf ihr das Kissen hinterher. Sie suchte ihre Sachen zusammen und zog sich an. Als sie fertig war, ging sie zum Bett und gab Farun einen flüchtigen Kuß. Er hielt sie fest, wollte sie zu sich herunterziehen, reckte ihr seinen Kopf entgegen, die rauhen, aufgesprungenen Lippen. Nimm mich, sag mir, daß es nicht wahr ist, daß du gar nichts über mich weißt, mich so stark und unwiderstehlich wie gestern nacht findest. Das Flehen in den Augen stieß Nikita ab. Weicher als weich. Sie riß sich los.

»Tschau, Romeo.«

Er fiel zurück auf sein Kissen.

220 Yucca Street

Das Gespenst der Nacht hatte sich bei den ersten Sonnenstrahlen verflüchtigt, war einem irgendwo zwischen Bauch und Herz drückenden Kloß gewichen. Doch ein ferner Gedanke nur, ein kleiner klitzekleiner Anstoß, versetzte ihm den Stich, der tief ging, der alles wieder aufrüttelte. Er fühlte sich zum Heulen. Carl saß auf seinem Balkon, in der Hocke auf dem Steinfußboden, seit dem Morgengrauen schon, unbeweglich, steif, schwach. In seinem Kopf war ein stetes Pochen. Abscheu und Geilheit, Unverständnis und Schwindel, Überschwang und Verzweiflung. Er konnte nicht glauben, was er gemacht hatte, was er da zugelassen hatte, was er erlebt hatte. Verschwommene Bilder, Kreise, die pochten, das rote Funkeln der Augen und die gelbgrüne Baseballmütze, der Schwanz des Schwarzen in seinem Mund. Carl legte seinen Kopf zwischen die Knie. Ihm war schlecht, er hatte noch nicht geschlafen. Wenn er die Augen zumachte, wurde es schlimmer, die Erinnerung an sein erstes Mal mit einem Mädchen verfolgte ihn, das Fiasko. Sie hieß Stefanie und war in seiner Klasse. Der Spott der Mitschüler verfolgte ihn über Monate. Kichernde Mädchen mit hochgebundenen Pferdeschwänzen, *Bravo*-Leserinnen, Fans von New Kids on the Block. War er etwa schwul? Mit dem Schwarzen hatte es geklappt, sein Schwanz war die ganze Zeit steif gewesen, trotz des vielen Alkohols. Was war nur los mit ihm, was machte diese Stadt mit ihm, er wollte hier nicht mehr sein. Nathans schweißnasser Rücken, Kerzenschein, eine Stimme singend, die Alltäglichkeit übertönend. Sehnsucht, ein Raum für ihn und Nathan, gefangen war er in seinem Traum, gepaart mit seinem Ekel vor sich selbst. Süßer Saft der Birnen, eklig süß, sämig süß. Klebrig hing das Zeug an ihm. Ein Stigma der Lust.

Nathan hatte noch nicht einmal angerufen, um ihm ein »Happy New Year« zu wünschen. Nicht einmal das. Dabei war sein Erlebnis doch als ein Geschenk für ihn gedacht. Beweis seiner Zuneigung, seiner Freundschaft. Er hatte es für Nathan getan, für ihn allein.

7500 Hollywood Boulevard

»Huhu, da bin ich.«

Nikita kam durch die Tür. Melanie hörte auf zu tippen.

»Na, wie geht's? War's gut im Prague?«

»Herrlich, eine geile Party.«

Nikita verschwand ins Badezimmer, schaute in den Spiegel, kam wieder zurück. Sie sah müde aus.

Melanie verließ das Textprogramm, schaltete ihren Laptop ab und ging zum Herd, um neues Wasser aufzusetzen.

»Willst du Tee?«

Nikita nickte. Sie setze sich auf einen der Barhocker und baumelte mit den Beinen.

»Weißt du, wen ich getroffen habe? Farun. Sag mal, wieso bist du eigentlich weg von dem? Oder hat er dich rausgeschmissen?«

»Das habe ich doch erzählt. Ich konnte mit ihm einfach nicht reden. Wir waren auf einem ganz unterschiedlichen Level, haben unterschiedlich gedacht, unterschiedlich empfunden. Außerdem denke ich, daß es einfach Zeit war zu gehen. Ich war schon viel zu lange bei ihm.« Melanie zündete die Herdflamme an. »Sich finden und sich wieder trennen, es ist ein ständiges Fließen zueinander und voneinander weg. Jeder Mensch, dem ich begegne, scheint eine gewisse festgesetzte Zeit zu haben, die ich mit ihm verbringe. Bei Sven waren es knapp drei Jahre, danach war es eben vorbei. Bei Farun waren es einige Wochen, bei anderen sind es vielleicht nur einige Minuten, in denen ich mich ihnen wirklich nah fühlte. Manchmal ist es nur ein Gedankenspiel. Eingeschrieben in das Buch der Begegnungen. Die Zeit läuft, und du kannst nichts machen. Du weißt zwar nicht, wie lange es dauert, du merkst nur irgendwann, daß es vorbei ist. Daß du gehen mußt. Oder der andere geht, und du verstehst erst später, daß seine Zeit mit dir um war und du das nur nicht wahrhaben wolltest.«

»Meine Güte, bist du heute mogen psychologisch. Oder heißt das philosophisch? Jedenfalls ist es kaum auszuhalten.«

Nikita stützte den Kopf in die Hand, versuchte sich in einer Pose des Nichtverstehens. Bühnenreif war das so aber noch nicht, dachte Melanie. Etwas zu gewollt sah es aus, die natürliche Selbstverständlichkeit fehlte. Weniger war mehr, die alte Kunstregel. Sie nahm das Teepaket aus dem Schrank. Nikita lebte wirklich auf einem ganz anderen Sprachlevel als sie, manchmal waren es nur einzelne Worte, die sie trennten. Komplexe Zusammenhänge stürzten in sich zusammen und hinterließen eine aalglatte Fläche, auf der man ausrutschte. Mit Klaus machten solche Dialoge Spaß.

Melanie goß Wasser aus dem silbernen Topf in zwei große Tassen. Sie schwenkte einen Teebeutel erst in der einen Tasse, dann in der anderen. Immer abwechselnd.

»Wir sollten mal eine Kanne kaufen. Zu Hause nehme ich gefiltertes Wasser und losen Tee. Aber Amerika ist irgendwie kein Teeland.« Sie nahm einen Schluck. »Ist der wieder bitter. Ohne Honig schmeckt Tee nicht. Vielleicht sollte ich ihn doch wieder süßen.«

»Warum auch nicht?« Nikita riß ein Päckchen Diätzucker auf und schüttete es in ihre Tasse.

»Nach der Trennung von Sven habe ich damit aufgehört. Eine Art Bestrafung. Ich will mir das Leben nicht mehr künstlich versüßen. Tee ist Tee. Früher habe ich gefärbtes Honigwasser getrunken. Jetzt trinke ich Tee.«

»Und wenn er dir doch nicht schmeckt?«

»Alles eine Frage der Gewohnheit.«

Telefonklingeln. Nikita stürzte zum Hörer. »Ernesto, honey, how are you today?... Oh, thanks, my love. ...Yes, yes, sure... I love you, too, bye, bye.« Sie warf den Hörer auf den Kissenstapel des Sofas. »Ha, na klasse, er will mich sehen, heute noch. Ich gehe nachher zu ihm. Oh, der Süße, ich hoffe nur, daß er den Schampus schon kalt gestellt hat.«

Nikita tanzte um Melanie herum, ging zur Anlage und schaltetge das Radio ein. The Beat. Let's get close.

»Daß du schon wieder feiern kannst, ist mir ein Rätsel. Mir ist noch ganz schwummrig von gestern.«

»Du kannst eben nix ab. Ernesto ist einfach ein geiler Typ, der macht mich schon wach, wenn ich müde werden sollte. Er schaut mich an, diese dunklen Augen, hey baby, eben ein Latinomann, die haben zwar nichts in der Hose, da ist nur das Vorspiel feurig, aber sonst...«

»Wie ist das eigentlich mit der Rolle in seinem Film? Kriegst du sie oder nicht?«

»Natürlich, was denkst du denn?«

Melanie antwortete nicht. Lieber nicht. Sie hatte keine Lust auf einen Streit. Natürlich wünschte sie Nikita ihren Erfolg im Filmbusineß, nur, warum sollte sich ein Schauspieler, der sein erstes Feature machen darf, eine unbekannte, deutsche und nicht überragend talentierte Frau ohne nennenswerte Erfahrung an die Seite stellen, die zudem einen Kopf größer war? Antwort: Nur wenn er eine Komödie machte.

6850 Camrose Drive

It's a wonderful new year. Stay close, K-Rock Los Angeles. Der Sog, die Stimme, Rätsel. Stevie Wonder, For once in my life. Er mochte diesen seichten Pop nicht. Ermattet lag André auf dem Sofa, hinter den Kopf ein Kissen geschoben, in der Hand ein Glas Wasser, die Eiswürfel waren fast geschmolzen. For once in my life I have someone who needs me. Körper, nackt, Haut reibt sich an Haut, Tanjas Haut an seiner, die festen Brüste, das wollüstige Lachen. Aus der Küche hörte er Tanja mit Geschirr klappern.

»Mußt du wirklich jetzt alles aufräumen? Magst du nicht mal herkommen?«

Sie rief ihm etwas zu, das er nicht verstand. Er erhob sich schwerfällig, ging in die Küche und schaute ihr zu, wie sie die Gläser im Spülbecken einweichte. Sie tauchte ihre Hände tief in die weiße Schaumkrone hinein, blieb einen Moment so und schloß die Augen.

»Das tut gut. Herrlich. Die Wärme kriecht hoch, pocht, überschwemmt mich mit Sanftheit.«

»Du hast wohl gestern zuviel mit Klaus geredet.«

Tanja lächelte. Sie lächelte einfach, sagte nichts. Dieses Lächeln machte ihn wahnsinnig. Er kam nicht an sie heran. Sie war ein Rätsel für ihn, und es wurde immer schlimmer. Sie reagierte mit Gelassenheit und Stärke auf ihn, ertrug seine schlechte Laune, konnte ihn wunderbar aufmuntern, ihn aufgeilen. Da stand sie an der Spüle, hatte noch immer die Augen geschlossen, und dieses Lächeln brachte ihn aus der Fassung. Er stellte sein halbleeres Glas hinter sich auf die Ablage, ging zu Tanja und umarmte sie von hinten.

»Ich bin gern mit dir zusammen«, flüsterte er ihr ins Ohr. »Wirklich.«

Tanja drehte sich um. Sie nahm ihre Hände aus dem Wasser. Ihre Bewegungen waren ganz langsam, wie in Zeitlupe. Ihr Blick war entspannt, aber irgendwie distanziert.

»André«, sagte sie nur.

Er ließ sie los, ging einen Schritt zurück. Was kam denn nun? Das neue Jahr hatte gerade angefangen. Tanja trocknete sich die Hände ab, legte das Handtuch beiseite.

»André, es ist vorbei.«

»Was?« Hörte er richtig?

»Wir werden uns trennen. Ganz einfach. Ich wollte es dir eigentlich erst in ein paar Tagen sagen. Aber vielleicht ist es auch besser so, daß wir das jetzt klären. Weißt du, wir passen einfach nicht zusammen. Außerdem werde ich mein Leben ändern. Ich werde nach Cal Arts gehen, um Kunst zu studieren. Es ist besser, wenn ich da allein bin.«

André griff nach dem Küchenstuhl, um sich abzustützen. Was für ein Timing. Gerade in dem Moment, in dem er bereit war, sich für eine Frau zu entscheiden, stieß sie ihn zurück. Ohne jede Vorwarnung. Seine Unentschlossenheit war schuld. Er hätte längst mit Claudia Schluß machen sollen. Tanja hatte zwar nie laut eine Entscheidung gefordert, aber sicher insgeheim auf ein klares Zeichen seinerseits gehofft. Verdrängungsstrategie. Ein schlechter Film war das. Keine schöne Dramaturgie, kein Anzeichen deutete auf diesen Moment hin, der Eklat stand nicht auf dem Plan. Allerdings – der Beginn ihrer Affäre war auch nicht vorbereitet. Tanja hatte es entschieden. Tanja wußte, was sie wollte. Zwar war sie sprunghaft, folgte ihren Launen, doch das konsequent. Ein klarer Schnitt. Nicht mal sechs Wochen hatte es gedauert.

»Sag mir eins«, brachte er hervor. »Wann hast du das entschieden?«

Sie antwortete nicht, schaute ihn nur durchdringend an.

»Noch vor Maui?« fragte er zweifelnd.

»Ja.«

Tanja strich ihm über die kurzen Stoppeln. Eine letzte zärtliche Geste. Aus Mitleid. Er war der Verlierer. Thorsten nicht mehr sein Freund, Tanja nicht mehr seine Geliebte, und Claudia machte sicher auch Schluß. Bildgestalter ohne Bezugsfeld. Visionen ohne Kraft. Auf K-Rock kam ein altes Stones-Lied. Angie. Oh, Angie.

Melrose Avenue

Die Läden waren geschlossen. Carl überquerte die Melrose Avenue. Er schaute ins Vienna Café hinein. Nathan war nicht da. Die späte Nachmittagssonne beschien die Nordseite der Straße. Rosa, Beige und Blau. Was hielt ihn eigentlich in L. A.? Er hatte keine Arbeit, keine Aufträge. Zum Glück hatte ihm seine Großmutter zu Weihnachten etwas Geld geschickt. Nicht mal das blöde Hotdog-Commercial hatte er bekommen. Trotz des guten Castings und Tanjas Fürsprache. Er war eben kein Typ für Hollywood. Zu speziell, zu deutsch. Carls Beine waren schwer. Immer noch nicht geschlafen. Fünf Uhr nachmittags. Er hatte Angst vor dem Abend, vor den düsteren Gedanken. Wenn er nur Nathan sehen könnte, mal mit ihm reden könnte, seine Zweifel loswerden, Erklärungen bekommen. Ewa und ihre Clique mochte er nicht treffen. Auch nicht die Jungs, die er vom Valet Parking kannte. Und den Namen des Schwarzen wußte er nicht. Den wollte er sowieso nicht wiedersehen. Nie mehr in so einen Club gehen.

»Na, wen haben wir denn da? Der junge vielversprechende Sänger-Schauspieler. Hallo, hallo.«

Carl erschrak. Die Stimme kam von einem der Tische. Luna. Eines der wenigen geöffneten Restaurants. Da saß der Deutsche, der mit Tanja und den anderen im Overland Café gewesen war. Der ihn mit Nathan aufgezogen hatte. Dieser blöde Typ. Carl wäre am liebsten weitergegangen, aber er zwang sich, freundlich zu sein. Schließlich war der ein Freund von Tanja. Er wollte nicht unhöflich sein.

»Frohes neues Jahr. Ich weiß deinen Namen nicht mehr.«

»Ich bin Klaus. Willst du dich nicht zu uns setzen?«

Die beiden Mädchen, mit denen Klaus zusammen am Tisch saß, sahen nett aus. Klaus stellte ihn vor. Maren und Susan. Sie waren Amerikanerinnen. Schauspielerinnen. Klar, was sonst. Carl setzte sich zu ihnen. Ein Lächeln zaubern. Nicht an gestern nacht denken. Nicht an Nathan denken. Magie. Hinfort mit der schweren Last. Er war nicht schwul. Prosit Neujahr.

Moderne Zeiten

[January 7th]

MGM Studios

Nikita kam aus Studio acht. Die Probeaufnahmen waren gut gelaufen. Ernesto hatte sogar kurz geklatscht, der Produzent auch. Sie bekam die Rolle bestimmt. Die Frau von Ernesto war zum Glück nicht dabeigewesen. Sie hatte wahrscheinlich auch nichts mit dem Casting zu tun. Ernesto, Darling. Schon ein Klassetyp, er war berühmt, zwar kein De Niro, aber das kam bestimmt noch. Sie würde einfach an ihm dranbleiben. In seinem Fahrwasser nach oben schwimmen, ganz nach oben, und dann war sie eh unangreifbar. Die Ostdeutsche, die sie in dem Film spielen sollte, war ihr genaues Ebenbild. Aus welchem der fünf neuen Bundesländer sie kam, war denen egal, ihr Akzent paßte in jedem Fall. Na, die hatten wohl noch nie einen Sachsen gehört.

Sonne beschien ihren offenen Wagen. Matter Lack, ein Himbeerton. Ihre Werkstatt hatte den Kotflügel wieder gut hinbekommen. Es war sogar billiger gewesen, als sie erwartet hatte. Von Hassans Scheck war noch genug übrig, so daß sie sich im Beverly Center etwas Schönes zum Anziehen kaufen konnte. Hassan war das bestimmt recht. Wenn er im Februar wiederkam, zeigte sie es ihm. Niki-Schätzchen, du siehst umwerfend aus. Dann ging er vielleicht gleich noch mal mit ihr shoppen.

Nikita startete den Ford, sie wendete und fuhr zum Tor. Zwei Typen kamen ihr entgegen. Braungebrannt, groß, kräftig. Stuntmen wahrscheinlich. Einer trug einen Cowboyhut, der andere ein rotes Halstuch. Typisch Amiland. Westernhelden,

Schießereien vor dem Saloon. Die beiden winkten ihr zu. Nikita hupte vergnügt zurück. Sie wußte, daß sie gut aussah. Sie wußte, wie sie in dem offenen Straßenkreuzer wirkte. Vielleicht sollte sie sich mal als Westerngirl bewerben. Dann könnte sie mit den beiden Typen zusammenarbeiten. Nikita kicherte vor sich hin. Und Ernesto würde tierisch eifersüchtig werden. Ihr Mentor. Er hatte ihr die Tür zur Filmwelt geöffnet. Unterwegs, dem Traum entgegen: Hollywood, oder wie man ein Star wird. Das schwarze Loch, in dem sie über Weihnachten versunken war, schien geschlossen. Auf dem Deckel tanzte sie jetzt. Wozu brauchte sie eine Familie? Sie hatte die Filmfamilie. Da bekam sie genug Nestwärme. Zu L. A. paßte auch kein spießiges Paarleben. Sie mußte unabhängig bleiben, frei sein, ohne Streß von solchen Typen wie William, die sie nur einschränkten. Du bist, was du bist, sei natürlich, und deine Stärke wird sich in Macht verwandeln. Die Motoren der Sehnsucht, life of the rich and famous, ich will ein Teil davon sein, bekannt sein, umschwärmt, berühmt. Das Leben ist zu kurz, um es untätig, in Mittelmäßigkeit zu verbringen. Warum irgendeine Nummer unter vielen sein, wenn man die Nummer eins sein konnte?

Starkult, Starrummel. A star is born.

Alles Alte abstreifen wie eine zu eng gewordene Haut. Glamourös, amourös, skandalös, es ist ein Spiel, dessen Regeln ich kenne, das Gebäude des Scheins trägt mich, ich bin ganz oben, bald auf dem Gipfel meines Ruhms, dort stehe ich, innerlich größer als je zuvor, doch auch verletzlicher, mit dieser Angst, daß alles eines Tages vorbei sein kann.

4400 Los Feliz Boulevard

»Der character arc des Surfers ist noch unklar. Hat er nun Erfolg als Schauspieler oder nicht?«

»Entspricht das nicht zu sehr dem Klischee, wenn er jetzt die nächste Rolle angeboten bekommt, die dann seinen Durchbruch bedeutet?« Melanie kaute an ihrem Bleistift.

»Mach das nicht«, meinte Klaus und nahm ihr den Bleistift aus der Hand, »Blei ist giftig.«

»Besserwisser. Was den Surfer angeht: in der Regel ist das Leben nicht gerecht. Viel wahrscheinlicher ist, daß sein Winzpart in dem Fernsehstück einfach ins Nichts führt. Warum sollte ein Produzent gerade auf ihn aufmerksam werden? Bei dem kurzen Auftritt.«

»The story must go on«, meinte Klaus. »Die Bälle müssen im Spiel bleiben. Zurück kann er nicht. Das ist nicht in seinem Charakter angelegt. Er ist jemand, der sich durchbeißt. Der so lange bleibt, bis er es geschafft hat. Oder zugrunde geht. Laß ihn sich umbringen. Ein klares, starkes Ende.«

»Das hieße aufgeben. Was ich überhaupt nicht leiden kann. Schwächlinge machen mich aggressiv.«

»Er ist ein Außenseiter. Deshalb ist er auch in diese Mordgeschichte reingerutscht. Warum findet ausgerechnet er die Leiche am Strand? Nicht, weil er dort zufällig surfen geht, sondern weil er immer andere Wege als die anderen geht. Er ist jemand, der nie wirklich versteht, was die anderen von ihm wollen. Er spricht nicht die gleiche Sprache wie sie. Obwohl das ein normales Erscheinungsbild unserer Kultur ist. Es ist schlimm, daß Menschen oft nicht die gleiche Sprache sprechen. Sie reden aneinander vorbei, sie verstehen sich nicht, sie kennen selbst die Bedeutung dessen nicht, was sie sagen. Ist das nicht furchtbar? Schau dir das Bild an der Wand an.« Klaus deutete auf einen Druck, der über dem Tisch hing. Ein undefinierbares Muster. »Worte sind wie solche Bilder. Ohne Konkretheit. Die Striche könnten ein Ananasfeld sein. Oder eine afrikanische Maske.«

»Wir sprechen alle nicht die gleiche Sprache«, sagte Melanie. Mit Nikita oder auch mit Farun erreichte sie keine Ausgewogenheit der Worte. »Jedenfalls nicht vollkommen. Wir können uns einem Verständnis zwischen uns immer nur annähern.«

»Apropos Verständnis. Ich saß gestern im Luna, und wer

kommt vorbei? Dieser Carl, du erinnerst dich, der schwule Sänger, der nicht zugeben kann, daß er schwul ist.«

»Vielleicht ist er es auch nicht. Ist dir der Gedanke schon mal gekommen, daß auch du fehlbar sein könntest in deinem Urteil?«

»Er setzt sich zu uns, und ich versuche netterweise, ihn in das Gespräch miteinzubeziehen. Es war, als ob er kein Englisch könnte. Dabei fand ihn das eine Mädel, das dabei war, ganz toll. Doch er, er hat es nicht einmal gemerkt – was für die Annahme spricht, daß er schwul ist – und ist irgendwann aufgestanden, ganz plötzlich. Dabei glaube ich nicht, daß er etwas Besseres vorhatte.«

»Vielleicht hatte er nur keine Lust mehr, deine Geschichten anzuhören«, zog sie ihn auf. »Oder du hast etwas gesagt, das ihn verletzt hat? Ich hatte den Eindruck, daß er ziemlich empfindlich ist.«

»Er ist verstockt, nicht empfindlich. Eines ist jedenfalls klar: Er wird es hier zu nichts bringen. So wie dein Surfer im Drehbuch. Solche Typen fallen durch das Netz.«

»Und wir, Klaus? Fallen wir auch durch?« fragte sie lächelnd.

»Wenn wir nicht bald mit dem Script weitermachen, ja. Also. Am besten, du schiebst eine Szene nach dem Shooting ein, in der sich alles entscheidet. Der turning point. Vielleicht ein Unfall. Ein Moment, in dem der Typ plötzlich erkennt, was gespielt wird. Kristallklare Klarheit. In helles Blau getaucht. Scharfe Konturen. So wie Thriller sein müssen.«

Sie beugte sich über das Script. Melanie beobachtete Klaus aus den Augenwinkeln. Er war blaß, seine Haut fast teigig, er ging bestimmt nie in die Sonne. Zuviel Arbeit. Zuviel Nachdenken. Typisch, daß er so eine starke Falte zwischen den Augen hatte. Durch das Netz fallen... nein, er bestimmt nicht. Und sie? Sie fuhr irgendwann zurück. Nicht aufgeben, nicht gewinnen, sich einfach nur aus der competition herausziehen.

»Hey, träum nicht.« Er stieß sie an.

»Und wenn er vorübergehend die Stadt verläßt?» sagte sie schnell.

»Sicher, das geht auch.«

Hollywood Reservoir

»Got it. Okay, die Rolle ist durch.«

André stieg vom Kamerawagen herunter, trat ein paar Schritte zur Seite und zündete sich eine Benson an. Der erste Drehtag war fast um. *Winter in L. A.* Sie hatten nicht viel geschafft, mußten aber pünktlich aufhören. Eine Auflage der Gewerkschaft. Vier Wochen nur, doch der Drehplan war realistisch, die Schauspieler gut gecastet. Eine Woche Außendrehs, zwei Tage frei, eine Woche Innendrehs on location, drei Tage frei, danach ins Studio.

Gunter stand mit den Schauspielern vor dem Wohnwagen der Visagisten. Sie drehten im Hollywood-Reservoir. Eingezäuntes Becken. Ein Spazierweg führte rundherum, Maschendraht schützte den Zugang zum Wasser. Kleiner Set, dreißig Leute, übersichtliches Gewusel. Die Szene, die sie gerade drehten, war der Streit zwischen Hauptdarsteller und Freundin. Sie machen einen letzten Spaziergang, der alles klären soll. Am Zaun entlang. Eisenstäbe umgeben die eiserne Reserve.

Farun wechselte den Film. André beobachtete ihn dabei. Bisher hatte Farun keinen Fehler gemacht. Dennoch – diese arrogante Art. Der Junge war gerade zwanzig und eigentlich überhaupt nicht qualifiziert. Keine Ausbildung, keine Referenzen, keine Erfahrung. Das Budget für *Winter in L. A.* war groß genug. Jeder Ami hätte seinen Job machen können. Daß Thorsten die South-Central-Reportage mit Farun gemacht hatte, war noch zu verstehen gewesen. Schließlich brachte der ja immer sein gesamtes Equipment mit. Aber als regulärer Assi?

Schade, daß Thorsten nicht mehr dabei war. Er fehlte irgendwie im Team. Auch Tanja hätte als Aufnahmeleiterin bei Sunbird eigentlich am Set sein sollen. Doch sie hatte wie erwartet gekündigt. Ein paar Tage war sie noch ins Büro gekommen, um ihre Nachfolgerin einzuarbeiten. Semesterbeginn wäre eigentlich erst im September, doch jemand hatte vorzeitig abgeschlossen, so daß ein Platz frei geworden war. Es hat geklappt, hatte sie gestern strahlend verkündet. Und: Du darfst dich für mich freuen. Freuen. Sie hatte etwas gefunden, daß ihr wirklich Spaß machte. Ihr war die Arbeit bei der Production Company zu unbefriedigend. Und dabei stand sie kurz vor einer steilen Karriere. The american dream, die Selbstverwirklichung. Besessen sein. War Arbeit für ihn auch eine Form der Selbstverwirklichung? Mensch des Bildes, Gestalter künstlicher Welten. Im Moment des Festhaltens war der Augenblick auf immer verloren. Nie könnte man doch gleichzeitig ein Bild machen und Teil des Abgebildeten sein. Entweder beobachten oder erleben.

Farun schloß die Kamera.

»Ready.«

»Okay, let's go.«

André nahm wieder seinen Platz ein. Gunter kam mit den Schauspielern herüber, gab letzte Anweisungen. Die Freundin nahm die Hand des Hauptdarstellers. You have to understand. Zwei Jogger überholten sie. Die sind doch alle durchgeknallt hier, denkt er. Jedenfalls sah es so aus. Langer Schwenk übers Wasser. Sie machten eine Probe.

»Wie sieht es aus?« fragte Gunter.

André kam hinter der Linse hervor.

»Super.«

Gunter nickte dem Aufnahmeleiter zu. André klappte die Linse der Kamera hoch, wartete auf die Ansage. Bildausschnitt der Hände. Vertrauen, Abschied. Gunters Visionen, von ihm umgesetzt.

Commercial Complex for Art and Industry

Ein Fabrikgelände, gleich unterhalb des San Bernadino Freeways. Aluminiumhallen, alte Backsteinhäuser, Betonbunker.

Schnarren einer Kreissäge aus der Tischlerei, deren Tür offenstand. Baywood furniture. Ein Jeep von Federal Express hielt vor dem Showroom des Modedesigners. Bei Nathan war kein Licht. Das Fabrikgebäude strahlte etwas Bedrohliches aus, wie es sich so dunkel vor dem orangefarbenen Himmel erhob. Nur oben im vierten Stock waren Fenster erleuchtet. Dort wohnte ein Künstler, der mit Holz arbeitete. Skulpturen der Scheußlichkeit. Carl war mit Nathan mal oben gewesen. Der Typ hatte so laut Heavy Metal gehört, daß Carl nichts von dessen Ausführungen zum Thema Kunst verstanden hatte. Aber es interessierte ihn auch nicht. So ein Spinner. Alle Kulturtypen waren Spinner. Ewa auch. Nur Nathan war anders. Er besaß eine Tiefe, die ihn faszinierte. Eine Sanftheit. Die Nähe zwischen ihnen... War er in Nathan verliebt? Konnte er sich das eingestehen? Was würden seine Eltern sagen? Carl trat gegen das Gitter. Warum war der Scheißkerl nicht zu Hause? Er brauchte ihn doch. Es gab so viel zu besprechen. Seit diesem unsäglichen Weihnachtsabend hatte er nichts von Nathan gehört. Obwohl sie eigentlich in der Silvesternacht im Maxx verabredet gewesen waren. Die eine unsägliche Nacht, die ihn immer noch bedrückte.

Der Schotter auf dem frischen Asphalt knirschte unter seinen Schuhsohlen. Vielleicht war Nathan in dem alternativen Café auf der Terrasse des Betonbunkers. Café Berlin. To Kirsten and Frank, thank you for the great food, Mick Jagger. Kakteen, Farne, Büsche, Rankpflanzen, gelb blühende Margeriten. Eine gescheckte Katze stromerte herum. Wie er. Kirsten und Frank waren die Inhaber. Späthippies.

»Yes?« fragte ihn Kirsten.

»Coffee, please«, murmelte Carl. Er hätte sie gern gefragt, ob sie Nathan gesehen hatte, aber er traute sich nicht. Was mochte sie denken? Und überhaupt. Sie war ja nicht die Concierge hier.

»Regular or decaf?«

»Decaf.« Er war sowieso zu unruhig.

Kirsten schenkte ihm etwas von der hellbraunen Brühe aus

der rechten Glaskanne ein. Wie lange die schon da stehen mochte. Carl setzte sich an einen der Tische. Schräg abgerissene Zuckertütenecken auf dem alten Holztisch. Speckig glatter Zementboden. Zwei Deckenventilatoren. Alles war ocker, gelb, mattbraun, ein großflächiges Muster, gespachtelt, verwischt, wie vorläufig, wie zufällig noch nicht fertig – große Fenster an der Frontseite, Kupferlampen, abgenutztes Holz. Eigentlich war es schön hier, gemütlich, aber ihm stand heute nicht der Sinn danach. Carl trank aus, kaufte sich ein Päckchen Kaugummi gegen den pappigen Geschmack, den der Kaffee hinterlassen hatte, und verließ das Lokal. Kirsten and Frank – thanks for all.

Er verließ das Café und bog um die Ecke. Nathan. Das konnte nicht sein. Nathan schloß gerade seine Tür auf.

»Nathan«, brachte Carl hervor. Er war heiser und verstört. Sein Herz raste wie wild.

»Hi, Carl. Come in.«

Er schien nicht überrascht. Carl trottete hinter Nathan die Eisentreppe hoch. Nathan trug weite schwarze Leinenhosen, unten ein Stück aufgekrempelt, darunter dicke Baumwollsocken in Caterpillar Boots. Modisch und ein bißchen schwul, fast war es Carl peinlich, daß er das dachte, er wußte auch gar nicht mehr, warum er eigentlich hier war, alles schien so sinnlos zu sein.

Das Studio war im dritten Stock. Carl ließ sich in den Korksessel fallen, ein Designerstück, aber bequem. Nathan hockte sich auf das breite Fenstersims.

»Listen, I got to tell you something.«

Carl hörte geduldig zu. Nathan redete lang. Versuchte zu erklären. Er verließ Los Angeles. Gleich nach Weihnachten war Nathan nach Miami geflogen, um dort ein Haus zu kaufen. Deshalb hatte er sich nicht bei ihm gemeldet, deshalb war er Silvester nicht im Maxx gewesen, hatte er zu Neujahr nicht angerufen. Nathan hatte auf Ewas Party seinen Exfreund wiedergetroffen. Einen Bühnenbildner. Sie hatten sechs Jahre zusammengelebt. Eine intensive Beziehung. So intensiv, daß sie meinten, sich eine Pause auferlegen zu müssen. Moderne Zeiten. Ein halbes Jahr zur Selbstfindung. Vom Sommer bis zum Winter. It's summertime. Jazzy Jeff and the New Prince. Summer, summer, summertime.

Was war das gewesen zwischen ihnen? Eine platonische Freundschaft? Lehrer-Schüler-Verhältnis? Der Theaterregisseur, der einem jungen Schauspieler etwas über das Leben erzählt. Zum Zwecke der eigenen Besalbung. Noch nicht einmal in seinem Stück hatte er mitspielen dürfen. Das Silvestererlebnis behielt er lieber für sich. Den Triumph wollte er Nathan nicht gönnen.

»You wanna go for another coffee to the Berlin?« fragte ihn Nathan und nahm die Beine vom Sims herunter.

Carl schüttelte den Kopf. Er mußte weg von hier, mußte sich befreien aus Nathans Dunstkreis. Er ging, ohne sich groß zu verabschieden.

»Vienna«

Surren der Espressomaschine. Melanie entwarf in ihrer Agenda eine Café-Szene. Ein notwendiger Einschub, Verdichtung von Handlung. So konnte sie zwei Szenen zu einer verschmelzen. Das Tempo wurde dadurch schneller. Klaus war besser als ihr Script-Writing-Teacher. Außerdem hatte er ihr einen Kontakt zu Malibu Productions gemacht. Wie damals im Overland versprochen. Das Treatment hatten die Malibu-Leute schon gesehen, schienen auch interessiert. Mal sehen, wie es weiterging.

Freunde wie Klaus waren selten in L. A., selten im Filmbusineß überhaupt. Was hatte er davon, wenn er ihr half? Schließlich war er selbst Autor und wollte seine Scripts verkaufen. Und zu Anfang hatte sie ihn gar nicht leiden können. Wo war eigentlich der turning point? Jetzt dachte sie schon in Drehbuchkategorien. Beim Poolbillard mit Farun. Als Klaus auf ihrer Seite stand. Unmerklich, hintergründig. Er war nicht so ein Arschloch wie Farun.

Melanie machte sich Notizen. Jeden Einfall festhalten. Einen Karteikasten anlegen. Typbeschreibung, Dialoge, Situationskomik, Interieurs. Atmosphäre einfangen. Obwohl dieser Ort als Vorbild für ein amerikanisches Café nicht geeignet war. Zu europäisch. Schon daß niemand zum Aufbruch drängte. Neben ihr saß ein merkwürdiges Pärchen: eine High-Society-Frau und ein Rocker. Der Typ griff sich gerade an seinen Schwanz, drückte das Becken vor, ließ seinen Daumen an der großen silbernen Adler-Schnalle hängen. Ich scheiß auf die Gesellschaft, nur einen Job könnte ich brauchen, mehr will ich nicht, diese Scheißtussi soll heute für mich bezahlen. Der Typ schaute sein älteres Gegenüber trotzig an. Abschätzend. Stärke durch Ablehnung. Die Frau soll für ihre verdammte reiche Herkunft zahlen, die mußte nie kämpfen, die nicht, das kostet sie heute was.

»Hallo.«

Die vertraute Stimme. Der nicht vergessene Klang. Melanie schaute auf. Sven. Das konnte nicht sein. Und wusch. Überraschungsmoment. Roter Kopf, blöde Situation.

»Darf ich?« fragte er und setzte sich an ihren Tisch.

»Was machst du hier? Das ist mein Café.« Sie verschränkte die Arme. Zog sich zurück. Abwehr, Abwehr, geh weg, bring mich nicht in Verlegenheit. Schwimmen und hecheln um ein bißchen Grund unter den Füßen. Was soll sein. Ihr Exfreund tauchte plötzlich auf. Melly, nimm dich zusammen. Du schaffst es, du bist stark. »Ich finde es nicht gut, daß du einfach so herkommst. Ich gehe auch nicht freitags ins ›Dresden‹ oder sonntags in dein Frühstückslokal.«

»Ich wollte dich sehen.«

»Du hättest anrufen können.« Die Strategie klappte. Verletzung, Kälte, Sicherheit.

»Ich wollte dich nur sehen.« Verzweifelt. Bemüht.

»So?«

»Ja.«

Sie schwiegen.

»Und warum?«

Die Kellnerin brachte Melanie einen neuen Cappuccino.

»Du scheinst oft herzukommen. Ohne daß du etwas sagst, stellt man dir deinen Café hin.«

»Ich hatte ihn bestellt, bevor du kamst.«

Ein Typ mit offenem flauschigem Holzfällerhemd ging draußen vorbei und winkte Melanie zu. Ihm gehörte die kleine Galerie um die Ecke. Melanie lächelte zurück.

»Du siehst gut aus«, sagte Sven.

Der Rocker neben ihnen zog seine kurze Leopardenimitatjacke an und stand auf. Unverschämt sein, let's rock. Melanie schaute Sven an. Augenringe. Die blauen Augen hatten etwas Verwässertes. Blaß sein im sonnigen Kalifornien.

»Was man von dir nicht behaupten kann. Du siehst übernächtigt aus.«

»Ich habe viel zu tun. Es gab einige Probleme mit der Drehgenehmigung auf dem Parkplatz, den wir uns ausgesucht hatten. Und mein Producer hat in letzter Minute noch alles umgeschmissen. Wir mußten einen anderen Schauspieler engagieren, weil der, den wir wollten, zuviel Geld verlangte. Schließlich hat doch noch alles geklappt, wir haben das letzte Wochenende durchgedreht, bis drei Uhr morgens. Fünf Minuten am Tag. Die Profis schaffen nur zwei. Und die Fernsehleute, die echt viel wegkloppen, die bringen es auf drei. Darauf bin ich richtig stolz: Fünf Minuten – mit einem Studententeam. Und jetzt ist der Film in der Postproduction. Geschnitten haben wir schon, nur der Ton fehlt noch. Im Moment kann ich also gar nichts anderes machen als warten, weil unser Soundmann allein dran arbeiten will.«

»Warum erzählst du mir das?«

»Ich dachte, es interessiert dich, was ich so mache.«

»Nein.« Melanie löffelte den Milchschaum von ihrem Cappuccino. »Nicht mehr, Sven.«

»Wieso bist du so?« fragte Sven traurig.

»Wie?«

»Na, so kalt.«

»Wieso ich so bin?« Melanie schaute ihn ablehnend an. »Paß mal auf. Du warst es, der mich rausgeschmissen hat. Ich bin deinetwegen nach L. A. gekommen. Du warst es, der plötzlich nach drei Jahren Beziehung seine Freiheit wollte. Freiheit! Wenn ich das schon höre. Du warst die ganze Zeit nicht fähig, deine Freiheit aufzugeben. Du hast nie wirklich zu mir gestanden. Dein Zeug war dir immer wichtiger als ich. Es ist doch kein Wunder, daß du hier nach Amerika gekommen bist, wo alle so sind wie du. Film und Freiheit. Das paßt gut. Bei jedem Film eine neue Affäre. Das Scriptgirl, die Schauspielerin, oder mal einen Mann dazwischen, hm? Ein netter Kameramann? Warte, laß mich ausreden. Nach den Dreharbeiten kommst du dann nach Haus. Angekrochen. Das ist doch jetzt das beste Beispiel. Warum willst du mich heute sehen? Weil du gerade eine Drehpause hast. Und dich langweilst. Nichts weiter. Und da bin ich gerade gut genug. Aber ich sage dir was. Mit mir nicht. Da mußt du dir eine andere Frau suchen, die dir dann schön die Wäsche wäscht und deinen Rücken krault. Du wolltest, daß ich gehe und du dich frei fühlen kannst? Prima. Ich bin gegangen. Nur – wenn ich gehe, ist das endgültig. Hast du das kapiert?«

Sven nickte schwach. Melanie stand auf.

»Und noch etwas. Komm hier nicht mehr her. Dies ist mein Gebiet. Da oben, Los Feliz und Franklin, das ist deins. Ich bitte dich, das zu respektieren. Ich tue es auch.«

Sie legte einen Fünfdollarschein auf den Tisch und ging. Als sie die Melrose Avenue überquerte, mußte ein weißer Chevrolet scharf abbremsen. Lautes Hupen. Melanie reagierte nicht. Sie hatte Mühe, geradeaus zu gehen.

»Olive«

»Die Benetton-Reklame war mal gut. Diese lachenden Gesichter, diese unglaubliche Gemeinsamkeit zwischen Menschen völlig fremder Kulturen.«

Gunter bestellte eine neue Runde Rotwein. Der erste Drehtag sollte gefeiert werden. Nicht lang. Morgen früh ging's wieder ins Hollywood-Reservoir. Das Ende des Streits. André fühlte sich ausgelaugt. Schon nach dem ersten Tag. Aber er hatte auch wenig geschlafen die letzten Nächte. Tanjas Anwesenheit in dem Haus machte ihn nervös. Konnte er das Ruder noch herumreißen? Klaus kippelte auf seinem Stuhl.

»Nie wurde die Sinnlosigkeit der Werbung so treffend vorgeführt wie in dieser Partyszene in dem Godard-Film mit Belmondo, wo er sich am Ende in die Luft sprengt – übrigens die beste Selbstmordszene, die es im Kino gibt«, schwärmte Klaus. »Diese absolut absurden Dialoge – einfach herrlich. Und alles ist in Blau oder in Rosa getaucht.«

»Das sind keine Gewissensfragen«, meinte Gunter. »Es geht um Stimmungen. Um einen Neuanfang. Es sind Illusionen, Ausblicke in die Zukunft.«

»Am Ende geht Belmondo hin und schmiert sich Farbe ins Gesicht. Blau. Blaue Farbe.«

»Nur Stimmungen. Ausblicke. Mehr nicht. Bumm. Das ist das Ende.«

André schaute sich um. Die gleichen Gesichter wie immer. Ein paar Jungschauspieler, Regietalente, selbstverliebte Menschen in Jeans und teuren Hemden, Young Hollywood, Barkultur der neuen Dimension. Die saubere Filmgesellschaft wurde langsam durchbrochen. Unangepaßte Typen kamen mit ihren Sachen durch. Er zündete sich eine Benson an. Auch das Rauchen kam zurück, war nicht mehr so verpönt. Dreitagebart, Dreck unter den Nägeln, Grunge. Schwerwiegende Ehrlichkeit. Fast schon wieder zu gestylt. Doch André war das gewollt Gebrochene lieber als das Moralische.

»Lauter glückliche Menschen, das wäre doch nicht zum Aushalten«, sagte Gunter gerade zu Klaus.

»Zumindest könntet ihr dann nicht mehr im Unglück baden, so wie ihr es gerne tut«, meinte André trocken.

»Dabei bist doch du hier derjenige, der so schlecht gelaunt scheint.«

Der Rotwein kam.

»Überhaupt nicht«, sagte André. »Laßt uns trinken, Jungs. Auf die Produktion.«

»Auf die Produktion, ihr beiden Film-Asse. Macht einen neuen Godard-Belmondo. Gebt der Welt, wonach sie dürstet. Trocken und staubig ist alles, desillusioniert, zum Sterben verurteilt. Wir brauchen dringend ein paar Tropfen zur Wässerung. Cheers.«

Der Duft der Frauen
[January 15th]

7500 Hollywood Boulevard

Nikita schlief, die Haare auf dem rosa Kopfkissen ausgebreitet, eine Hand unter die Wange gelegt, sie schlief wie ein Engel, mit diesem leichten Lächeln, ein unschuldiges Kind, dem man ohne zu zögern jeden Wunsch erfüllen würde – nur um dieses Lächeln noch weiter zu sehen. Melanie stützte den Arm auf und schaute Nikita an. Der Traum vieler, das war sie, doch eigentlich kam niemand richtig an sie heran. Sie schien alles zu versprechen, wenn sie ihren Busen vorstreckte, das Kreuz durchdrückte, den Kopf leicht hinuntersenkte, die Lippen vorwölbte und eine Strähne ihres lockigen Haares in ihr Gesicht fiel. Nimm mich, verwöhne mich, sprachen die Augen und blinzelten ihrem Opfer zu. Doch es war nicht so, daß sie ihre Partner verachtete, im Gegenteil, sie liebte sie vielleicht sogar. Und die Liebesobjekte nahmen willig jede Demütigung in Kauf, nur um ihr nahe zu sein.

Melanie ließ sich wieder ins Kissen fallen. Erst sechs Uhr. Schwarz glänzte noch die Nacht durch das Fenster. Oil on canvas. Brüchige Leinwand, glänzendes Schwarz, Goya, gold und schwarz, Wahnsinn und schwarz, Schwarze Magie, Psychotrauma, verbannt in den Keller des Prado sind die düsteren Bilder, verbannt, Elba, van Gogh, der Ruhm nach dem Tod. Sterben, um zu leben, die Schöheitsoperation gegen das Privileg, in seinen Kindern weiterleben zu können. Königinnen der Macht. Abgeschmackte Verse, vergeudete Phantasie, den Sternen als Opfergabe dargebracht, Kinosternchen, Filmgötter. Ein Bild. Ein bewegliches Bild, das vergeht und nicht wiederkommt. Marvin

Gaye auf der Leinwand von heute, dem Billboard: What's going on. Unsterblich für eine Jugendgeneration, die die Rapversion hört. Bis zum nächsten Remake.

Das Herumliegen nervte. Leise schlich sich Melanie aus dem Zimmer. Seit Tagen konnte sie nicht mehr richtig schlafen. Seit Tagen diese wirren Gedanken. Als ob sie ein anderer Mensch sei, der sprach, lachte, dachte, ganz unabhängig von ihr, von ihrem Leben, das sie zu Hause geführt hatte. Selbst ihr Spiegelbild kam ihr heute morgen unwirklich vor – war sie das? War sie in Los Angeles? In der Stadt, in der alles anders werden sollte? Nicht denken, sondern fühlen, Hochs und Tiefs, nicht mehr nur diese gleichmütige, ausgeglichene Stimmung. Und doch hatte sie das Gefühl, noch nicht dort zu sein, wo sie hinwollte. Einmal so wie Nikita sein. Einmal sich einfach vergessen können, in einem Taumel der Gefühle versinken, morgens aufwachen und sich nicht daran erinnern, was man da gemacht hat. Nur den einen Abend in Mexiko hatte sie sich so verhalten. Eine Nacht lang.

Ging das nur zusammen mit einem Menschen, der keine Hemmungen hatte? Sven war wie sie sehr bedacht auf Kontrolle gewesen. Auf die penible Ausgestaltung seiner Gedankengänge. Farun dagegen dachte zu simpel. Richtig gehen ließ er sich auch nicht. Vielleicht lag das an seiner halbarabischen Abstammung. Der edle Stolz, das Gesicht nicht verlieren, Männergesellschaft. Für sich sein und daraus Stärke ziehen. Melanie sehnte sich danach, wieder ganz allein aufzuwachen. Einen Raum für sich haben. Konzentration auf den eigenen Kreis, der einen umgab, die mit sich herumgetragene Aura. Mit Sven hatte sie in Hamburg nie zusammengewohnt. Die Eigenständigkeit war ihr immer wichtig gewesen. Und jetzt – auf der Bettkante von Nikita führte sie ein Leben allein, ohne wirklich allein zu sein. Plätschernde Oberflächlichkeit, die sie zuschwemmte. Kein Wunder, daß sie sich plötzlich zu diesem Klaus so hingezogen fühlte. Ebenen austauschen. Von Vernunft über Banalität zur Intellektualität. O Gott, bloß nicht. Die Sackgasse kannte sie. Umkehren, nur umkehren. Doch wohin? Um zwölf Uhr mittags war sie wieder mit Klaus verabredet. Noch sechs Stunden bis dahin. Noch sechs Stunden, um sich eine genaue Strategie zu überlegen. Um herauszukriegen, was zum Teufel sie von ihm wollte.

6850 Camrose Drive

»Hey, hast du gut geschlafen?«

Tanja gab André einen Kuß auf die Wange. Die spinnt wohl. Kam einfach so herein und tat, als wäre nichts geschehen. Vor einer Woche war sie völlig überstürzt ausgezogen. Er fand den Zettel, als er von dem ersten Drehtag zurückkam. Seitdem war er allein im Haus. Allein mit sich. Und jetzt wurde sein Dunstkreis plötzlich durchstochen. Bumm.

»Laß dich durch mich nicht stören, ich wollte nur ein paar Sachen holen. Wie läuft Gunters Film? Kommt ihr voran?«

Schon war sie wieder aus der Küche. Er hörte die Schiebetür in der Diele, das Ritschen eines Reißverschlusses. Ein paar Sachen holen. André stellte seine leere Tasse in die Spüle. Kalkflecken, stumpfes Gelb, kein Glanz. Nein, kein Glanz mehr. Die Ecken der Hängeschränke kamen ihm bedrohlich nah. Spitz. Das Raumgefüge wackelte, weichte auf, verschwamm. Er hielt sich an dem Wasserhahn fest. Die Knie sackten ihm weg, das Schwarz im Kopf breitete sich aus, waberte auf, beruhigte sich wieder. Eine kleine Kreislaufschwäche, mehr nicht. Gleich war der See wieder glatt. Shit. Er hätte vor dem Frühstück nicht rauchen sollen.

»Was ist mit dir, André? Was ist los? Geht es dir nicht gut?«

Sie kam zu ihm, hielt ihn fest. Er roch ihr Parfüm, Gucci, der Duft machte ihn schwindelig. Gegen den Schwindel ankämpfen, sich freischwimmen. Es war vorbei. Damit mußte er sich abfinden.

»Geht schon wieder. Ich hätte vor dem Frühstück nicht rauchen sollen.«

»Komm, setz dich hin. Ich mache mir Sorgen um dich. Du bist so blaß. Soll ich dir Tropfen holen?«

»Nein, nein. Ich werde etwas essen. Ich muß auch gleich los. Wir drehen heute auf Location.«

Das war eine Lüge. Er mußte nirgendwohin. Sie hatten heute drehfrei. Tanja öffnete den Kühlschrank. Ein Kanister Mountain Spring Water, zwei Flaschen Orangensaft, ein Plastikkästchen mit gemischtem Salat.

»Ich möchte mal wissen, was du essen willst. Den Salat doch nicht etwa? Der sieht schon ziemlich schlapp aus. Du kochst wohl nicht mehr viel?«

»Seit du weg bist…«

»André, laß das. Versuch es gar nicht erst. Ich bin kein Hausmütterchen, deins schon gar nicht. Ich führe jetzt mein eigenes Leben. Unabhängig von irgendeinem Mann. Und ich fühl mich großartig dabei. Zum ersten Mal.«

»Warum sagst du mir das?«

Seine Stimme klang belegt. Er fühlte sich immer noch schwach.

»Weil ich viel darüber nachgedacht habe. Und du solltest es auch. Du mußt deine Mitte finden, André. Du bist ein guter Typ, davon bin ich überzeugt. Aber du bist weit von dem entfernt, was du kannst und denkst. Komm zu dir.«

André schaute zu ihr hoch. Sie stand vor ihm, die Hände in die Hüften gestützt, ihre Haare trug sie zurückgebunden, ein paar Locken hatten sich gelöst und fielen ihr in die Stirn. Er neigte den Kopf zur Seite, hielt Zeigefinger und Daumen als Rechteck vor seine Augen.

»Sieht gut aus. Ich werde mir dieses Bild merken. Die Amis gucken immer nur, ob es eine gute Einstellung ist, nicht einfach ein guter Moment. Schade eigentlich.«

Sie ging, André blieb am Küchentisch sitzen. Vor den Augen hielt er noch das Rechteck aus seinen Fingern. Tiefenschärfe war ein Sog, der ins Bild zog, zuschnappte und wieder ausspuckte. Zurück zu sich. Ein Bumerang, den er nicht fing.

4400 Los Feliz Boulevard

»Schau dir dieses Cover an. Dieses Lachen. Frisch, unbeschwert, einfach unverschämt. Keck, aber nicht aufdringlich, freundlich, aber nicht herausfordernd. Einfach gut. Einmal so lachen können. Doch dazu sind wir nicht mehr fähig. Wir sind zu weit fortgeschritten in unserer Entwicklung, wir wissen zuviel, denken zuviel nach. Ein Lachen für die anderen. Nicht für uns. Und deswegen gefällt es uns. Schau dir dieses Lachen an. Umwerfend.«

Klaus strich versonnen über das Cover der Vanity Fair. Jedes Wort von ihm packte Melanie heute auf die Waagschale. Begehren oder Nichtbegehren.

»Ich finde das Lachen ziemlich kommerziell«, sagte Melanie. »Es ist irgendwie nichtssagend. Ihm fehlt die Tiefe.«

»Was ist Tiefe? Das Bewußtsein setzt seine Grenzen«, sagte Klaus. »Ein unglaublicher Reiz, sie einzureißen. Schmerzen wahrhaftig zu erleben, ein Gefühl ganz und gar zu erforschen. Seelenarbeit. Auf den Tasten des Ichs herumklimpern. Klavierspielen im Unterbewußtsein. Ganz allein und auf sich gestellt. Ein Experiment.«

Sie war bereit, dieses Experiment einzugehen. Mit ihm einzugehen. Sie erschrak über diesen Gedanken. Doch es war ja nur ein Gedankenspiel. Theorie. Klavierspielen. Hinfort zog die Melodie, klimpernd schwebten die Töne in das weiße Nichts des Himmels, der nicht klar war, an diesem Tag, in dessen Dunst sie gefangen war, an diesem Tag. Austarieren, Tasten drücken, Reaktionen herausfordern.

»Ich möchte gern wissen, wie weit man gehen kann. Wie groß ist die Zuneigung Menschen gegenüber, mit denen man sonst kaum etwas zu tun hatte? Die einem fast fremd waren?«

»Meinst du jemand bestimmten?« fragte Klaus.

»Nikita. Seit ich mit ihr zusammenlebe, denke ich oft darüber nach. Weißt du, ich sehne mich nach einem Raum nur für mich allein, nach meinen eigenen vier Wänden, nach meinem Bett, in dem ich mich ausbreiten kann, mich drehen kann, bis spät in die Nacht lesen kann, einfach für mich sein kann. Ich will nicht gegen die Gastfreundschaft verstoßen, ich beginne aber auch, Forderungen zu stellen, weil ich nicht mehr still sein will, nicht mehr schweigen will, sondern meine Wünsche durchsetzen, koste es, was es wolle. Mir ist nur nicht klar, wo die Grenze zur Unverschämtheit liegt. Ich möchte ein netter Mensch sein, der um seiner selbst willen geliebt wird.«

»Ich finde, du bist ein sehr netter Mensch, Melanie«, sagte er ernst.

Kein Spott. Was für ein schreckliches Wort dieses »nett« war. Sie selbst hatte es gebraucht. Umschreibung für gesellschaftliche Akzeptanz. Ohne Anspruch.

»Früher wäre ich einfach gegangen, ich hätte meine Sachen genommen und wäre in irgendein Hotel gegangen. Oder weggefahren. Weit weg. Mit mir allein hätte ich versucht, den Schmerz nach der Trennung von Sven zu vergessen. Ich bin als jemand hergekommen, der Kraft hat. Hollywood ist der Ort meiner Verzweiflung, meines Überlebenskampfes, den ich schon meinte gewonnen zu haben. Aber Hollywood wird immer der Ort bleiben, an dem ich schwach war.«

»Wenigstens sagst du Hollywood und nicht Los Angeles. Hollywood ist sowieso irreal. Ein Phantasiegebilde, ein irres Konstrukt, in dem keiner glücklich werden kann. Es sind nur Momentaufnahmen, die wir nicht selbst steuern können. Und Farun?«

»Farun war nicht wichtig. Ein Katalysator. Ich wollte ihn – warum, weiß ich auch nicht –, und ich habe ihn bekommen. Basta. Ist doch ein schönes Gefühl, begehrenswert zu sein. Ein Grund war vielleicht auch, daß ich etwas ändern wollte. Bei mir. Früher war ich es immer, die gegeben hat. Heute nehme ich. Ich nehme mir die Zeit der Menschen, ich nehme ihr Bett, ihre Freundschaft. Muß ich ein schlechtes Gewissen haben? Was gebe ich ihnen schon dafür? Meine Anwesenheit, ein paar Worte, ein freundliches Lächeln. Nicht mehr. Wie weit kann ich gehen, Klaus? Sag es mir.«

Klaus ging zum Fenster. Ohne Melanie anzuschauen, redete er leise vor sich hin. Mit einem Pathos, das sie zunächst nicht verstand, bis sie begriff, daß er über sich redete. Über seine Beziehung, die in die Brüche gegangen war, als er hierherkam.

»...in einer anderen Stadt, in einem anderen Land. Vergewissere dich der Stunde, die für dich bestimmt ist. Sei bereit. Es wird dich kalt erwischen. Eine Überraschung, eine Begebenheit, die du nicht erwartest. Einfach so. Die Verletzung ist für dich. Der Schmerz sei deiner, denn er soll dich treffen, weil du zu hochmütig warst. Du hast die Warnung nicht verstanden. Du hast dich einlullen lassen von zuviel Wärme, von zuviel Geborgenheit. Du bist selbst schuld. Du wußtest, daß es eines Tages vorbei sein würde. Daß du aus dem Nest gestoßen werden würdest. Raus in die Kälte, dahin zurück, wo du hergekommen bist. Und du wußtest auch, daß es nie wieder so einfach werden würde, wie es früher war. Allein sein ist leicht, wenn man nicht weiß, wie es ist, jemanden zu haben, mit dem man zusammensein kann. Ein Kreis, der erweitert wird, größer wird, in dem man Teil sein kann. Teil eines großen Kreises, größer als vorher. Doch man selbst wird kleiner, wird die eine Hälfte von zweien, und dann – dann bleibt man zurück, beschnitten, weggedrückt, weggestoßen. Kleiner als früher und mit dem Wissen des großen Kreises. Es fehlt etwas. Es schmerzt. Und es wird nie mehr so werden, wie es war.«

Melanie ging zu ihm und legte ihre Hand auf seine Schulter. Teile zweier Kreise. Sein Kreis, ihr Kreis. Sie suchte nach einer Gemeinsamkeit. Einer Schnittmenge im Schmerz. Keine gute Basis. Die Waagschale schlug nach unten aus. Gegen ihn.

Highland Avenue

Der Bus nach downtown überholte ihn. Carl fuhr auf der Highland Avenue, Richtung Süden, um beim Drucker seine neuen headshots für die Agentur abzuholen. Westcoast music. Das Leben eine endlose Fahrt der untergehenden Sonne entgegen, ohne sie je zu erreichen. Wie eingefroren das Bild, trotz der zurückgelegten Kilometer. Fahren, leben, sterben on the road. Wer würde ihm folgen? Legionen unglücklicher Schauspieler, die in dem Mekka des Films strandeten. Er war ein Vorreiter der anderen, sie waren eine Batterie Versager, die niemand haben wollte. Waren sie die Investition nicht wert? Warum bist du eigentlich hier, hatte er Tanja gefragt. Wie lange war das her? Ein Monat, zwei? Er hatte das Gefühl für Zeit verloren. Die Tage hier waren sich so ähnlich. Das Desaster mit Nathan steckte ihm noch in den Knochen. Nach Miami abzuhauen. Ganz schräg. Als ob es da eine Theaterkultur gäbe.

Schade, daß er Tanja nicht mehr wiedergesehen hatte. Es wäre schön, mit ihr zu reden. Nur kurz. Vielleicht könnte sie ihm raten, was er tun sollte. Was er aus seinem Leben machen sollte. An der Ecke zum Santa Monica Boulevard machte Carl einen U-Turn, obwohl das verboten war, und fuhr wieder nordwärts. Die headshots konnte er später noch holen. Hoch zum Hollywood Bowl, vorbei an den leeren Parkplätzen, kurz vor dem Hollywood Freeway links in eine der kleinen Straßen, die sich in die Hügel hochschlängelte. Er wußte, wo Tanja wohnte. Er hatte von ihr eine Einladung zur Silvesterparty bekommen, war aber nicht hingegangen. Silvester. Die gelbgrüne Baseballkappe mit dem Schriftzug der A's. Leuchtende Verführung. Lichterreihen blinkten an der weißen Limousine mit den dunklen Fenstern, dem Sichtschutz gegen neugierige Blicke, Toyota, Ford, Jeep, cool, über den Highway, durch das Gelände, Wüstenromantik. Er hielt vor einer mexikanischen Villa. Hier mußte es sein. 334.

Auf sein Klingeln öffnete ein Mann. Groß, dunkle Stoppeln, mühsam mit Gel gebändigt, schwarze ausgewaschene Jeans, graues Polohemd.

»Hi, is Tanja here?« fragte Carl.

Kopfschütteln. »She doesn't live here anymore. Who are you?«

Carl hörte einen deutschen Akzent heraus.

»Carl Schrader. Ich glaube, wir können Deutsch reden.«

»Hm. Carl. Ich habe deinen Namen schon mal gehört. Na, egal. Tanja wohnt jetzt draußen im Santa Clarita Valley. Vorhin war sie kurz da, aber du kommst eine halbe Stunde zu spät.«

»Hast du ihre neue Nummer?« fragte Carl.

»Sicher, warte.«

Er ging in die Diele. Auf dem Tisch stand eine große Blumenvase mit einem Strauß roter Hibiskus. Fast alle Blüten waren vertrocknet. Carl nahm den Zettel, bedankte sich und ging langsam über die Terracottafliesen zurück zu seinem Auto. Der Typ hatte ziemlich unglücklich ausgesehen. Müde auch. Er war bestimmt kein Schauspieler. Aber irgend etwas mit Film machte er sicher. Warum sollte er sonst hier sein? Warum war er selbst hier? Die Frage, freundschaftlich gestellt, entpuppte sich als existentielle Frage für ihn selbst. Sie verfolgte ihn, ließ ihn nicht los. Weiße Lichter, rote Lichter, grüne Ampeln und diese Laternen, La Brea Av south.

7500 Hollywood Boulevard

Nikita räkelte sich in ihrem Liegestuhl auf dem Dach. Endlich wurde es wieder wärmer. Palmen im Gegenlicht. Die Sonne brannte auf ihrer Haut, sie genoß die Strahlen auf ihrem frisch gewaschenen Gesicht. Der Körper war mit Babyöl eingerieben, ein Tip von Melanie, er glänzte, war weich, nicht mehr so schuppig wie sonst durch das kalkhaltige Wasser.

Lärm von der Baustelle. Die Mittagspause war vorbei. Ein Geräusch wie das Mähen von Gras im Spätsommer. Palm Springs und die Golfplätze. Ernesto könnte sie ruhig mal mitnehmen. Er flog manchmal am Wochenende in die künstliche Wüstenstadt. Latin Legend in karierten Shorts und Golfschuhen. Das sah bestimmt lustig aus. Noch hatte sie nichts gehört von dem Dreh. Offensichtlich gab es noch mal ein Rewrite von dem Drehbuch. Sonst war auch noch alles ruhig. Mitte Januar. Kaum auditions. Die Agentin vertröstete sie. Du mußt Geduld haben Niki, besuch regelmäßig deine Schauspielklasse, Niki, du weißt, du mußt noch viel lernen, Niki, und trainier fleißig deinen Body, Niki, denn du weißt, der Body ist dein Kapital, Niki, und vergiß auch nicht, weiter an deinem Akzent zu arbeiten, Niki, das ist wichtig, Niki, das ist wichtig. Na, die spinnt auch. Marlene Dietrich hatte bis zuletzt ihren Akzent. Und für die Rolle in Ernestos Film brauchte sie ihren Akzent auf jeden Fall.

Vorhin hatte Mary ihr eine kurze Nachricht auf Band gesprochen. Es gab Neuigkeiten. Wahrscheinlich teilte ihr Mary mit, daß sie mit Eliot eine Affäre hatte. Längst ihre Vermutung. Die beiden paßten ausgezeichnet zusammen. Rotblonde Gören wie die Orgelpfeifen. Nikita bekam einen Kloß im Hals. Ob sie wirklich keine Kinder mehr bekommen konnte? Die Fruchtbarkeitstests hatte sie gar nicht mehr machen lassen. Sie wollte es gar nicht wissen. Lieber verdrängen. Wenn sie zu Reini zurückging, würde man ja sehen, ob sie schwanger wurde oder nicht. Die Pille nahm sie dann jedenfalls nicht mehr. Bonne chance. Rock it all night long. Fiebrige Sehnsucht nach einer Wachheit, die wie Kokain in der Nase prickelt und daran erinnert, daß man lebt. Hinein ins erfrischende Naß, Rettungsanker, Kaimauern, dunkel und schwer, der Gummireifen, schaukelnd auf dem Wasser, Kindertage, Strandkörbe, das geringelte T-Shirt, dessen Bund schon ganz ausgeleiert ist. Der Kampf gegen die eigene Schwermut, gewonnen in den Sekunden des rauschhaften Tanzens in einer Diskothek. Give me the love.

Nikita blinzelte in die Sonne. So viele Lieben, so viele Männer. Wie verunsichert Melanie heute morgen war. Ob sie wohl mit diesem Klaus etwas anfing? Nikita lutschte an ihrer Unterlippe. Weiche Lippen, feuchte Lippen. Die blitzenden Zähne Williams. Er hatte schon ein paar Tage nicht mehr angerufen. Ob er eine andere hatte? Sexy Willy. Die Levi's-Werbung sah so gut aus. Ein supergeiler Hintern. Eigentlich schade, daß er nicht mehr in L. A. war. Paris fashion. Er machte sicher die ganzen Männerschauen mit. Sich leicht wiegen in den Hüften, cool and smooth, die frisch rasierte Glatze im Scheinwerferlicht verführerisch leuchtend, ein umwerfendes Lachen, das ihr galt, nur ihr, der Princess, Königin seines Stammes. Nikita schloß die Augen und gab sich der Sanftheit der wärmenden Sonne hin.

University of Cal Arts

Laute Hardrockmusik kam aus dem tragbaren CD-Rekorder, der auf dem schmalen Bord unter den Fruchtsäften stand. Ein junger Typ mit gelbgefärbten Rastalocken stand hinter der Bar. Freundlich grinste er Tanja und Carl an.

»Two cappuccinos, please.« Tanja wandte sich zu Carl. Sie trug Jeans und ein enges blaues T-Shirt, ganz natürlich sah sie aus, ganz anders als damals im Castingbüro. »Der Schaum bleibt zwar immer an der Styroporschale hängen, aber den Milchkaffee machen sie hier viel zu schwach. Wenn man seinen eigenen Becher mitbringt, spart man sogar 10 Cent, aber ich vergesse es jeden Morgen. Zucker?«

»Ich nehme ein paar Streusel.« Carl schüttelte sich abwechselnd Zimt und Schokoladenpulver auf den Schaum seines Cappuccinos, bis er braun war und dicke Stücke am Rand des Bechers klebten.

»An invasion of Germans, wouh.« Der Typ mit den Rastalocken trommelte auf die Glasabdeckung.

»Scared, my dear?« neckte Tanja ihn und zog Carl zu einem der kleinen Tische vor der Fensterfront. »Manchmal kocht die Antipathie gegen uns Krauts hier ganz schön hoch. Unten im Keller gibt es jede Menge deutschfeindliche Sprüche zwischen den Graffiti. Auch mit konkreten Namen, wir haben sechs oder sieben Deutsche an der Schule. In den ersten Wochen, als ich mich ständig verlaufen habe – ich konnte die ABCD-Gänge der unterschiedlichen Stockwerke nicht auseinanderhalten und habe eine Ewigkeit gebraucht, bis ich den schnellsten Weg vom oberen Parkplatz zur Cafeteria fand oder vom Kino im Erdgeschoß zu einem abgelegenen Studioraum –, da gab es nicht nur freundliche Kommentare, als ich da so verwirrt rumstand. Aber jetzt ist mir der Irrgarten vertraut, die anderen kennen mich, und mit solcher Frotzelei wie der eben kann ich ganz gut umgehen.«

Carl schaute sich um. An der Wand hingen T-Shirts zum Verkauf, ein weißes mit der Aufschrift BUSH – anstelle des »S« ein Hakenkreuz –, daneben hing ein schwarzes Halloween Shirt, herabgesetzt, weil Halloween vorbei war. Im Vorraum lief der Fernseher, in tiefen Sesseln lungerte eine Gruppe Studenten herum. An der Seite des Apparates hing eine Hitliste, welche Show die meisten Zuschauer ins Café lockte: Auf Platz eins stand *The Bundys*. Natürlich. Eine schrecklich nette Familie.

»Es ist nett hier«, sagte Carl.

»Ich fühle mich wohl. Zum ersten Mal in meinem Leben habe ich das Gefühl, etwas Sinnvolles zu tun. Etwas, das aus mir kommt.«

»Das würde ich auch gern sagen können.«

»Du hast doch die Schauspielerei. Bist du damit nicht glücklich?«

Carl kratzte mit seinem Holzstäbchen den Milchschaum von der Styroporwand seines Bechers und lutschte es ab.

»Ich weiß nicht. Als ich für Ewa Pitrowski diese Rolle gespielt habe, wo ich am Ende von den Frauen umgebracht werde, da…« Er stockte. »Da war es so, als würde ich wirklich für etwas bestraft. Ich wußte nur nicht, wofür. Aber nach jeder Vorstellung – es waren drei – habe ich mich irgendwie befreit gefühlt. Als wäre jetzt alles gut. Nur hat das Gefühl nicht lang angehalten. Leider.«

»Ich hätte das Stück gern gesehen. Deine Gesangseinlage im Overland habe ich ja auch verpaßt. Bist du wirklich lieber auf der Bühne als vor der Kamera?«

»Ja, ich glaube schon. Obwohl ich jedesmal tierisches Lampenfieber habe. Aber auf der Bühne kann man mehr in so einen Charakter hineinlegen, man wird nicht ständig unterbrochen. Ich brauche eben Zeit, bis ich mich völlig vergessen habe.«

»Warum bist du eigentlich nicht in Deutschland geblieben? Als Theaterschauspieler?«

»Ich wollte es mir nicht so einfach machen. Ich dachte, der Kampf wäre wichtig. Hollywood ist das schwerste Ziel. Deshalb bin ich hier.«

»Das ist doch Quatsch. Entschuldige bitte, daß ich das so sage. Du mußt doch den Weg gehen, der für *dich* richtig ist. Das machen, was *dir* entspricht. Und überhaupt. Die Sprache. Willst du nicht lieber auf deutsch spielen? Das macht doch viel mehr Sinn.«

Sinn. Was machte schon Sinn? In seinem Leben schien bisher nichts Sinn zu machen. Wege, die zu begehen Entschlossenheit verlangten.

»Hör mal, gleich fängt meine Filmklasse an«, sagte Tanja. »Magst du nicht mitkommen? Thema ist heute Animationsfilm. Einer der Regisseure von der Simpsons-Serie kommt zu Besuch, er zeigt die Folge, die er gemacht hat, und bringt uns sein Storyboard mit.«

»Klar, warum nicht? Ich hab genug Zeit.«

Tanja holte sich einen Plastikdeckel und stülpte ihn über ihren Cappuccino. Auf dem Weg zum Seminarraum kamen sie an der schuleigenen Radiostation vorbei. Vor der Tür, auf einem Holzstuhl, stand ein kleines Radio, welches das aktuelle Programm über den Gang sendete. 24 Stunden Radioshow. Carl dachte an *Beverly Hills, 90210*. Eine Erfolgsserie. Jason Priestley, Luke Perry. Sie lebten einen Traum, von dem er bisher immer gedacht hatte, daß es auch seiner war.

Eine Klasse für sich

[January 27th]

2345 Westwood Boulevard

»Bist du zufrieden mit den Mustern?« fragte André.

Sie waren im Vorführraum von Sunbird. Die Außendrehs waren abgeschlossen. Drei Tage Rekapitulation, bevor es ins Studio ging. Gunter lehnte sich in seinem Sessel zurück. Nachdenkliches Kraulen seines Schnauzers. Die strahlend blauen Augen flackerten unruhig.

»Die Musikszenen gefallen mir nicht«, sagte Gunter. »Ich fürchte, wir müssen sie neu drehen.«

»Ist dir das Licht zu schummrig? Ich finde, die Atmosphäre kommt doch gut rüber. Sleazy, nennt man das hier.«

»Die Lichtführung ist okay. Habe doch einen guten Kameramann.« Gunter klopfte André auf die Schulter. »Nein, ich finde, die Rolle des Sängers ist falsch besetzt. Er bringt es einfach nicht. Schon die Stimme.«

»Das können die im Ton regeln.«

»Ich möchte ihn gern umbesetzen. Die meisten Szenen, in denen er vorkommt, sind noch nicht gedreht. Nur sein Auftritt auf der Bühne.«

»Und die Barszene zwischen Esther und Thomas. Da ist der Sänger im Hintergrund zu sehen. Allerdings kann man da auch ein paar Close-ups nehmen. Dann geht's.«

Gunter drückte auf einen Knopf der Sprechanlage neben ihm. »Can you get me Tom in here for a second, please?« Zu André sagte er: »Jetzt müssen wir nur noch Tom von der Notwendigkeit einer Umbesetzung überzeugen.«

Ein neuer Sänger. Nicht einfach. Schon bei der Erstbesetzung hatten sie sich Dutzende Videotapes angeschaut. Hatten alle Agenturen bemüht. Jetzt noch mal von vorn. Ein singender Schauspieler. Kannte er nicht einen? Hatte Tanja nicht mal von einem erzählt? Kurt oder Klaus, nein, Carl. Der Abend, an dem Tanja zum ersten Mal von ihm erzählt hatte. Sie hatten auf der Terrasse gesessen. Beim Wein. Wie ein altes Ehepaar. Am Tag, bevor sie zu Cal Arts fahren wollte. Ob der Typ wirklich den Ausschlag für Tanjas Neuorientierung gegeben hat? Kreativ arbeiten. Komm zu dir.

»Vielleicht sollten wir uns diesen Deutschen noch mal anschauen. Du weißt schon, Carl irgendwas.«

»Den Blonden? Ich fand ihn etwas jung. Aber wir können ihn ja mal zum persönlichen Gespräch bestellen. Normalerweise bin ich gegen die deutschen Gesichter in meinen Filmen. Die meisten haben nach wie vor ihren Akzent, und die L. A.-Umgebung, in die sie da geworfen sind, kommt recht unglaubwürdig daher.«

»So besonders ist Los Angeles nun auch nicht«, sagte André. »Letztendlich bleiben grundlegende Dinge immer gleich auf der ganzen Welt, die Art der Menschen, aufeinander zu reagieren, der Kampf ums Überleben. Es sind doch nur Kleinigkeiten, die die Orte unterschiedlich machen. Architektur, Wetter, Hautfarbe, Sprache. Was noch?«

»Die Liebe zum Film hast du nur hier.«

»Weißt du, Gunter, ich möchte wieder aus dem Fenster schauen und nicht mehr selber das Fenster sein, schon ganz zerkratzt und verschmiert. Ich habe mich genug um meine verdammten Stimmungen gekümmert. Ich kann mich nicht mehr sehen.«

»Ich meide schon lange alles, was mit Hollywood selbst zu tun hat«, sagte Gunter und strich über seinen Schnauzbart. »Ich stecke den Kopf in den Sand und tue einfach so, als ob die Dinge verschwinden, die ich nicht mag. In dieser Stadt wird man zum Einsamkeitszombie. Es fängt damit an, daß du allein Auto fährst.

Den ganzen Tag. Immer siehst du nur deine Augen im Rückspiegel, auf den Straßen keine Menschen, und die anderen Autofahrer schauen wie Pferde mit Scheuklappen nach vorn. Du verlernst zu kommunizieren, mit anderen Menschen in eine Form der Interaktion zu treten. Du hörst niemandem mehr zu, du hörst nur noch deine eigene Stimme, die nichts mehr zu sagen hat. Du bist innerlich ganz leer, weil du alles aufgezehrt hast, was an Reserven dort war. Du bist im Kreis gelaufen. Besser gesagt: gefahren.«

»Fahren, fahren, fahren auf der Autobahn.« André lachte.

»Kraftwerk. Lang her, nicht?« Gunter grinste zurück.

»Mal im Ernst, kannst du dir vorstellen, daß ich wirklich darüber nachdenke, von hier zu verschwinden? Und zwar endgültig? Diese allgemeine Anspannung und nervöse Oberflächlichkeit, die über allem liegt, eine unruhige Verkrampfung, die auch durch intensives Fitneßtraining nicht verschwinden würde. Deshalb mache ich das auch nicht. Aber die anderen, jeder macht irgendeinen Sport. Nicht von ungefähr ist Schwarzenegger so ein Held.«

»Hast du Sehnsucht nach Claudia?« fragte Gunter.

»Wir haben immer Sehnsucht nach dem, was wir nicht haben können, oder? Das Begehren richtet sich auf das Abwesende. Glück in der Ablehnung. Wie heißt das im Faust? Und im Genuß verschmacht ich nach Begierde?«

»Du klingst bitter.«

»Ich habe einen Brief von ihr bekommen. Sie möchte sich von mir trennen. Ich glaube, sie hat jemand kennengelernt. Jedenfalls möchte ich das glauben. Wahrscheinlich ahnt sie die Sache mit Tanja. Fakt ist, daß sie noch diesen Monat ausziehen wird.«

»Das tut mir leid.«

»Meine Schuld.« André zündete sich eine Benson an. »Diese Stadt macht uns alle fertig. Und wenn die Krake mit ihren langen Armen den letzten Saft aus uns herausgepreßt hat, schmeißt sie unsere leere Hülle in die Wüste, wo sie elendig verbrennt.«

Tom kam durch die Tür.

»Okay, what's the problem?«

Gunter erklärte ihm die Notwendigkeit einer Neubesetzung. Neuanfang. Schnelles Casten tat not. André schnippte die Asche seiner Zigarette ab. Er sollte wirklich aus L.A. verschwinden. Bald.

7500 Hollywood Boulevard

Nikita drückte die End-Taste und schmiß den Hörer auf das Bett.

»So ein Wichser. Was glaubt der eigentlich, wer er ist? Mit mir so umzuspringen. Ich meine, kannst du das glauben? Mir sagt Ernesto, er ist müde, er fährt nach Hause, und Eliot erzählt mir, daß er auf dieser Party von der Plattenfirma war. Er hätte mich doch mitnehmen können, oder was weiß ich, wenigstens sagen, daß er da hingeht. Er hat mich angelogen. Direkt ins Gesicht. Fuck him.«

»Call one-eighthundred-lawyer and I fight for you.«

»Was?«

Melanie lachte. »Das ist doch diese Anwaltswerbung im Radio. Ich dachte, du willst gar nichts mehr von ihm, weil das zu riskant ist. Das hast du doch neulich gesagt.«

»Was heißt, ich will nichts von ihm? Das ist doch egal. Er kann gefälligst sagen, wo er hingeht. Was hat er davon, mich anzulügen? Außerdem, vielleicht will ich doch was von ihm. Er ist ziemlich sexy.«

»Komm, das ist doch jetzt albern. Nur weil er dich anlügt, wird er plötzlich interessant für dich. Du solltest die Finger von ihm lassen. Nachher kommt seine Frau dahinter und verhindert, daß du die Rolle in seinem Film bekommst.«

»Quatsch. Wie soll die das denn erfahren? Solange er nicht rumtönt oder du. Ich bin einfach nur besseres Benehmen gewohnt. Ich muß unbedingt mit Mary reden.« Nikita drückte die Nummer und lief mit dem Hörer in der Hand unruhig durch das Zimmer. »Hi, sweetie, it's me. Call me, I have to talk to you. Bye.«

Sie hielt das schnurlose Telefon an seiner Gummiantenne und

schwenkte es hin und her. Melanie ging zum Kühlschrank, holte eine Plastikdose mit Datteln heraus und stellte sie auf die Bar der Küchenzeile.

»Hast du schon mal darüber nachgedacht – ich meine, ich will dir ja nicht zu nahe treten...«

Nikita nahm sich auch eine Dattel. Was kam denn jetzt schon wieder? »Spuck's schon aus. Was hat sich unsere kleine Psychologin wieder mal in ihrem Hirn zurechtgesponnen, hm?«

»Vielleicht überschätzt du deine Wirkung auf Männer. Das klingt hart, aber es ist doch merkwürdig, daß dir ständig solche Sachen passieren. Der eine sagt dies, der andere das, und keiner behandelt dich wirklich gut.«

»Stimmt. Weißt du eigentlich, daß ich noch nie ein Geschenk von einem Mann bekommen habe? Außer von meinen Freunden zum Geburtstag. Nie. Und ich war mit so vielen zusammen. Ich habe denen ständig etwas geschenkt. Als Reini mich in Milano besucht hat, habe ich ihn völlig neu eingekleidet. William habe ich sogar mal in dem einen Antiquitätenladen auf der Melrose eine afrikanische Figur gekauft. Weil die so schön zu seinen anderen paßte. Und was habe ich von ihm bekommen? Nichts. Keiner hat mir je ein wirklich wertvolles Geschenk gemacht. Außer Hassan. Aber bei ihm ist das was anderes. Er muß ständig teure Dinge verschenken. Sonst fehlt ihm was.«

»Du hast so viele Männer um dich herum – wie ein Bienenstock. Die summen um dich rum, aber den Honig bringen sie woanders hin. Ich finde, du hast deinen Staat nicht gut unter Kontrolle.«

»Hey, was sind das denn für reaktionäre Ansichten? Bist du nicht für die Gleichberechtigung?«

»Nicht immer. Bäh, ich kann diesen Tee hier nicht mehr ertragen. Das Wasser ist so schlecht. Stört dich das nicht?«

»Nee. Ich schmecke da keinen Unterschied. Dieser Tee, jener Tee. Ich weiß auch nicht, warum du immer sagst, im Vienna schmeckt der Cappuccino anders als im King's.«

»Vielleicht ist es gerade das, was du hier in Los Angeles lernen sollst. Die feinen Geschmacksunterschiede. Winzige Gefühlsdifferenzierungen. Nicht immer nur ja oder nein, schreien oder lachen. Sondern die ganze Palette dazwischen beherrschen.«

»Apropos. Was ist der Unterschied zwischen *sensual* und *romantic?*« fragte Nikita.

»Wieso?«

»Ich brauche das für meine Klasse. Wir müssen verschiedene Stimmungen vorspielen, also extreme Gefühle. ›Most funny‹ habe ich schon. Und ›most casual‹ auch. Das war leicht: Jeans, T-Shirt, die Beine auf den Tisch, fertig. Aber mein ›most sensual‹ war gar nicht gut, hat der Lehrer gesagt. Ich muß es wiederholen. Und ›romantic‹ habe ich noch nicht vorgespielt.«

»Du mußt es nur übersetzen. Der Unterschied ist doch ganz klar. Romantic ist romantisch, und das andere bedeutet sinnlich, gefühlvoll.«

»Ist das nicht das gleiche?«

»Nein.« Melanie lächelte. »Romantik ist fast schon ein Klischee. Romantisch sein heißt, für etwas zu schwärmen, sich einer Sehnsucht hingeben, ohne sie vielleicht je einlösen zu können. Oft findet sie nur im Kopf statt. Du schenkst eine Rose, schreibst ein Liebesgedicht. Was dagegen Sinnlichkeit heißt, weißt du schließlich selbst, oder?«

Nikita betrachtete nachdenklich die Dattel, die sie gerade in der Hand hielt. Schrumpelige Schale, innen saftig. California Dates. Mit Genuß biß sie den Kopf ab, schnell und grausam. Sinnliches Schmatzen. Nicht romantisch. Der Unterschied war ganz einfach.

»Sicher.«

»Was ich nicht leiden kann, ist, daß hier alle mit so einem betont freundlichen Gesicht rumlaufen. Wie eingefroren. Nur weil jeder, dem man begegnet, wichtig sein kann. Einen weiterbringen kann.«

»Du grinst doch auch immer in die Gegend, Melly, sei du mal ganz still. Außerdem – wenn du bei diesem Spiel nicht mitmachen willst, mußt du das ja nicht. Keiner zwingt dich. Aber verstehen kann ich deine Einstellung trotzdem nicht. Hier kann jeder groß werden. Ich finde das geil.«

»Selbst die Kassiererin im Supermarkt schnurrt automatisch ihr blödes ›How are you today?‹ ab. Mich macht diese Atmosphäre krank. Ein falsches Wort, und die freundliche Duldsamkeit schlägt um in pure Ablehnung.«

»Plötzlich bist du auf dem Trip«, schwärmte Nikita. »Du gehst auf eine Party, und Sean Penn ist da – ich habe übrigens nie verstanden, warum Madonna ihn verlassen hat, er ist sooo sexy –, du holst dir deine CDs in dem Laden, in dem Tom Cruise jeden Samstag einkauft. Winona Ryder fährt im Cabrio an dir vorbei. Christian Slater wohnt um die Ecke – hast du *Untamed Heart* gesehen? Der Typ kommt noch ganz groß raus. Jedenfalls: Du bist plötzlich Teil dieser Stargesellschaft, du ziehst mit. Und in dem Moment, in dem dich einer der Stars grüßt, hast du es geschafft.«

»Was geschafft? Daß man in den Klatschspalten über dich berichtet? Daß picklige Teenager dir hinterherlaufen und um ein Autogramm betteln?«

»Ich möchte, daß die Leute vor mir Respekt haben. Daß sie mich kennen. Daß ich überall reinkomme. Ohne diese nervigen Wartereien, die doofen Türsteher. Daß ich ungehindert nach dem Hollywood-Wochenplan leben kann. Montag Gaslight, Dienstag T-Room, Mittwoch On the Rox, Donnerstag Roxbury, Freitag frei, Samstag Saturday Night Fever.«

»Und Sonntag?« Melanie lächelte mitleidig.

»Sonntag? Keine Ahnung. Kinotag zum Beispiel. AMC Century. Fünfzehn Filme zum Aussuchen. Und dann möglichst einen, in dem man selbst mitspielt. Oder jemand, mit dem man gerade schläft.«

»Und wenn ich lieber ins Maxx gehe?«

»Da mußt du dann allein hingehen. Übrigens, wir gehen

heute alle ins On the Rox. Stell dir vor, Mary ist jetzt mit Eliot zusammen. Wir feiern das groß. Komm doch mit.«

»Ich finde das total albern mit diesen speziellen Tagen. Außerdem gehe ich mir gleich einen deutschen Film anschauen. Beim German Film Festival der Directors Guild.«

»Das ist nichts gegen Brent Bolthouse Production. Alle gehen hin. Und daran, wie schwierig es ist reinzukommen, siehst du ja, daß das *der* Ort ist, wo man hingeht.«

»Du spinnst doch. Wie kann dir das so wichtig sein? Ist das alles, was du willst?«

»Und meine Karriere als Schauspielerin«, antwortete Nikita ohne zu zögern.

»Das glaube ich nicht.«

»Doch bestimmt.«

»Ich sage dir, was für dich wichtig ist. Du willst nur den Applaus deiner diversen Männer. Ein eigenes Theater, das du dir geschaffen hast. Sie beklatschen dich, sie bewundern dich, du läßt sie tanzen, und wenn sie nicht so tanzen, wie du es willst, schreist du sie an, du wirst wütend und läßt sie fallen. Schießt sie ab. Bummm. Wie in einem Videospiel. Treffer. Aber wenn du das Knöpfchen drückst, soll es weitergehen und sie sollen wieder aufstehen.«

»Bin ich wirklich so schlimm?« Nikita schmollte. Konnte es stimmen, was Melanie da sagte? Süchtig nach Aufmerksamkeit? Die sie eigentlich nie wirklich bekam. Schon von ihrem Vater nicht. Es war seine Idee mit der Schauspielerei. Sie hätte auch weiter als Model arbeiten können. Seite an Seite mit William. Zwei Titelhelden, die ihre perfekten Körper miteinander verschmelzen ließen. Zum Leid- und Neidwesen der anderen. »Weißt du, was das Komische ist? Wenn ich sie so einfach haben kann, interessieren sie mich gar nicht. Männer sind so leicht zu kriegen. Du wackelst mit dem Arsch, und schon wollen sie mit dir schlafen.«

»Von der Stunde an, in der du dir nichts mehr beweisen mußt, wirst du frei sein. Wenn du nicht mehr zeigen mußt, daß du jeden Typen kriegen kannst. Keiner fragt dich doch danach, was du wirklich machst. Alle sind nur an deinem Hintern interessiert. Wenn du wirklich eine ernstzunehmende Schauspielerin werden willst, mußt du hier weg. Geh nach New York. Oder zurück nach Berlin. Nur weg aus dieser gestörten Stadt. Weg von diesen Beverly Hills Partys. Du kannst hier nichts werden. Sieh das doch ein.«

»Wir wollen uns hier alle irgendwas beweisen«, sagte Nikita müde. Ein gutmütiges Nicken. Einmal hören, ja, ich bin stolz auf dich, mein Kind. »Auch du. Warum bist du denn hier, wenn du das nicht nötig hast, hm?«

Melanie warf einen Blick auf die Uhr. »Mist, ich muß los, der Film fängt gleich an. Tschau.«

Sie lief aus der Tür. Schlechter Abgang, dachte Nikita. Nur um keine Antwort zu geben. German Film Festival. Das konnte doch nichts sein. Mittwochs ging man nun mal ins On the Rox. Und Punkt.

Samuel French

Shakespeare. Gesammelte Werke. Die Dramen der Weltliteratur. Carl wanderte an dem Theaterregal entlang. Buchdeckel in Pastelltönen. Rosa, gelb, zartgrün, babyblau, mauve, mattorange. Unsterbliche Monologe, bewegende Momente. Er sollte mehr Theaterstücke lesen. Doch auf englisch? Er hatte keine Schwierigkeiten, Englisch zu lesen, aber Goethe in einer fremden Sprache mußte nicht sein. Vorn neben der Kasse lagen die Bücher über Los Angeles. How to make it in L. A. To be successful as an actor. Bücher mit Adressen der Studios, der Castingbüros, der Agenten, der Press-Offices. Er hatte sie alle gelesen. Wie man ein Star wird, schien so einfach zu sein. Das richtige Selbstbewußtsein, eine bestimmte Verkaufsstrategie, jobben, um entdeckt zu werden: als Telefonist, als Reader für Scripts, als Fahrer für eine Production Company.

Vor dem Regal standen zwei Mädchen mit langen blonden

Haaren, in einen der Movie-Ratgeber vertieft. Eifrig blätterten sie hin und her. Der Schlüssel zum Erfolg. Carl hätte ihnen am liebsten zugerufen, hey, glaubt nicht, was dort steht. Seht mich an, ich habe alles gelesen, habe alles befolgt und bin doch nichts geworden. Das Spiel ist zu kompliziert, als daß ihr es jemals verstehen werdet. Hollywoodopoly. Leider ausverkauft. Carl ging zurück zu den Dramen. Merkwürdig, daß er von den Büchern des »Theatre«-Regals nie eines gekauft hatte. Seine Lieblingsabteilung bei Samuel French lag auf der rechten Seite des Ladens. Glanzbände über die Stars. Die Biographie von Marlon Brando Und die Filmlexika. Westernfilme, Gangsterfilme, Detektivfilme. Die Zelluloidwelt. Er warf noch einen Blick auf die beiden Mädchen vorn am Fenster. Hoffnung. Carl ging vor dem Theaterregal in die Hocke und griff nach *Hamlet*. Wie gern er den gespielt hatte. Mittlerweile kam ihm auch der Spott der Kollegen nichtig vor. Hamlet. Wieder Hamlet sein.

Directors Guild

»Es fröstelt mich immer, wenn ich diese Art von deutschen Filmen sehe. In Blau getauchte Bilder, die ach so bedeutungsvoll sein wollen. Der Film startet als Komödie und kann sein Konzept einfach nicht durchhalten.«

Klaus schüttelte den Kopf. Sie kamen aus dem Spätfilm des German Film Festival. Drei Tage deutsche Filmwelt im Gebäude der Directors Guild. Was immer Hollywood damit anfangen mochte. André hatte Gunter auch überreden wollen mitzukommen, doch Gunter wollte lieber noch an der Auflösung der Barszene arbeiten. Tom hatte für Gunters Extrawünsche in der Kalkulation einen bestimmten Posten reserviert. Unglaublich, dieser Tom. Dachte an alles. Ein neuer Sänger. Für übermorgen war der Deutsche bestellt. Carl Schrader. Sie hatten sich das Video vom Casting noch mal angeschaut, und der Typ war ganz okay gewesen, vielleicht ein wenig zu schüchtern. Doch das gab sich sicher. Hauptsache, er konnte auch Westernsongs.

»Ein irgendwie trauriger Film«, meinte Melanie.

»Das ist die deutsche Filmelite«, sagte Klaus.

»Filmförderungspolitik, meinst du wohl.«

»Ich bekomme immer Hunger bei so etwas.« André lachte und strich sich ein paar Strähnen aus der Stirn.

»Nach Bratwurst?« fragte Melanie.

»Nein, nach Pasta.«

»Hast du schon mal einen Italiener gefragt, wie er den deutschen Kaffee findet?» Klaus lehnte sich an einen Pfeiler.

»Nein, dafür einen Deutschen, was er zu dem italienischen Bier sagt.«

»Die türkische Frau in dem Film war aber ziemlich hübsch.« Melanie blickte von André zu Klaus, der den Kopf gesenkt hielt. »Sie hatte irgendwie Klasse.«

»Wenn man Türken mag...«, meinte Klaus.

»Wie kannst du so rassistisch sein.« Melanie tat entrüstet.

André stieß sie an. »Er schreibt den ganzen Tag Dialoge, er muß doch schlagfertig sein, das ist er seinem Berufsstand schuldig.«

»Manchmal bin ich tagelang depressiv«, sagte Klaus. »Ich leide unter Kommunikationsstörungen. Ich kann mich mit der Umwelt nicht verständigen. Die Bedeutung, die ich den Worten gebe, versteht niemand. Ich allein bin der Gott der Texte, weil ich sie neu erfinde. Immer wieder. Ich erschaffe die Welt, die sich um mich dreht. Ein Kreisel. Schwarz auf Weiß.«

»Apropos. Hast du das James-Dean-Buch von Dennis Hopper gesehen?« fragte André. »Diese unscharfen Schwarzweißfotos sind grandios. Standfotos der Filme, teilweise noch nie veröffentlicht. Sie geben dem Mythos James Dean eine ganz neue Dimension.«

»Mythos.« Klaus schüttelte den Kopf. »Ein einsames Saxophon spielt die Musik für die Untermalung einer Szene, in der nur der Kreisel sich dreht, von Kinderhand in Gang gebracht, doch das Kind ist weg. Es ist längst erwachsen geworden. Und der Kreisel dreht sich noch immer.«

»Du solltest zurück nach Europa gehen. Amerika scheint deiner Phantasie nicht zu bekommen.«

André nickte einem Regisseur zu, der gerade vorbeikam. Sein Film lief gestern auf dem Festival. Klaus starrte ihm hinterher.

»Verlassen ist man, wenn man der Wahrheit ins Gesicht blickt. Kalt und erschreckend leuchtet sie einem entgegen. Der Mond hat mir seine dunkle Hälfte zugewandt. Er beschattet mein Gesicht.«

»Wenn der Mond ein grüner Käse ist, wird es morgen regnen«, sagte Melanie feierlich.

»Wer hat das denn gesagt?«

»Mein Logistiklehrer. Einer von diesen Wenn-dann-Sätzen.«

»Gehen wir noch was trinken?« fragte André. »Ich muß zwar früh raus morgen, aber ein Weilchen...«

»Warum nicht? Laß uns im T-Room treffen.«

Sie gingen jeder zu ihren Autos. André stieg in den schwarzen Pickup, den Thorsten in L. A. gelassen hatte. Unklar, was damit passieren sollte, wenn er auch wegfuhr. Das Haus mußte dann aufgelöst werden, seine Motoguzzi verschifft – nach Deutschland oder wo immer er hinging. Auf dem Anrufbeantworter war ein Anruf aus London. Durch die Zeitumstellung hatte er noch nicht zurückrufen können. Bei denen war es jetzt Nacht. Dunkel und regnerisch.

»On the Rox«

Schweiß glänzte auf dem Dekolleté über dem weit ausgeschnittenen engen Bodystocking. Dicke Lippen, dicke Brüste. Scratch. 70er-Jahre-Musik, Night fever, Sister Sledge, Diskogeneration. Songs, längst auf CD-Samplers als Disko-Classics abgefeiert. Nikita unterhielt sich mit Brent, dem Veranstalter, der selbst am DJ-Pult stand. Ausgeleiertes weißes T-Shirt mit V-Ausschnitt. Ketten zwischen den dichten Brusthaaren. Wild man. Die alten 45er Singles knisterten, Authentizität, inmitten der Künstlichkeit Hollywoods diese Enge und Ausgelassenheit. Ein Mädchen umarmte ihren Freund von hinten, im Takt bewegten sie sich nach vorn, gleichzeitig, cool, die Münder zum Baßton vorgeschoben. Brent erkärte Nikita, warum er den Seventies-Groove so schätzte.

»It's Brooklyn survival music, you know. Eine Standardhymne. Die meisten können mit dem Takt auf vier gar nichts mehr anfangen. Kaum einer beherrscht noch den alten Saturday-night-fever-Schritt, zwei rechts, zwei links. Bei dem gleichmäßigen Hip-Hop-Wabern heute, dem Hoch und Runter auf federnden Knien, ist der Diskoschritt dem Körper völlig fremd, weil er ihn plötzlich so stark erschüttert.«

Sie lachte über seine Euphorie. Sich befreunden mit dem Partykönig. Take me to another place. Mary knutschte mit Eliot in der Ecke. Fast war sie ein bißchen neidisch auf das plötzliche Glück der beiden. Eliot schaute sie gar nicht mehr treuherzig an, da konnte sie sich wohl einen anderen Partner zum Proben suchen. Ein Freund weniger. Und Marys Anrufe waren auch seltener geworden. Seit Melanie bei ihr wohnte, hatte sich Mary merklich zurückgezogen. Aber vielleicht lag es auch daran, daß sie jetzt im Liebestaumel war. Sommersprosse vereinigt mit Krauslocke. Neben Nikita tanzte eine Blonde mit Stupsnase. Weißes Rippenunterhemd aus Seide, unter dem sich die kleinen Brüste abzeichneten. Die Perlenkette hatte den Charme eines Hundehalsbandes. Schwarze Decke, blaue Neonstreifen über der Bar, dazwischen einer in Rosa. Vodka of Finlandia stand auf einem großen Einmachglas. Ananasscheiben schwammen in der klaren Flüssigkeit. In der Ecke ein Aquarium mit buntgespritzten Korallen. Vier exotische Fische zogen ruhig und ungestört ihre Bahnen, tauchten in der Tiefe. Nächsten Monat wollten Mary und Eliot zusammen nach Südafrika fliegen, zu Marys Eltern. Ob die sich den zukünftigen Schwiegersohn anschauen wollten? Na, soweit waren die wohl noch nicht.

Ein Schwarzer mit Tweedbaskenmütze, Bart und Brille stieß rhythmisch seine Fäuste vor. There you are. Malcom X, brother.

Rasta, united colours, klatschen und klatschen und klatschen. Nikita hatte sich immer wohl gefühlt in dem Club. Junge Schauspieler, die Stars von morgen. Wir hatten eine halbe Valium, hörte sie eine Stimme neben sich. Wenig, so wenig, sonst nahmen die doch alles, was sie kriegen konnten, jeden Moment sollte man bis zum letzten auskosten. Zerstreuung total. Und als letzter Kick ein Chemiecocktail.

»Tanzen im On the Rox ist wie die Erinnerung an eine unbeschwerte Jugend«, rief ihr Brent zu.

Sie ging tanzen. Heute fehlte ihr irgend etwas. Dabei war so gute Stimmung wie noch nie. Rapper's delight in der long Version. Den Text konnten die Jungs damals auswendig. Selbst Reini hatte ihr den Text mal vorgerapt. Die Flasche Budweiser zwischen den Fingern. Party your ass off. Die Blonde mit dem Männerunterhemd sprang auf einen der Tische mit roter Stoffdecke. Plastikbecher mit Leitungswasser und Eiswürfeln. Mit weit aufgerissenem Mund lachen. Fun, fun, fun.

Sie wollte Spaß bis zum Morgen, der Tag wurde wieder anstrengend genug, der Sport, die auditions, der Kampf. Wach bleiben an diesem Ort der wahren Stimmung. Kraft des Vinyls. Ein Schrei, ein Schrei und Funk, you can get up, get up, stand up, die gewohnten Rhythmen kamen zurück, nahmen von ihrem Körper Besitz, jump, jump, ein Schrei, Funk. Der Typ vor ihr bewegte die ausgestreckte Hand wie beim Scheibenwischen, in der Baseballmütze die Initialen: ND. Was hieß nur ND? Der Sekt schmeckte schal heute. Last call for alcohol. Mittwochs On the Rox.

»T-Room«

»Können Sinne abstumpfen?«

Klaus starrte auf sein halbleeres Glas Wein. André war schon gegangen. Melanie stand mit Klaus an der Bar im T-Room. Rotlackierte Wände, graugrün geriffelte Säulen, eine schwarz glänzende Skulptur. Die weißen Lilien in der schlanken Vase als Stilleben vor dem poppigen Hintergrund. Japanisch karg war alles, bewußt unscheinbar gestylt. Reduktion.

»So laut ist die Musik doch gar nicht.«

Melanie mochte die Stücke, die der Diskjockey auflegte. Soulmusik der 80er. Aretha Franklin, Change, Kool & The Gang, Delegation, Starpoint. Verhaltene Baßgitarre, happy feeling, gutgelaunte Stimmen. If you touch me with your smile.

»Und Geschmack?« fragte er. »Während man den erlesenen Geschmack des Weines erst mit der Zeit zu würdigen weiß, gilt das nicht für Zärtlichkeit. Mit jedem neuen Partner verlierst du ein Stück Unschuld. Die naive Freude, den Körper des anderen zu erkunden, kann irgendwann nicht mehr die gleiche sein.«

Melanie ließ den Schluck ihres Rotweins ganz bewußt langsam und genußvoll auf der Zunge ruhen.

»Das würde bedeuten, daß man nur ein bestimmtes Maß an Zärtlichkeit zu vergeben hat«, meinte sie nachdenklich.

»Der Schmerz zehrt die Unschuld auf. Ihn kannst du nicht vergessen, er wird immer mitschwingen. Mit jedem neuen Partner wird dir bewußter, daß die Liebe nie für ewig sein kann. Das ist der Verlust der Naivität. Du kannst dich nicht fallenlassen, weil du das Ende vorhersiehst.«

»Die Verzweiflung bemächtigt sich meiner ohne Umschweife«, dichtete sie, um ihn zum Weiterreden zu ermuntern. Der Schmerz, den sie fühlte, wenn sie an Sven dachte. Das letzte Treffen mit ihm. Warum bist du so kalt? Abgeklärt sein, stark sein. Klaus fuhr mit einem Finger über den Rand seines Glases.

»Das Absurde ist doch, daß jeder in seinem Leben irgendwann einmal die große Liebe erlebt. Und sie verliert. So ein Verlust ist endgültig. Denn weil sich die Sicherheit, in die man da eingebettet war, in nichts aufgelöst hat, ist jedes Vertrauen brüchig.«

»Das ist wahr.« Ihre Gedanken. Sie fühlte eine Weichheit, die sich langsam ausbreitete. Was bezweckte er?

»Liebe ist eine Erfindung der Filmindustrie«, dozierte Klaus. »Wir reagieren wie die Darsteller in den Filmen. *Vom Winde ver-*

weht, Casablanca. Die Strickmuster menschlicher Charaktere, die uns vorgeführt werden, von Kind auf vorgeführt werden, immer gleich, genau diese Muster spielen wir dann nach. Wir wissen gar nicht wirklich, was Gefühle sind. Wir wissen nur, wie andere sie dargestellt haben. Auf der Leinwand. Und das versuchen wir zu kopieren. Und meistens schlecht. Fast immer schlecht. Guck dir die Leute doch an. Sie sind wie ihre eigenen Schatten, von denen sie sich verfolgt fühlen. Und sie haben Angst, daß dieses Manko auffliegt. Der Schatten schlägt zu. Und sie sind nicht mehr da. Aber wahrscheinlich waren sie nie da. Es gibt gar keine Menschen. Es gibt nur die Erfindung des Menschen. Und so dreht sich alles im Kreis. Der Mensch erfindet den Menschen und hat sich selbst darüber vergessen.«

»Könntest du mich lieben?« fragte sie. Testen. Turning point. Moment der Entscheidung. Klaus trank seinen Wein aus. Melanie wartete.

»Wir kümmern uns immer nur um unsere Probleme«, sagte er. »Wir stehen im Zentrum des Geschehens, das wir von außen nie einsehen. Eigentlich sind wir der Welt gegenüber verblendet. Unsere Eltern haben uns beigebracht, wie wichtig es ist, im Mittelpunkt zu stehen. Wir erwarten, daß alle unsere Wünsche erfüllt werden. Wir sind träge. Dabei denkt die Welt nicht daran, auf uns Rücksicht zu nehmen. Wir begreifen nicht, daß wir unwichtige Punkte im Geschehen sind, das wir nicht beeinflußen können. Wie zum Nikolaustag stellen wir rotzfrech den größten Stiefel raus, den wir im Schrank finden können.«

Er hatte nicht auf ihre Frage geantwortet. Er war nicht zu greifen. Gefangen in seinen Aphorismen, seinen Gedankengängen. Die intellektuelle Elite. Da war wirklich kein Platz für sie in dem verschlungenen Gebilde. Da war die Sackgasse, die sie vorhergesehen hatte. Und Rückzug antreten. Im Hintergrund lief »I will survive«. Passend. Zwischenmenschliche Überlebensstrategien. Don't turn around now, trällerte Gloria, cause you're not welcome anymore.

Dinner um acht
[January 30th]

Sunset Boulevard
André trommelte mit der flachen Hand auf das Lenkrad. KISS FM. Die Rockstation. Auf dem Sunset Boulevard in Richtung Osten bis zum Hollywood Freeway. Sich einreihen in die Schlangen der Blechkarossen. André hatte Melanie mit dem Pick-up abgeholt, um mit ihr zu Sunbird zu fahren. Sie sollte mit einem der Produzenten über ihr Drehbuch sprechen. Klaus hatte ihr Treatment nicht nur zu Malibu geschickt, sondern auch zu Sunbird. Ohne ihr davon etwas zu sagen. Freundliche Freundschaftstat. Malibu hatte ihr kürzlich eine Absage erteilt, Sunbird zeigte sich interessiert. Vermutlich kauften sie aber nur die Idee und ließen einen anderen Drehbuchschreiber das Rewrite machen. Nach dem Gespräch im T-Room hatte Melanie Klaus nicht mehr gesehen. Free again. Trennung und Anfang und Trennung und Anfang und wieder Trennung. Welch Wechselbad. L. A. – Lüge und Anziehung. André drehte die Musik lauter. Rock. Gitarrensolo.

»Ich wußte gar nicht, daß du auf so was stehst«, sagte Melanie.

»Sicher. Du nicht?«

»Ich mag lieber Soulmusik.«

»Ja, die Sechziger sind eben unübertroffen.«

»Wieso Sechziger?« fragte Melanie. »Es gibt doch neue Sachen.«

»Was denn?«

»Na ja. Whitney Houston, zum Beispiel.«

»Seit wann ist das Soul? Das ist banale Diskomusik.«

»Also komm. Das kannst du so nicht sagen. Die Sachen sind exzellent gemacht. Luther Vandross zum Beispiel.« Sie passierten ein überdimensionales Werbeplakat: Marky Mark in weißen Calvin-Klein-Shorts. Men's boxer brief. Er schmunzelt, er lacht. Bruce Webers Marky, der sich an den Schwanz faßt. Der Schwarm junger Mädchen, deren ältere Schwestern Luther Vandross hörten. »Auf einer seiner Platten ist das Statement eines Fans abgedruckt, der sich für die Collection seiner Lieblingslovesongs bedankt, denn seine Exfreundin – diese bitch – hatte die ganzen Scheiben beim Auszug mitgenommen. Das einzige, was ihn daran ärgert, ist, daß ihm die Platten fehlen.« Spöttischer Blick von André. Melanie redete weiter. »Oder Earth, Wind and Fire. Übrigens lange meine Lieblingsgruppe gewesen. Auf jeder Rückseite danken sie Gott für die Kraft, dieses spezielle Album machen zu können. Und ihren Freunden. Und allen brothers and sisters.«

»Eine große Familie.«

»Das ist doch ein schöner Gedanke. Oder nimm Quincy Jones...«

»Das ist Jazz.«

»Nenn es, wie du willst. Ich nenne es eben Soul.« Sie war beleidigt. Am Straßenrand lehnte ein Schild mit Movie Maps. Daneben ein Federal-Express-Postkasten. Donuts. Gelbe Schilder mit roter Schrift. McDonald's Drive In. Stetig geradeaus unter der orangenen Dunstglocke. Die Häuser der Stars. Früher stand nicht nur Hollywood auf den Lettern im Hügel, sondern Hollywoodland. In dem Film über das Leben von Charlie Chaplin turnt der mit Douglas Fairbanks in den Buchstaben herum. Die Pferde unten angebunden. Liebesfilme, Lovesongs, Intensität bis hin zum Kitsch. »Weißt du, was mir hier fehlt? Die Kirchenglocken.«

»Wie meinen? Kirchenglocken? Das ist mein geringstes Problem.«

»In Europa gibt es immer einen Moment am Tag, ich weiß

nicht, sonntags um halb zehn morgens oder abends um sechs, da hört man das Läuten ganz intensiv. Die Stadt ist erfüllt von dem vollen Klang. Du nimmst das Außen wahr. Geräusche wie den Verkehr oder überhaupt die Stadt sind konstant. Aber wenn die Kirchenglocken läuten, vielleicht sogar etwas versetzt, und dann mehrere auf einmal, das ist einfach unbeschreiblich schön. Du zählst die Schläge und weißt, wie spät es ist. Hier gibt es nirgends eine Uhr, an der du dich orientieren kannst.«

»Hast du keine am Handgelenk?«

»Darum geht es nicht. Aus meinem Fenster in Hamburg kann ich schräg zwischen zwei Häusern hindurch eine Kirchturmuhr sehen. Zwar steht ein Baum davor, aber durch die Blätter sehe ich einen Teil des Zifferblattes. Und wenn sich die Äste im Wind bewegen, auch das ganze. Es ist einfach schön, einen Teil vom Ganzen zu sehen, das für viele Menschen eine so große Bedeutung hat. Für mich nicht, ich bin nicht religiös. Aber das Läuten zur Messe ist ein so netter Hinweis: Hör hin, komm her, es gibt Gott, wir sind für dich da.«

»Das hast du im Orient viel stärker. Denk an die Minarette.« Er wich einem Lastwagen aus. »Warst du schon mal bei einem Gospelkonzert? God's people test the limits – das ist einer der Wahlsprüche, den die Sängergruppen haben.«

»Ich habe früher die Bücher von James Baldwin verschlungen. Kennst du die?«

»Nur *Go Tell It On the Mountain*. War Schullektüre im Englischkurs. Geh mal zu den Gospelsängern. Sie werden dir gefallen.«

»Ich glaube nicht, daß ich dazu noch Zeit haben werde«, sagte Melanie zweifelnd. »Egal, wie das Gespräch gleich bei Sunbird verläuft, sehr lange werde ich wohl nicht mehr hierbleiben.«

»Schade. Die Stadt wird dich vermissen.«

»Na, ich werde die Stadt nicht vermissen. Höchstens die Baseballkappen. Diese ewig jungen Typen, die sich augenscheinlich vor jeder Verantwortung im Leben drücken, gewollt sportlich, obwohl das einzige, was sie an Bewegung am Tag schaffen, ist, sich zu ihrem Auto zu schleppen. Und dann scheinen sie dir ständigen Spaß, Unkompliziertheit und Freiheit zu versprechen. Zwar sagen sie damit gleichzeitig, daß du sie nicht halten kannst, nie, daß sie statt mit dir in trauter Zweisamkeit zusammenzusitzen, lieber mit ihren Freunden ein Rolling Rock trinken gehen.«

André lachte. »Da habe ich aber Glück, daß ich nie eine Baseballkappe getragen habe.«

»Sie würde dir bestimmt gut stehen. Eine der Lakers zum Beispiel. Als guter Lokalpatriot solltest du dir mal eine zulegen. Ich mag diese Jungs mit den Baseballkappen. Nichts nehmen sie ernst, nicht einmal sich selbst. Ein Leben wie ein großes Baseballspiel. Und ob du gewinnst oder verlierst, ist egal. Wichtig ist, du bist dabei. Du hast mitgemacht.«

2345 Westwood Boulevard

Mit Vehemenz stieß er die Glastür auf. Sunbird Productions. Er konnte nicht glauben, daß sie ihn wirklich angerufen hatten. Ein callback. Ein echtes callback. Davon hatte er immer geträumt. Dabei war der Film dieses Deutschen doch längst in Produktion. Soviel er wußte, filmten sie nur noch ein paar Tage im Studio. Vielleicht gab es auch eine andere Rolle für ihn. Gossip, die Gerüchteküche, der Hollywood Reporter mit seinem goldenen Notizblock, Journalismus war das nicht. Carl atmete tief durch, bevor er das Mädchen am Empfang ansprach. Rote glatte Haare. Sie wollte bestimmt auch Schauspielerin werden und jobbte nur als Sekretärin, um die Schauspielklassen zu bezahlen.

»I'm here to see Gunter Horstmann.«

»And you are?«

»Carl Schrader.«

»They're expecting you.«

Sie führte ihn den Gang entlang bis ins letzte Zimmer. Drei Männer saßen um einen Tisch herum. Unsicher lächelte Carl ihnen zu.

»Hallo, setz dich«, sagte einer der Männer. »Ich bin Gunter Horstmann, der Regisseur des Films. Das ist André, unser Kameramann.« Ihn hatte er doch in Tanjas Haus gesehen. War das ihr Freund? Exfreund? Gunter Horstmann zeigte auf den blonden Mann neben ihm. »Das ist Tom, Production Manager von Sunbird. Wir haben uns das Video mit deiner Showeinlage angeschaut. Wie du vielleicht weißt, sind wir mitten in der Produktion, und die Schauspieler sind eigentlich gecastet. Wir müssen aber die Rolle des Sängers neu besetzen, aus Gründen, die dich nicht interessieren müssen. Worum ich dich jetzt bitten würde, ist, aus dem Stegreif noch mal ein paar Songzeilen zu singen. Ich dachte an Walkin' on the wild side. Kannst du das?«

Carl nickte. Er stand wieder auf, räusperte sich. Alle Augenpaare starrten ihn an. Doch sie strahlten nichts Bösartiges aus. Carl mußte an die Castingfrau mit den stechenden Augen denken. Er hatte ein paarmal von ihr geträumt. Verstrickungen, Anforderungen, Fesseln. Mit dem Fuß tappte er den Rhythmus auf den Teppichboden und fing an zu singen. Er hatte keine Angst mehr.

7500 Hollywood Boulevard

Den ganzen Tag hatte das Telefon geklingelt, Glückwünsche, Zusagen, Neckereien, Versprechungen. Ein Strauß Blumen kam, überreicht mit leichter Verbeugung, koreanischer Bringservie, 24 Stunden, wo auch immer hin, call me now or call me never. Zu goldig von Hassan, daß er an ihren Geburtstag gedacht hatte. Die treue Seele. Extra kam er aus Paris, direkt vom Flughafen wollte er sich ein Taxi nehmen und zu ihrem Dinner ins Roxbury kommen.

Basketballspiel im Fernsehen, die Lakers liegen vorn, dribbeln, Wurf und Nachschlag, die Gummisohlen der Turnschuhe quietschen auf dem Holzfußboden, Werbung für Hundefutter, Diätmargarine, ein Häusermakler stellt sich vor, erst mal pinkeln gehen, Blick in den Spiegel, was ziehe ich an, ich kann meine Sachen nicht mehr sehen, was ziehe ich bloß an?

Nikita wühlte lustlos in ihrem Kleiderschrank. Das rote Versace-Kleid, den Minirock von Alaia oder den Anzug, nein, den hatte sie immer an, obwohl sie sehr gut darin aussah, stark, unbesiegbar, er war auch frisch gereinigt – oder doch lieber das enge schwarze Kleid mit dem Schlitz an der Seite, und wenn, welche Schuhe? Sie war zu einem späten Lunch mit Ernesto verabredet. Gleich anschließend wollte er sie mit auf eine Cocktailparty nehmen. Die anderen traf sie abends im Roxbury. Melanie und Mary und Eliot und die anderen aus der Schauspielklasse, dann wollten noch ein paar Freunde von William kommen und natürlich ihre Agentin, und vielleicht kam sogar der Produzent von Ernestos Film. Ernesto hatte so etwas angedeutet, mal sehen. Das Telefon klingelte wieder, sie schlüpfte unter die Bettdecke, den Hörer am Ohr.

»Reini, Süßer, endlich rufst du mich an...« Sie machte einen Schmollmund und knautschte den Zipfel ihrer Bettdecke zusammen. Was sollte sie bloß anziehen, an diesem Abend, an ihrem Abend, was für Strumpfhosen; die mit dem Fischmuster vielleicht? Da streicht unter dem Tisch eine Hand in kreisenden Bewegungen ihren Oberschenkel hoch, übereinander geschlagen sind die Beine, sie verliert einen Pumps, er fällt auf den Boden, die Hand hebt ihn auf, streift ihn zurück auf ihren Fuß, ganz sanft, Cinderella, ich küsse dich, ich begehre dich...

»Was hast du gesagt, Reini?... Was?« Plötzlich der Stich. Ein verwundetes Tier. Blutbefleckt lief sie in den Wald. Angestochen.

Reini wollte heiraten. Ihr Reini wollte heiraten.

»Das kann nicht dein Ernst sein!« schrie Nikita in den Hörer. »Du spinnst doch total, das kannst du doch nicht machen.«

Eine Architektin. Sie arbeitete auch in seinem Büro. Arbeit und Liebe. Gemeinsame Interessen. Sind sich halt nähergekommen.

»Ich höre wohl nicht richtig? Heimlich hinter meinem Rücken. Wie kannst du nur« ... »Und dann habt ihr in meiner

Wohnung rumgemacht. Meine Wohnung, für die ich immer noch Miete zahle. Wie findet sie denn das Bild von mir in der Küche?« ... »Nein ich bin nicht ungerecht. Das ist eine einfache Frage. Hast du es schon abgehängt? Ich will es auf jeden Fall wiederhaben. Du weißt genau, daß es meinem Vater gehört. Der Maler war ein Freund von ihm. O Gott, mein Vater. Ich möchte mal wissen, wie du dem das beibringen willst. Den hast du auch betrogen«, sie schluckte Tränen. »Richtig betrogen hast du ihn.«

Reini redete auf sie ein. Wir hatten doch ein Abkommen. Du lebst dein Leben in L. A., ich meins in Berlin. Es ist nun mal passiert. Tut mir leid.

»Ja, mir tut es auch leid. Seit Monaten betrügst du mich, ohne einen einzigen Ton zu sagen, du bist ein richtiges Arschloch, ein feiges Stück, du hast dich nur nicht getraut, es vorher zu sagen, ich hatte gar keine Chance, ich wäre doch zu dir gekommen, mußt du sie denn gleich heiraten, das kann doch alles nicht wahr sein, ich glaube es nicht«, sie weinte jetzt richtig. »Mußt du sie denn unbedingt heiraten?« ... »Du bist so gemein. Mir das dann auch noch an meinem Geburtstag zu sagen« ... »Wie gemein du bist.«

Das letzte »gemein« war nicht mehr zu verstehen. Verschluckte Tränen. Sie drückte den Off-Knopf und schmiß den Hörer auf den Boden. Schlingernd knallte er gegen den Schrank. An ihrem Geburtstag. Sie heulte in das Kissen. Reini war doch ihre Zukunft gewesen. Wo sollte sie denn jetzt hin? Wohin denn? Das Telefon klingelte wieder. Funktionierte noch. Klingender Aufruf, klingender Schmerz. Sie rührte sich nicht. Der Anrufbeantworter sprang an. Rauchige Stimme ihrer Ansage. Leave a message and I call you right back. Sie hörte nur ein Klicken. Aufgelegt.

2345 Westwood Boulevard

London wollte ihn, London rief ihn. André starrte aus dem Fenster. Weit schaute man über das UCLA-Gelände, vereinzelt

Hochhäuser, dazwischen Grünflächen. Die wurden bestimmt in den nächsten Jahren bebaut. Westwood war angesagt, viele Filmfirmen waren wie Sunbird von Beverly Hills hierher gezogen. Die Traumfabrik. Herstellung universeller Produkte, die in die ganze Welt gingen. Auch *Winter in L.A.* hatte schon Vorverträge für den Vertrieb nach Europa und Fernost. Gunters größter Film bisher und bestimmt sein Durchbruch. Oder Gunter machte wieder allen einen Strich durch die Rechnung und drehte den nächsten Streifen in Frankreich. *Paris, Global.* Abwarten. Sein Weg jedenfalls ging in eine andere Richtung.

André zündete sich im Gehen eine Benson an. Die London-Sache war ziemlich aufregend. Ein Reality-TV-Projekt. Twens in einer Wohnung filmen, daraus eine Serie entwickeln. Wirklichkeit erzählen lassen statt fremde Visionen wiedergeben. JOY. Er hatte eine Woche Bedenkzeit. Jetzt kamen erst einmal die letzten Drehtage von Gunters Film. Der deutsche Sänger war wirklich gut. Hoffentlich brachte er diese Lässigkeit auch auf dem Set. André schaute in einen offenstehenden Büroraum. Christophers Assistentin saß hinter einem Plexiglasschreibtisch und tippte in ein Powerbook. Das Haar fiel ihr wirr ins Gesicht, sie kaute an der Spitze einer Strähne. Tanjas Nachfolgerin. André überlegte, ob sie wohl durch die Haare auf die Tasten schaute oder ob sie blind schrieb.

»Can I help you?« fragte ihn die Frau. Der Computer schnurrte kurz. Speichern. Kein freundlicher Blick, betont neutral, höflich.

»No, no, thank you.«

Er ging weiter. Auf dem Gang kam ihm Farun entgegen. Pferdeschwanz, Indianerkette.

»Hey, André. Gut, daß ich dich treffe. Wollte eh mal ein paar Takte mit dir reden.«

»Was gibt's denn?«

Sie gingen in einen leeren Raum. André lehnte sich an den Plexiglastisch, zog den Aschenbecher heran. Sein Assi wollte eine Unterredung? Konnte er haben. Farun ließ sich in einen Stuhl fallen. Er kaute Kaugummi.

»Sag mal, ich werde da so ’n dummes Gefühl nicht los. Könnte es sein, daß du mich überhaupt nicht abkannst? Vielleicht täusche ich mich auch.«

André blickte ihn erstaunt an. Sicher, eine gewisse Antipathie war da, aber er dachte nicht, daß man das spüren konnte. Sensibles Bürschchen.

»Warum sollte ich was gegen dich haben?«

»Hab schon mal nettere Leute auf einem Set erlebt. Und du bist besonders schlecht drauf.«

»Wenn ich mich auf meine Arbeit konzentriere, bleibt nicht viel Zeit für Späße.« André wich aus. Er wich der Konfrontation aus. Wegfahren, mit der Motoguzzi durch die Wüste brausen. Land des Smogs. Flucht war eine schlechte Lösung. Die Dinge holten ihn doch irgendwann ein. »Okay. Du hast nicht unrecht. Ich denke eben manchmal, daß du noch zu wenig Erfahrung für den Job hast. Das ist alles.«

»Das soll alles sein? Bißchen dünne Begründung für die bösen Blicke, die ich die ganze Zeit von dir kassiere.«

»Tut mir leid, ist nicht so gemeint.« André drückte seine Zigarette aus. »Eine Sache wollte ich immer schon mal wissen. Wie kamst du eigentlich zu der Buchung? Hat Tanja dich vorgeschlagen?«

»Nein. Sag bloß, du weißt es nicht?« Farun schaute ihn verdutzt an.

»Was weiß ich nicht?« fragte André zurück.

»Sunbird Productions gehört meinem Vater. Er hat sie vor einem halben Jahr gekauft.« Farun kippelte mit dem Stuhl nach hinten. »War übrigens meine Idee.«

Movieline
Auf dem Cover Brad Pitt. Darunter das Zitat: »Young Hollywood... what a nightmare.«

»Roxbury«

»Stell dir vor, sie haben heute mein Drehbuch optioniert. Ist das nicht großartig?«

Melanie umarmte Nikita von hinten und gab ihr einen Kuß.

»Wie wär's mit Happy Birthday oder wenigstens einem Hallo?«

»Also komm. Ich hab dir doch heute morgen gratuliert. Jetzt stell dich mal nicht so an.«

»Wieso ich? Guck dich doch um. Kaum jemand ist da. Alle kommen sie zu spät. Du auch. Acht Uhr war ausgemacht. Es ist ein Essen. Natürlich muß jeder für sich zahlen. Aber das ist hier so üblich, also no big deal. Die Kellner werden schon ganz unruhig, weil wir immer noch mit der Bestellung warten. Das wäre in Deutschland nie passiert. Ich hasse sie alle. Ich hasse sie. I hate it, fucking hell.«

»Darling, relax.« Ernesto nahm Nikitas Hand und führte sie zu seinem Mund.

»I don't want to relax.« Vehement zog sie ihre Hand wieder weg. »Und so was nennt sich Freunde. Kommen einfach nicht. Nicht mal Hassan ist da, obwohl sein Flieger doch längst gelandet ist. Wie kann er mir das nur antun? Wie kann er nur?«

»Vielleicht solltest du dich lieber um die kümmern, die da sind, hm? Ich bin doch da, Eliot und Mary sind da, und er schließlich auch. By the way«, Melanie wandte sich an Ernesto und streckte ihm ihre Hand hin, »I'm Melanie.«

»I thought so. Ernesto. Nice to meet you.«

»Verbrüdert euch nur alle. Turtelt nur rum. Ihr vergeßt, daß ich heute Geburtstag habe. Ich.« Sie zerknüllte ihre Serviette, stand auf und ging an der Bar entlang Richtung Restrooms. Der blonde Kellner mit dem Milchbubigesicht runzelte die Stirn, als sie an ihm vorbeikam.

»Are you okay?«

»No, I'm not«, blaffte sie ihn an. Freund. Nikita spürte einen Kloß im Hals. Sie durfte sich jetzt nicht gehenlassen. Nicht hier im Roxbury. Nur einen Moment Ruhe, nur einen Moment in die kühle Abgeschiedenheit des Toilettenraums. Sie schloß sich ein und setzte sich auf den Rand der Toilette. Vertrauen, Vergnügen, Verrat. Wie konnte Reini nur. An ihrem Geburtstag. Mit einer Architektin. Er sollte doch der Vater ihrer Kinder werden. Die sie gar nicht mehr bekommen könnte. Geplatzter Zukunftstraum, Schläge gegen Sehnsucht. Wo war sie gelandet mit ihrem Drang nach Bestätigung? Sich etwas beweisen. Mein Gott, was denn nur? Diese Scheißstadt. Was hatte sie ihr angetan, womit hatte sie das verdient. Nikita ließ das Medaillon ihrer Kette aufspringen und holte das Briefchen heraus, das Ernesto ihr auf der Cocktailparty vorhin zugesteckt hatte. Erfolg, Spaß, Euphorie. Dahin wollte sie zurück. Wieder die Lust am Leben spüren. Vorsichtig entfaltete sie das Briefchen, befeuchtete ihren Zeigefinger, tauchte ihn in das Pulver und bestrich ihr Zahnfleisch damit. Kribbeln, Aufwachen, Klarheit.

»Club X«

This is it. Laut, hektisch, wild. Er tanzte. Zum ersten Mal, seit Carl in dieser Stadt war, tanzte er. Er war glücklich. Eine Filmrolle – endlich. Danach konnte er zurück nach Deutschland. Er käme nicht als Verlierer. Ohne weiteres war es ihm möglich, sich für die Bühne zu entscheiden. So wie ihm Tanja geraten hatte. Komisch, sie war eigentlich diejenige, die ihm hier am meisten geholfen hatte. Einfach so. Coole Musik. Er mochte den schwarzen Rap. Den L. A. Rap. It's like this, it's like that. Carl schaute zu zwei schwarzen Tänzern neben der Treppe. Weiche, geschmeidige Bewegungen, der eine schaute zurück. Er hatte schwülstige Lippen, ganz dunkel, mit einem rosa Schimmer innen, und eine breite Zahnlücke, durch die er seine Zungenspitze im Takt hin und her schnellen ließ. Carl wich dem Blick nicht aus. Er wich der Anmache nicht aus. Etwas unbeholfen versuchte er ein Lächeln. Und wenn schon. Er wollte Spaß, er wollte sich amüsieren. Seinen Triumph feiern. What brings you up, that cools you down. Die beiden Schwarzen kamen langsam zu ihm herübergetanzt, sie nickten sich zu, Carl versuchte, ihre Bewegungen zu imitieren, er wollte so sein wie sie. Eine dunkellockige Schönheit tanzte mit ihnen. Offensichtlich eine Freundin von den beiden. Ihre Haut war heller als die der Jungs, knallrot geschminkter Mund, hautenger Overall. Ihre Brüste rieben sich an seinem Oberkörper, er mußte sich besser bewegen, stärker den Rhythmus fühlen, was sollte sie sonst von ihm denken, wo doch ihre Freunde so gut tanzten, machte sie ihn wirklich an? Wen wollte er selbst? Die Frau oder den Typen mit der Zahnlücke? Carl schloß die Augen. Feel the groove, *Shaft*, die roten, grünen, gelben Wolken, psychedelic dream, Schweißperlen auf dem Rücken, seventies forever, black is beautiful, er hatte es geschafft, er hatte es geschafft in dieser gottverdammten Stadt, er hatte eine Rolle bekommen. I'm cool, man.

This is it. Sirenen, Schläge, Peitschenhiebe, etwas fühlen, spüren, in der gesichtlosen, stimmunglosen Welt. Robotergleich die Stimmen, stumpf wiederholend, was ihnen aufgetragen, rote Flecken, rot ist Blut, ist Wein, ist Liebe. Körper, nackt, sich aneinander reibend, so wie Carl mit den drei Schwarzen, gegen die Gleichgültigkeit antanzen. Beißend zog ihm der Geruch des synthetischen Nebels in die Nase, Rauchschwaden pusteten gegen bleiche Geischter. Ein neuer Club, ab heute nacht, Sadomaso, er und sie, er und er, Freunde, zu viert landeten sie in einem der Séparées, roter Samt des Sofas, Kleeblatt der Erotik.

Und wieder tanzen. Vor Carl hippelte ein Typ in lilafarbenem Gummislip, der die Arschbacken freiließ. Piercing durch die Brustwarzen, den Bauchnabel, einer durch die Nase, ein weiterer durch die Haut der Halskuhle. Ringe an schwarzem Leder, Nieten, eine Federboa als Haarreifen, Glitterpads auf Brustwarzen, tanz dir die Furcht aus dem Körper. Der Kerl mit dem Gummislip stieß gegen den Hintern der vor ihm tanzenden Frau, sie holte sich eine andere Frau von vorn und zog ihr die Spaghettiträger herunter. Sex as sex can be, eine Tanzbewegung zu dritt, runter, vor, ein lüsterner Kuß, Körper an Körper, es ist eine Show für dich, für mich, die uns ablenkt vom Leben. Die Spiegelfront war beschlagen, kaum sah Carl sein Bild, feuchter Atem, feuchte Luft von draußen, es goß in Strömen, Wasser lief durch die Tür, schwappte über den kurzen Teppich, die Türsteher schoben die Pfützen mit dem Besen Richtung Tür. Techno, Synthesizerknallen, der DJ sah wie ein Schlägertyp aus. In dem Séparée neben dem Eingang grölte einer, haute mit der Faust auf den Tisch, schrie, stöhnte, jammerte. PCP, die neue Droge. Alptraumartige Schreie über den Boxen, ohrenbetäubend, Gitarrengejaule, Angst, Angstzustände, paranoid, hilf mir, erbarme dich meiner, nein, du bist längst verloren, dies ist die ewige Verdammnis, ich möchte aufwachen aus diesem Traum, den ich verlangte, den ich beschworen habe.

In Carls Kopf dröhnte, pochte, schmerzte es, doch er fühlte sich gut. Erleichtert.

Die zweite Chance

[February 5th]

7500 Hollywood Boulevard

I will always love you. Nikita summte traurig Whitney Houstons Hit mit, tief unter der Bettdecke vergraben, die Augen geschlossen. I would only be in your way. Die ewige Liebe, der Schwur mit Tränen in den Augen, ein Sehnen nach der Vergangenheit. Wie in einem Reflex führte sie ein Telefongespräch mit ihrer Agentur, redete klar und deutlich, versprach, zu dem voice over zu gehen, ließ sich dann wieder in die wohlige Wärme zurücksinken. Liebe, längst als Unmöglichkeit erkannt, die Beziehung zu Reini, die sie selbst kaputtgemacht hatte durch ihre Treulosigkeit. Nicht er, sondern sie war schuld. Überhaupt ihr Plan, Deutschland zu verlassen. Als Model hatte man sie bequem von Berlin aus gebucht. Nach München, nach Miami, auf die Malediven. Geld und Liebe. Idee der Absolutheit. Whitney konnte Kevin während der Dreharbeiten zu *Bodyguard* nicht ausstehen. Er sah in dem Film aber auch häßlich aus. Unvorteilhafter Haarschnitt. Sanft klangen die Töne aus, I love you, Erotik war so einfach zu haben, die Nähe zu einem anderen Menschen nicht. Es war ein Sehnen, nicht mehr. Ob sie Reini noch mal anrufen sollte? Versuchen, ihn umzustimmen? Nein, das hatte keinen Zweck. Bedingungsloses Vertrauen. Der einzige, der sie mit einer erschreckenden Totalität geliebt hatte, war William. Ihr schwarzer Teufel. Paris. Das Café bei den Hallen. Au père tranquille. Noch mal neu anfangen. Es war ein Sehnen, nicht mehr. Oder doch?

Die Sonne schien ihr gelbes Nachmittagslicht. Nikita drückte ihr Gesicht in das rosa Spitzenkissen. Die Haut, der Geruch, die Küsse, Williams Haut, Williams Geruch, Williams Küsse. Das Nachgeben seiner Lippen, Überbrücken des Widerstandes, sich fallenlassen. War sie verrückt? Nikitas Herz klopfte. Sie tastete nach dem Telefon. Auf dem Deckumschlag der Yellow Pages stand Williams Nummer in Paris. Hingekritzelt vor Wochen. Sie hatte ihn nie dort angerufen. Abgeblockt die Verletzung. Nur weil er einfach gegangen war. Ohne sich wirklich zu verabschieden. Er mußte ja das Land verlassen. Das abgelaufene Visum. Und schließlich, er hatte die Bookerin nicht geheiratet. Auch niemand anderen. Ihr zuliebe. Sicher ihr zuliebe. Nikita tippte die 011 für die overseas connection. Frankreich, Paris, neuntes Arrondissement.

»Philippe«

Philippe, since 1808. Wie eine Truckerkneipe weit weg von jeglicher Zivilisation mit Sägespänen auf dem Boden. Auf braune Pappe aufgezogene Zeitungsartikel über das Lokal, längst vergilbt, dazwischen Garderobenhaken und an der Längsseite fünf offene Telefonboxen aus Holz. Special French Dipped Sandwich und der berühmte Kirschkuchen. Ein aufgeblasenes Budweiser-Schiff baumelte von der Decke. Werbepause im Fernsehen, *Lorenzo's Oil, Summersby*. Gemächlich wischte der Mann mit der Plastikschürze die roten langen Tische. Er schob seinen Wagen weiter, die abgeräumten Gläser schepperten. Hundetraining, Chips, Weißbrot. Langsam drehte sich der hölzerne Deckenventilator.

»Was schaust du den Typen da so gebannt an?« fragte Gunter. »Er machte nur sauber, oder meinst du, wir sollten ihn in die Szene einbauen?« Leicht belustigter Tonfall.

»Kennst du das, wenn man plötzlich Sehnsucht nach jemandem hat, den man für eine Sekunde wiederzuerkennen glaubt, und sich schon freut, ein vertrautes bekanntes Gesicht wiederzusehen?« André zündete sich eine Benson an. »Doch man hat sich getäuscht, er ist es nicht, und der Wunsch, ihn zu sehen, an den man gar nicht dachte, sich nur durch die Ähnlichkeit erinnerte, schnellt hoch, und die Unmöglichkeit des Wiedersehens, der man sich bewußt wird, schmerzt mehr als das Vergessen.«

»An wen hast du gedacht?« fragte Gunter.

»Ach, unwichtig. Kennst du nicht. Jemand, der mit mir auf der Filmhochschule war.» Er schaute versonnen auf den Mann mit der Plastikschürze. »Eigentlich ist alles irgendwie banal. Wie weiß man denn, was jetzt der Ausdruck der Zeit ist? Ihr spezifisches Bild? Wie erkennst du das?«

»Das Auge des Künstlers wählt«, sagte Gunter und vertiefte sich in den Drehplan für heute.

»Nur wie?«

»Keine Ahnung. Es geschieht einfach.«

»Was ist mit dem Sänger? Ist er schon in der Maske?«

»Längst.«

»Gut.« André schnippte seine halbaufgerauchte Zigarette auf den Boden. Ihm war schlecht. »Sag mal, Gunter, seit wann weißt du, daß Sunbird Faruns Vater gehört? Ich war offensichtlich der letzte, der es erfahren hat.«

»Schon länger. Hat mich aber nie interessiert. Woher das Geld am Ende kommt ist nicht wichtig. Hauptsache, ich habe genug Freiheiten, es auszugeben.« Gunter schaute sich um. Farun war draußen und richtete mit den Lichtleuten den großen Scheinwerfer ein, der durch das Hauptfenster strahlte. »Außerdem hat er ein gutes Auge. Ich finde, er hat durchaus seine Berechtigung, im Team zu sein. Er wird seinen Weg schon machen. Mit oder ohne Protektion seines Vaters. Aber noch mal zu dir, was ist das eigentlich für eine Sache, die du da in London machen sollst?«

Gunter faltete den Drehplan zusammen.

»Ganz verrückt. Kannst du dich an Ben Brown erinnern? Den Engländer, der die Lokomotiven gemanagt hat? Ich habe mit ihm die Doku über die deutsche Rockszene gemacht.«

»Dunkel.«

»Er betreut seit ein paar Jahren in England eine Jugendsendung namens JOY. Sie wollen ein Projekt machen unter dem Titel LIVING JOY. Eine Gruppe von Twens wird über einige Monate gefilmt, und daraus schneiden sie eine Serie. Weil Ben sich weiterhin um JOY kümmern muß, soll ich das Projekt übernehmen.«

»Klingt interessant. Wie lange müßtest du hin?«

»Ein halbes bis dreiviertel Jahr. Die Vorbereitungen laufen schon.«

»Ich mag London. Mach das«, sagte Gunter und ging auf die Aufnahmeleiterin zu, die gerade durch die Tür kam.

Mach das. So einfach war das. Gunter hatte gut reden. Time for a change. Nach Hamburg wollte er zur Zeit nicht zurück. Claudia war wirklich ausgezogen, ohne mit ihm vorher noch mal zu sprechen. Ihm blieb nur ein ohnmächtiges Gefühl, nicht rechtzeitig reagiert zu haben. Die Dinge waren ihm aus der Hand genommen worden, Claudia hatte für sich entschieden, Tanja ebenfalls. Nur eine Marionette war er gewesen, nichts anderes. Wenigstens hatte er die Möglichkeit, in London alles anders zu machen. Und falls er wirklich nach Hamburg zurückwollte – die Wohnung blieb ihm, sein Bruder wollte sie untervermieten, bis er zurückkam. Living Joy. Lebendige Freude. Also gut. Auf nach London.

7500 Hollywood Boulevard

Nikita telefonierte. Ärger, Anspielungen. Melanie versuchte, sich auf den Film im Fernsehen zu konzentrieren. Jailhouserock. Elvis sah schmalzig aus, seine spätere Fettleibigkeit erkannte man schon. Nicht ihr Typ, dieser Elvis. Melanie knabberte an einem Stück Schweizer Käse. Sie konnte noch immer nicht glauben, daß Sunbird wirklich ihr Drehbuch haben wollte. Irreal. Wie die flüchtigen Bilder im Fernsehen.

»Warum hast du mir nicht gesagt, daß William angerufen hat?« fragte Nikita auf deutsch und hielt den Hörer nach hinten. »Er sagt, er hat ganz lang mit dir gesprochen.«

Melanie starrte auf den Bildschirm. Elvis war fertig mit seinem Song am Swimmingpool. »Ich hatte dir einen Zettel hingelegt. Das weißt du auch. Marys Name stand daneben.«

»Du hast mit ihm über mich geredet. Hinter meinem Rükken.« Nikita trommelte mit ihren Nägeln auf den Fernseher. Elvis flirtete mit der blonden Schauspielerin. Die Partnerin seiner Plattenfirma kam auf den Set. Die Frau, die ihn liebt. Und die er so schlecht behandelt. »Hey, kannst du mal antworten? Oder bist du jetzt vor lauter Scham verstummt?« Sie hielt den Hörer ans Ohr. »Listen, William, I call you back. I have to talk to her about it.«

Melanie kapitulierte und schaltete den Fernseher ab.

»Jetzt reg dich nicht auf. Er hat gefragt, wie es dir geht und was du so machst.«

»Du hast ihm von Ernesto erzählt, von meinem Geburstagsdinner und dem Streß mit Reini.«

»Er wollte wissen, ob du dich mit anderen Männern triffst. Ich bin eben anders als du. Ich lüge nicht den ganzen Tag rum. Wenn mich jemand etwas fragt, bekommt er eine ehrliche Antwort. Ich kann Scheinheiligkeit nicht leiden.«

»Du spinnst wohl!« Nikita schrie jetzt. »Wer lügt denn hier? Ich habe überhaupt nichts mit Ernesto. Das ist einfach nur ein Freund von mir. Ein sehr guter. Was man von dir nicht behaupten kann. Wer ist denn eine Stunde zu spät zu meinem Geburtstagsessen im Roxbury gekommen? Du doch. Hast du das auch William erzählt? Oder war sich die kleine Melly dafür zu fein? Das paßt auch nicht ins Bild der ach so klugen, wohlerzogenen höheren Tochter. Nur weil deine Mutter irgend so ein blödes Politiktier ist, meinst du, du bist was Besseres.«

»Laß meine Mutter aus dem Spiel. Oder soll ich von deiner gestörten Beziehung zu deinem Vater anfangen? Warum will er eigentlich eine Schauspielerin aus dir machen, hm? Hast du darüber mal nachgedacht? War das vielleicht *sein* Jugendtraum? Zu dir paßt das nicht. Rollen einstudieren – daß ich nicht lache.«

»Was soll das denn jetzt?« Nikita lief rot an. Ihr Gesicht glühte. »Du bist wirklich gemein. Noch gemeiner als Reini. Alle hintergeht ihr mich. Ich bin immer nett zu euch gewesen. Wie kommst du dazu, hinter meinem Rücken dem Mann, den ich liebe, irgendwelche fiesen Geschichten zu erzählen, die nicht stimmen?«

»Der Mann, den du liebst? William? Seit wann das denn? Nur weil Reini plötzlich nicht mehr verfügbar ist, holst du einen abgelegten Lover aus der Kiste? Der es nicht mal für nötig hielt, noch im Krankenhaus vorbeizuschauen, bevor er das Land verließ? Und was ist mit dem Star des Latinohimmels? Ich habe noch dein ›Er ist sooooo sexy‹ im Ohr.«

»Ist er auch. Nur du hast das nicht begriffen. Du weißt gar nicht, was das ist, sexy sein. Guck dich doch an. Völlig spießig läufst du rum. Du bist nicht mal in der Lage, ein ausgeschnittenes T-Shirt zu tragen. Weil du Angst hast, daß dir da jemand reinstieren könnte. Du mit deinem Heiligenschein. Hängst mit einem blöden Schwätzer rum, der teigige Haut hat und schlechte Sakkos trägt und schwachsinniges Zeug absondert. Obwohl du das ja auch tust. Die Kommentarin oder Kommentatorin oder wie immer, ist ja egal.«

Melanie stand auf und ging in die Küche. Das mußte doch jetzt wirklich nicht sein. Den Kopf in den Sand, abwarten, bis die Wolken vorbeigezogen waren, wieder klare Luft war, durchsichtig, ohne Schrammen. Sie fing an, das Geschirr aus dem Abtropfsieb zu nehmen und es in den Schrank zu räumen. Nikita folgte ihr.

»Sag mal, was rennst du denn einfach weg, wenn ich mit dir rede? Sind das die feinen Sitten, die du mir immer predigen willst? Jetzt spiel hier nicht die beleidigte Leberwurst. Das kann nicht dein Ernst sein.«

»Das ist mein voller Ernst«, sagte Melanie müde. Die Wolke ging nicht weg. »Du hast wirklich einen Knall. Du weißt überhaupt nicht, was du willst, dieses ewige Hin und Her, dieses Gerede darüber, ob nun der gesagt hat, daß die gesagt hat und so weiter. Das ist doch nicht normal.«

»Sag mal, spinnst du?« schrie Nikita. »Ich finde, du überreagierst völlig. Ich habe dich doch nur gefragt, warum du mit William über mich geredet hast, ohne mir davon zu erzählen. Auf welcher Seite stehst du eigentlich? Wegen deines dummen Geschwätzes hat William jetzt das Vertrauen in mich verloren.«

»Vertrauen? Du hast ihn doch nach Strich und Faden betrogen.«

»Hab ich überhaupt nicht. Nicht richtig jedenfalls. Mein Herz gehört nur ihm.«

»Kitsch komm raus, du bist umzingelt. Du weißt gar nicht, was richtige Gefühle sind. Und in Zukunft werde ich auch nicht mehr an dein bescheuertes Telefon gehen. Erzähl doch William, was du willst.« Melanie knallte das Geschirrhandtuch auf die Spüle. »Ich jedenfalls will nicht Teil dieses albernen Spieles sein.«

»Das ist Hollywood.«

»Das ist krank.«

»Du kennst eben die Spielregeln nicht. Sonst wüßtest du, daß Loyalität das erste Gebot zwischen Freunden ist. Ich habe Farun auch nichts über dich erzählt, als du da so bescheuert am Neujahrstag angerufen hast. Blöde Kuh hat er dich genannt. Da hat er auch recht.« Kopfschütteln. »Und jetzt muß ich William anrufen und retten, was zu retten ist. Wenn es nicht klappt, bist du schuld.« Sie ging ins Schlafzimmer.

Melanie schaute ihr verärgert hinterher. Was sollte das denn mit Farun? Also war sie mit dem auch im Bett gewesen. Silvester also. Sicher, er war ja auch im Prague gewesen. Nikita, Nymphomanin. Die Scheinheiligkeit in Person. Und so jemand redete von Vertrauen. William wäre schön blöd, wenn er darauf reinfiel. Der Mann, den sie liebte. Wie albern. Nikita hatte nur Angst, allein zu sein. Ohne das permanente Begehren zu spüren. Ich will dich jetzt und ganz und immerfort. Die Nacht mit Farun hatte nichts zu bedeuten. Den interessierte nur sein augenblickliches Vergnügen. Wahrscheinlich hatte er nicht einmal nach ihrem Namen gefragt. Über Farun war sie längst hinweg. Aus und vorbei. Streitereien, Vorwürfe, fruchtlose Diskussionen. Schreckliche Enge. Melanie mußte raus. Durchatmen, Luft und Freiheit tanken. Ein Blick ins Schlafzimmer. Nikita saß auf dem Bett und telefonierte offensichtlich mit William. Honey, I love you sooo much. Nur weg hier. Nikita ekelte sie an. Leise schloß Melanie die Tür hinter sich.

»Philippe«

»Was machst du denn hier?«

»Ich wollte euch besuchen kommen. Tom hat mir gesagt, wo ihr heute dreht.«

Tanja gab André einen Kuß auf die Wange. Da war er wieder, der Gucci-Duft. Doch diesmal wurde ihm nicht schwindlig, nicht mehr. L. A. lag bereits in Gedanken hinter ihm, er war sich jetzt ganz sicher, daß er nach London wollte. Außerdem war es sein letzter Drehtag. Morgen ausschlafen, mit der Motoguzzi an den Strand fahren, im Sand herumliegen.

»Schön, dich zu sehen.« Er meinte es ernst.

Tanja begrüßte Gunter. »Na, Starregisseur? Lieferst du einen Oscar-Film ab?«

»Hallo, Tanja, nett, daß du vorbeischaust. Wir sind gerade in der Pause. Wenn du was essen möchtest, hinten ist ein Buffet aufgebaut. Allerdings ein kaltes.«

»Ich weiß«, sagte sie lachend. »Ich selbst habe noch die Kalkulation gemacht. Wo ist Carl? Habt ihr schon mit ihm gedreht?«

»Du kennst Carl? Woher das denn?« fragte Gunter.

»Falls du es vergessen haben solltest: Ich war auch für das Casting zuständig. Außerdem trat er mal im Overland auf. Ich habe damals schon gesagt, daß er gut in diese Sängerrolle passen würde.«

»Wir hätten gleich auf dich hören sollen«, seufzte Gunter. »Das hätte uns viele Kosten erspart.«

Die Aufnahmeleiterin kam auf ihn zu. »Ich habe hier Tom für dich.« Sie reichte Gunter ihr Handy und wandte sich Tanja zu: »Gut, daß du da bist. Ich hatte sowieso noch ein paar Fragen an dich. Einige Dinge, die geklärt werden müssen.«

»Eigentlich bin ich nur zu Besuch hier, aber das läßt du wahrscheinlich nicht als Entschuldigung durchgehen.« Zu André sagte sie: »Und so wurde ich Gefangene meines eigenen Wunsches nach unbegrenzter Freiheit.«

Er mußte lächeln. Der Satz hätte von ihm kommen können. Die Selbstverständlichkeit, mit der sie so einfach auftauchte, reizend mit Gunter umging, sich nicht einmal von dieser Aufnahmeleiterin ärgern ließ, diese Stärke hätte er ihr nicht zugetraut. Sie schien viel gelassener zu sein als früher. Zufriedener. Nur ein paar Wochen lagen zwischen ihrem Leben in der Filmwelt und ihrem Leben in der Kunstwelt. Zwischen ihrem Leben mit ihm und dem Leben allein. Sie sah gut aus. Weiße Jeans, rotweiß geringeltes T-Shirt. Ob sie sich verliebt hatte? Claudia, Tanja. Er hatte sie beide nicht glücklich machen können. Der Wunsch nach unbegrenzter Freiheit. Sein Wunsch. Aus Tanjas Mund hörte sich das merkwürdig an. Einzelkämpfer auf dem Weg voneinander weg. Flügel, die wild um sich schlugen. Sich in die Lüfte erheben, die Weite spüren. André warf seinen Pappteller mit den Essensresten in den Papierkorb und zündete sich eine Benson an. Auch Ikarus war abgestürzt.

Hollywood Freeway

Schrecklich, so ein Streit. Nikita war wirklich gestört. Im dritten Gang fuhr Melanie auf dem Hollywood Freeway Richtung downtown. Gut, daß ihr Daihatsu Gangschaltung hatte. Aggressionen ablassen. Am besten, sie fuhr direkt nach South Central. Da war sie sowieso noch nicht gewesen. Die Warnungen schreckten sie nicht. Ironisch dachte sie daran, daß ihr Auto ausgerechnet rot war. Die Farbe der einen Gang, der »Bloods«. Banderas als Zeichen. Die »Crips« hatten blau. Downtown L. A. abfahren, dann schön westlich halten, so kam sie direkt nach South Central.

Großes herrschaftliches Gebäude. Hall of Justice, das Gericht. In der Vorhalle der City Hall wurde gefilmt. An der Ecke von Spring Street und First Street war ein kleiner Park mit alten Bäumen. Sehr südländisch. Wehmütig dachte Melanie an Madrid. An ihren Lieblingsplatz, Plaza Sta. Anna, an den Blick auf das Gewusel von Menschen, an die Filme von Pedro Almodovar, die Skurrilität, die menschliche Tiefe. Banco popular. Wie die Erfüllung ihrer Wünsche blinkte das Schild auf. Sie hörte draußen mexikanisches Spanisch. Checks cashed. Feuerleitern zwischen den Balkonen, zehn-, zwanzigstöckige Gebäude, Geschäfte dicht an dicht, Security-Leute vor den Eingängen.

Melanie fuhr auf der Main Street Richtung Westen. Die Arbeit an dem Drehbuch fehlte ihr. Option für ein Jahr. Das bedeutete, es war für alle anderen geblockt. Wie im Gefrierschrank. Und Geld bekam sie erst, wenn der Film produziert wurde. Damit war ihre Arbeit in L. A. im Prinzip getan, der Sinn des Bleibens genommen. Es sei denn, sie schrieb ein neues. Die Menschen in der Stadt waren jedenfalls nicht der Grund ihres Daseins. Sven sah sie nicht. Farun nicht, Klaus auch nicht mehr. Kaleidoskop der Männer. Das war ja schon fast wie bei Nikita. Sie mußte erst einmal eine Zeit allein sein. Zurück nach Hamburg, vielleicht beim Fernsehen arbeiten. Kulturredaktion. Der NDR hatte ihr schließlich angeboten, nach dem Studium zurückzukommen. Nur Sven zuliebe war sie nach L. A. gegangen. Oder sie machte noch ihre Doktorarbeit. Auktoriale Erzählformen im Drehbuch. Auf einer anderen Ebene verarbeiten, was sie hier erlebt hatte.

Toms Nummer fünf. Beef or chicken. Die Häuser wurden flacher. Viele kleine Shops, Handtaschen, Leder, Schmuck, Accessoires. Die Handtaschenstraße. An der Ecke zum Washington Boulevard ein abgebranntes Gelände. Nur die Eisenträger standen noch. Und ein Rest schwarzer Mauer. Pizza Hut, Chinese Fast Food. Abgebrannt während der Riots. Wie ein Mahnmal ragte die schwarze Mauer in den Himmel. Der Schwarze an der Ecke knotete die Schnürsenkel seiner dick gepolsterten Turnschuhe neu. Und die nächste Szene? Schlimm, daß sie über das Schreiben nachdachte, während sie hier entlangfuhr. Ein Thriller. Eine Mordgeschichte. Wie weit würden sie den Plot ihres Drehbuches übernehmen? Schon Klaus hatte so viel geändert. Ihre Gedanken, gefärbt mit denen eines anderen, eine Mixtur, ein Mischmasch an Eindrücken, aus Bildern einer Stadt.

Martin Luther King Junior Boulevard. King Boulevard abgekürzt. Ob es wohl eine Ehre für die Schwarzen war, hier zu wohnen? Sie verbesserte sich: African-Americans. Gefährlich war es überhaupt nicht, hier entlangzufahren. Was für ein Hype, die lautstarken Warnungen. Ein Drive-by-shooting konnte auch im besten Beverly Hills passieren. Harbour Freeway. Superbowl. Die Fahrer der Autos waren alle schwarz. Vor ihr, hinter ihr, neben ihr. *Trespass*. Ice T. Der Ghettoheld. Cooler Mann mit Waffen, auf der illegalen Seite der Gesellschaft. Dahinter eine Tafel vom Staat. Eine Aufforderung, Kinder vor Drogen zu schützen. Wechselnde Vorbilder, Helden für eine Nacht. Western Avenue. Bekanntes Territorium, nur tiefer. Schwarze Kinder spielten unter den wachsamen Augen ihrer Großmutter im Vorgarten Football. Die Alarmanlage eines Autos schrillte. Ein Mann mit einem Luftblasegerät säuberte die Bordsteinkante.

Unter dem Baldwin Hills Crenshaw Plaza. May and Co. Weiter Richtung Westen, die Straße wurde breiter, Ausfallstraße, hinaus aus Downtown Los Angeles. Eine Baptistenkirche mit spitzem Turm. Noch eine ausgebrannte Ecke, auf dem verkohlten Stein frische bunte Graffiti. McDonald's, Thrifty, billige Drogerieartikel, Kentucky Fried Chicken, Sizzler – alles, was Amerika zu bieten hat. Melanie begann, sich langsam von diesen Insignien zu lösen. Endlich La Brea. Wieder hoch, zurück nach Hollywood.

Es war nicht mehr ihr Hollywood. Sie hatte das Spiel mitgespielt, war eine der Figuren gewesen, zwei Felder zurück, drei vor. Sich hin- und herschieben lassen. Einen Winter lang. Langsam reichte das aber. Ein Anruf bei der Lufthansa – und der nächste Rückflug war ihrer.

»Philippe«

Puder auf seine glänzende Nase. Die Hitze der Scheinwerfer. Rotes Licht, das brannte. Das seine gesammelten Niederlagen wegbrannte. Partikel über dem Lichtermeer der Stadt, gestreut von dem Hügel im Runyon Canyon Park, eine vergangene Phantasie, zerstoben durch ein bißchen Glück. Und seinen eigenen Willen. Nathan hatte ihm einen netten Brief geschickt. In dem er ihm noch einmal die Gründe für seinen Umzug erklärte. Und sich dafür entschuldige, wenn er ihm zu nah gekommen sein sollte. Nathan hielt ihn nicht für schwul. Vielleicht hätte Carl ihm doch sein Silvestererlebnis erzählen sollen. Das harmlos war im Vergleich zu der Nacht in dem SM-Club. Zu viert im Séparée. Carl öffnete die Augen. Sein Gesicht sah anders aus als noch vor einigen Monaten. Aber vielleicht bildete er sich das nur ein. Oder es war die Schminke.

»Hallo, Carl.« Tanja schob sich an der Visagistin vorbei und lehnte sich an die Kante des Schminktisches. »Wie geht's dir so?«

»Hey. Schön, dich zu sehen. Was machst du hier? Bist du wieder bei Sunbird?«

»No way. Ich habe gefunden, was ich suchte. Ich bin hier in der Gegend bei einem Farbenhersteller gewesen. Öko-Painting. Ich brauche das für eine Installation, die ich jetzt baue. Außerdem wußte ich, daß ihr im Philippe dreht. Ich wollte mal schauen, wie du dich so machst.«

»Es tut so wahnsinnig gut zu arbeiten. Ich habe eben gerade darüber nachgedacht. Ich glaube, daß die Zeit meiner Mißerfolge jetzt vorbei ist. Trotzdem werde ich nicht mehr lang ein L. A. bleiben. Noch ein paar Monate.«

»Und dann?«

»Ich werde zurück nach Deutschland gehen. Versuchen, für die nächste Spielzeit ein Engagement zu bekommen.«

»Das ist super, Carl. Wie kommst du denn plötzlich darauf?«

Einer der Assistenten kam in den Raum.

»We're shooting in a minute.«

Carl schaute die Visagistin fragend an.

»Okay, got it«, sagte sie, gab ihm noch einen letzten Stupser mit der Puderquaste. »You are ready.«

Er stand auf.

»Du hast mich darauf gebracht, Tanja. Du hast doch gefragt, warum ich nicht auf deutsch spielen will. Das ist meine Sprache. Mein Ausdrucksmedium. Bleibst du noch ein bißchen?«

»Sicher.«

Tanja folgte ihm nach vorn. André saß bereits hinter der Kamera, Gunter stand daneben. Das Licht war jetzt auf die Ecke des Tresens gerichtet. Der Sänger kommt nach seinem Auftritt dorthin und bestellt sich ein Bier.

»Ich möchte, daß es ganz natürlich aussieht«, sagte Gunter zu Carl. »Du kommst einfach lässig angeschlendert, vielleicht lehnst du einen Arm auf die Bar, probier's einfach aus.«

Carl nickte. Tanja berührte kurz seine Schulter. Freundschaftlich. Ein Zeichen der Übereinstimmung. Kraft, ein Moment unendlicher Kraft, die in ihn hineinströmte. Er sah seinen Weg jetzt klar vor sich. Es gab keine Abzweigungen mehr. Go and win.

»Okay, können wir? Ready everybody?« rief Gunter Horstman.

Carl nickte. Er war in rotes Licht getaucht. Bühnenromantik. Eine Bar, wie man sie nicht besser hätte bauen können. Er war noch nie im Philippe gewesen. Carl probte einen Lauf auf den Saiten seiner Gitarre. Er mußte kein ganzes Stück spielen, einen Ausschnitt nur. Kurzer Auftritt für ihn selbst. André saß auf dem Kamerawagen, er machte die Aufnahmen, obwohl er Director of

Photography war, und nach den Vorschriften der Gewerkschaft war eine Fahrt Aufgabe des Camera Operators. Ein SAG-Film. Oder hatten sie Sonderregeln, weil ein Teil des Geldes aus Deutschland kam? Viele aus dem Team waren Deutsche.

»We're rolling.«

Die Kamera fuhr langsam an ihn heran. Carl griff in die Saiten, spielte, konzentriert, intensiv. Melodische Klänge, musikalische Präsenz. Sie wiederholten die Einstellung einige Male. Carl fühlte sich gut, er wußte, daß er gut war.

»We got it.« Gunter nickte André zu. »What do you think?«

»Ja, von mir aus ist alles super gewesen.«

»Okay, print.«

André stieg vom Kamerawagen. Gunter Horstmann und er arbeiteten sicher schon lang zusammen. Die starken Deutschen. Der Teutonen Kraft. Und er nahm daran teil.

Eine Frage der Ehre

[February 10th]

7500 Hollywood Boulevard

Liebe Nikita,

wenn Du diesen Brief liest, werde ich schon weit weg sein, im Flieger sitzen, auf dem Weg zurück nach Deutschland. Natürlich ist es nicht nett, einfach so zu verschwinden, ohne noch einmal mit Dir zu reden, aber ich wollte eine weitere Auseinandersetzung zwischen uns vermeiden. Der letzte Streit um die lächerliche William-Geschichte hat mir gezeigt, daß Du ein völlig anderes Leben führst als ich. Du kannst mit meinen »intellektuellen Vorträgen« nichts anfangen, ich nichts mit deinem »Gerüchte-Bla-Bla«. Du bist aus Deutschland weggegangen, weil es Dir dort zu trist war und Du Spaß haben wolltest. Ich werde aus Los Angeles weggehen, weil mir dieses Spaß-haben-Wollen zu blöd ist. Die ständige Sonne und das hohle Grinsen der Leute machen mich wahnsinnig. Ich sehne mich nach dem Regen. Nach prasselndem Regen, den nassen Straßen Hamburgs, dem grauverhangenen Himmel. Melancholie, Tiefe, Konzentration auf das Wesentliche, das Innen, die Intensität der Gedanken – all das ist mir hier fremd geworden. Ich habe das Bedürfnis, mich wieder zu spüren, meine eigene innere Welt. Ich will mit dieser laut schreienden Oberflächlichkeit nichts mehr zu tun haben, eigentlich hatte ich damit die ganze Zeit meine Schwierigkeiten, ich habe es nur gut überspielt. Sicher, für ein paar Monate war es ganz schön, mich hochspülen zu lassen von dem nichtssagenden Geplapper, von der permanenten Freundlichkeit, von der Sonne, von dem Filmleben – und von Dir. Doch nun ist es soweit, daß ich zurück muß.

Ich möchte Dir noch sagen, daß ich es schade finde, daß unsere Freundschaft so ein abruptes Ende nehmen muß. Doch wir scheinen jeder eine andere Vorstellung davon zu haben, denn auch meine »Einmischung« in Deine Beziehung mit William war von meiner Seite weder böse noch hinterhältig gemeint. Daß ich ihm sage, was ich denke, hat ja nichts damit zu tun, daß ich nicht loyal zu Dir stehe. Ich sage ihm meine Meinung, wie ich Dir meine Meinung sage. Im übrigen habe ich ihm geraten, sich nicht so über Dich aufzuregen, entweder, er nimmt Dich so, wie Du bist, und akzeptiert Ernesto oder wen auch immer neben sich, oder er läßt es ganz.

Ich für meinen Teil habe festgestellt, daß ich Probleme mit Deiner Art habe. Alles muß sich stets um Dich drehen, jeder muß Dir zu Füßen liegen, und eigentlich interessieren Dich die Menschen gar nicht. Du stopfst sie voll mit Deinen Geschichten, ohne ihnen zuzuhören. Du sammelst Männer, die Du gar nicht willst, nur des Sammelns wegen. Erstaunlich ist auch die Tatsache, daß du wirklich denkst, daß sie Dich lieben. Daß Hassan Dir in Deiner Not geholfen hat und für Dich die Rechnungen bezahlte, heißt noch nicht, daß er Dich wahrhaftig liebt. Es heißt nur, daß er ein netter Mensch ist. Hassan kümmert sich nicht um Deinen neurotischen Tick, jeden besitzen zu wollen. Sonst hätte er nicht direkt unter Deinen wachsamen Augen etwas mit mir anfangen können. Als Du noch mit Scott auf der Terrasse getanzt hast, war ich mit ihm unten am Strand. Und du hast nichts gemerkt.

So gesehen sind wir also quitt. Obwohl ich über die Sache mit Farun mittlerweile nur lachen kann. Selbst wenn er mit Dir eine Nacht verbracht hat, mich wollte er nicht gehen lassen, als ich am Heiligabend ausgezogen bin.

Es war wirklich nett von Dir, daß Du mich aufgenommen hast, ich möchte mich bei Dir dafür nochmals bedanken. Anbei liegen die zweihundert Dollar, die ich Dir noch für die Miete schuldete.

Ich wünsche Dir, daß Du hier das schaffst, was Du Dir wünschst. Ich wünsche Dir vor allem, daß Du weißt, WAS Du Dir wünschen sollst.

Mach es gut,
Deine Melanie.

6850 *Camrose Drive*

Die Poolmaschine gluckerte. Ansaugen, ablassen, ansaugen, Stille. André lehnte an der Schiebetür und rauchte. Im Flur standen die gepackten Koffer, er wartete auf den Verwalter, um die Schlüssel zu übergeben. Abschied nehmen. Von dem Haus, von dem Leben in L. A., von seiner Zeit mit Tanja. Die Motoguzzi hatte er am Morgen zu einer Verladefirma gebracht, sie wurde nach London verschifft. Passend zum Frühjahr war sie dann da. eine neue Stadt, ein neuer Anfang. Haut abstreifen. Nackt kam er sich vor, doch geläutert. Keine Lügen mehr, keine Ausflüchte. L. A. war ein Schritt aus seiner Melancholie, dem Zweifel, der zermürbenden Stagnation gewesen, Bildgestalter ohne Ausdruckskraft. Die Realität war spannend genug und wert, abgebildet zu werden. Schon beim Anschauen von Thorstens South-Central-Reportage hatte er das gespürt. Dinge von Bedeutung ragten aus dem Strom unwichtiger Ereignisse. Festgehalten, loslassen. Die Sekunde dazwischen war wichtig. Wie Gunter gesagt hatte. Das Auge des Künstlers wählt. Auch wenn er kein Künstler war. Auswählen, was von Bedeutung war. Darum ging es.

Er flog mit British Airways nach London, mit einem Zwischenstopp in New York. Brian, der Organisator von LIVING JOY, hatte ihn auf dem Set von Real Life angemeldet. Vorbilder schauen, mit den Kids reden, MTV beim Filmen über die Schulter gucken. Zuletzt war er in New York vor zwei Jahren gewesen. Soho, East Village, das Angelika Film Center, Dean & DeLuca. Eine Woche rumstreunen, Bilder im Kopf sammeln. Und dann wollte er versuchen, Thorsten zu finden. Vielleicht bekam er die Nummer über die NYU oder er traf ihn zufällig im Washington Square Park zwsichen den Uni-Gebäuden. Das war die letzte Tat in Amerika, nicht mehr Land seiner Träume, Siegfried kroch zu Kreuze, doch eine Erklärung war er seinem Freund schuldig. Nicht Absolution wollte er, nur noch mal ehrlich sorry sagen.

André hielt Zeigefinger und Daumen zu einem Rechteck und schaute hindurch. Die Tiefe zog ihn nicht mehr hinein ins Bild. Klarheit, kein Schwindel. Er zog das Rechteck auseinander und betrat den Ausschnitt seines Bildes.

Western Avenue

Die Sonne brannte auf das Auto. Everybody needs some good lovin'. 92.3 The Beat. Ein beiger Crysler le Baron hielt neben ihm. Mit offenem Verdeck. Die Lichter der Heizung blinkten. Ein offener Wagen reizte ihn nicht mehr. Carl strich versonnen über das Plastiklenkrad seines Honda. Miller's Outpost. Ausverkauf. Ein Restaurant namens A votre santé. Die Ausstellung der Fotos von einem Ralph. Er konnte den Nachnamen so schnell nicht lesen. Durch die Fenster sah man ein paar Bilder. Überall eine Blume neben einem Gesicht. Verschiedene Interpretationen von Blume und Mensch. Warum Blumen? In Los Angeles gab es keine Blumen. Der typische Duft war der Duft der Abgase.

Neben ihm fuhr eine Koreanerin mit blondgefärbtem Haar, blauer Corolla. Auf der Western Avenue nach Süden an Möbelläden vorbei, Sofas, Schränke, Bettwäsche, Einrichtungen, koreanische Möbelläden, Koreatown.

Oriental Mission Church. Mobile Tankstelle. Trommeln und Geigen in einem Laden. Chinatown Express. Chaplin mit seinem krummen Spazierstock an der Bushaltestelle. Und rauf auf den 10er Freeway. Geschwindigkeit, immer geradeaus, dem Strand entgegen, Sauerstoff tanken nach den Drehtagen. Er war ein Filmschauspieler, der frei hatte. Drehfreie Zeit hieß, daß man arbeitete, Carl hatte gearbeitet, und noch immer konnte er es nicht glauben. Eine kleine Rolle nur, das war egal, sein Part konnte sich sehen lassen, und die Agentur hatte auch schon ein paarmal bei ihm angerufen. Bei der audition heute morgen war er ziemlich locker gewesen, entspannt, er wußte, daß er fertig war mit der Stadt, egal, was noch passierte. Und zur nächsten Spielzeit im Herbst war er in Deutschland. Ganz sicher.

Venice Beach

Langsam sich in den Hüften wiegend, Bomberjacken, weite Jeans, Rappermützen, gehen sie nebeneinander, wie in slow motion, begrüßen andere Schwarze, what's up, man, Handschlag, weiches Reiben der Knöchel. Nikita mochte die Jungs in Venice, doch heute hatte sie keine Lust, mit ihnen zu flirten. William wartete in Paris auf sie, geduldig, vertrauensvoll. Über einem Stand hing eine Reproduktion von Hellnweins Boulevard of Broken Dreams. Der einsame Trotz von James Dean. Nikita ging durch die Palmenreihe vor der Venice-Promenade. Bald könnte sie wieder mit ihrem Boogieboard ins Wasser. Sollte sie einfach zu ihm fahren? Die Schauspielklasse hinschmeißen und wieder als Model arbeiten? Mehr als eine Minirolle in einer unwichtigen Serie hatte sie doch nicht erreicht. An die Nacktaufnahmen wollte sie gar nicht denken. Die ganzen auditions hatten nichts gebracht. Ihre Agentin war auch unfähig. Nikita blieb stehen und zündete sich eine Zigarette an. Der Duft der Freiheit.

Hell strahlte die Nachmittagssonne in das Café, das wie ein

Fischrestaurant aussah, Netz und Seestern vor dem Fenster, Netz mit roter Lampionkette über der Bar, dazwischen verschmutzte Amerikafahnen. Helles dünnes Bier in einem Eiswasserkrug. Pommes frites mit einem großen Haufen Ketchup daneben. Nikita dachte an Sylt, an den endlosen Weg vom Parkplatz über den Holzweg durch die Dünen am oberen Ende des Strandes entlang. Die Beine waren schwer, sie stapfte erschöpft durch den warmen Sand, manchmal trug ihr Vater sie auf seinen Schultern, sie schaukelte hinter seinem Kopf wie auf einem Kamel, bis sie an ihrem Strandkorb waren, endlich angekommen. Spielen mit den Quallen, diesen glitschigen weißen durchsichtigen Fladen, die wie Rotzhaufen auf dem nassen Sand lagen.

Was wollte sie hier eigentlich noch? Nikita kämpfte mit den Tränen. Ernestos Film war auf unbestimmte Zeit verschoben. Probleme mit der Finanzierung. Bestimmt steckte seine Frau dahinter. Das Weichei hatte sich verplappert, sie war eifersüchtig und blockierte den Dreh. Wie sie diese Filmleute haßte. Hohle Versprechungen, Wege, die ins Leere führten. Vielleicht sollte sie sich Tarotkarten legen lassen. Kraft des Schicksals. Sie roch die Räucherstäbchen schon von weitem. Tarot Reading, ten bucks. Nikita hockte sich vor die Frau mit den Rastalocken. Ein vertrauenerweckendes Gesicht, dunkelrote Lippen, mit schwarzem Kajal umrandet. Die Gedanken an die Kindersommer auf Sylt kamen wieder. Sie fiel und schlug hart auf den Sand auf, sie hatte Mühe zu atmen, über ihr das besorgte Gesicht ihrer Mutter, die den Vater anschrie, ihm Vorwürfe machte. Er hatte sie fallen gelassen, beim Hochwerfen, beim Spiel nicht aufgefangen. Sie fiel und schlug hart auf den Sand auf.

Venice Beach

Lässig lehnte er am Gitter, die Haare zum Pferdeschwanz zurückgebunden, die Hände in der weiten Leinenhose vergraben. Hinter ihm der Basketballcourt, die schwarzen Spieler, die Action. Zuschauer auf den Tribünen, Streetball, Pfiffe, cool rock steady.

Er stand mit dem Rücken zu den Körben, den Blick auf die Promenade gerichtet.

»Hallo«, sagte Melanie und blieb vor ihm stehen. Auf Distanz. Es war das erste Mal, daß sie sich sahen, seit sie bei ihm ausgezogen war.

»Hi«, sagte Farun. »Schön, daß du gekommen bist.«

»Woher dieser höfliche Umgangston?« sagte Melanie leicht zynisch. Sie verstand selbst nicht, warum sie eingewilligt hatte, ihn zu treffen. »So kenn ich dich ja gar nicht.«

»Du kennst mich sowieso nicht. Meinen Schwanz vielleicht, aber nicht meine Seele.« Er grinste. »Aber das nur nebenbei. Komm, laß uns 'n Stück laufen.«

Sie gingen Richtung Strand. Ein Junge mit L. A.-Lakers-Kappe warf gerade einen Korb, die Zuschauer klatschten, Farun nickte dem Werfer zu.

»Spielst du gar nicht mehr?« fragte Melanie. Mit federnden Schritten gegen den Gegner. Eigentlich war es komisch, daß er sich gerade hier mit ihr verabredet hatte. Sie fühlte sich erinnert an das erste Mal, als sie ihn gesehen hatte. Sein athletischer Körper, die Erregung, das Zusammenleben.

»Im Moment nicht. Wir haben doch bis gestern gedreht.«

Wind fuhr durch die Palmwedel hinter den Badmintonplätzen. Melanie blickte zu einer Horde Kinder, die gerade dabei war, den Strandspielplatz einzunehmen. Die Schaukel quietschte. Rollschuhfahrer zogen ihre Bahnen auf dem geschwungenen Asphaltweg. Mit ihren Blades war sie nicht mehr gefahren, seit sie aus Gunters Strandhaus ausgezogen war. Aus dem Dunstkreis der Körperfanatiker. Ein Heer an Möwen erhob sich gellend in den Himmel.

»Die Möwen singen ihr Winterlied.«

»Sie kreischen im Sommer genauso«, sagte Farun. »Nur da hörst du eher den Ghettoblaster von den Typen neben dir. Außerdem ist der Winter vorbei. Noch nicht gemerkt?«

»Warum wolltest du mich sehen?« fragte sie spontan.

»Ich werde dein Script verfilmen lassen.«

»Was?«

»Ich werde dein Script verfilmen lassen«, wiederholte er.

»Wie kommst du darauf? Mein Drehbuch liegt bei Sunbird, und sie haben eine Option darauf.«

»Ich weiß.« Er lächelte hintergründig.

»Ja, und? Entweder Sunbird macht es oder keiner.«

»Eben.« Er lächelte weiter.

»Was soll das jetzt? Was grinst du so blöd?« Sie blieb stehen.

»Ich grinse nicht blöd, die einzige Person, die hier oberblöd und gestört ist, das bist du. Ich will dir mal was sagen, du eingebildete Kuh. Was glaubst du wohl, warum Sunbird dein Scheißscript optioniert hat, hm?«

Melanie schaute ihn durchdringend an, versuchte aus seinem Gesicht zu lesen. Ein Adrenalinstoß durchzuckte sie. Ihr Drehbuch, ihr heiliges Drehbuch, das sollte plötzlich zum Spielball werden? Mächte, Verstrickungen, die ihr die Luft abschnürten.

»Na, tickert es langsam?«

»Nein.« Ihre Stimme war belegt.

»Paß mal auf, Sunbird gehört meinem Vater. Er hat die Company vor sechs Monaten übernommen. Ganz leise, weil er nicht auf Presse steht. *Winter in L. A.* wird der erste Film sein, bei dem ich mit Tom zusammen als Co-Producer im Abspann auftauchen werde. Die Story ist zwar für meinen Geschmack einen Tick zu abgedreht, aber Gunter macht schon was draus. Als Tom mir letztens dein Script auf den Tisch gelegt hat, hab ich erst mal gebrüllt vor Lachen. Aber er meinte, es hätte was. Nachdem ich drin gelesen habe, meine ich das auch.«

»Das kann alles nicht wahr sein.« In ihrem Kopf schwirrte es. Tom war ihr Ansprechpartner gewesen. Und er hatte nichts gesagt. Keiner hatte ihr gesagt, daß Farun bei Sunbird mit drinhing. Vor allem er selbst nicht. Sechs Monate. Das mußte also gewesen sein, bevor sie sich getroffen hatten. Daher auch die Freundschaft mit Klaus. Natürlich. Klaus hatte es längst gewußt. Klaus hatte nicht nur irgendwelche Mini-Projekte mit Farun gemacht, sondern mit dem Junior verhandelt.

»Es ist mehr als wahr, es ist sogar hyperwahr – voll in der Hyperrealität. Deinen blöden Virilio habe ich nämlich auch gelesen, aber das hast du mir nie zugetraut, daß ich überhaupt weiß, wie man ein Buch aufschlägt. Nein, laß mich ausreden. Du hast mich nie ernst genommen, meintest, du hast die Weisheit mit Löffeln gefressen, mit goldenen, hübsch geformten Löffeln. Und jeder, der nicht so intellektuell rumschwafelt wie du, hat schon verloren. Aber es geht um das Hier und Jetzt, um Spaß haben und sich austoben und geile Sachen machen, Filme drehen, Bilder schießen, Stories auf den Weg bringen, was weiß ich, jedenfalls nicht so endloses dummes Rumgedenke.«

»Stories auf den Weg bringen«, wiederholte sie schwach. »Das will ich doch auch. Spaß haben…«

»Aber nur, wenn dein Kopf es vertreten kann. Du hast da nämlich ein echtes Problem. Wie du das löst, ist deine Sache. Was ich dir nur sagen wollte, ist, daß wir deine Story verfilmen werden. Natürlich gibt's noch ein Rewrite, du weißt, wie das läuft.«

Melanie nickte langsam. Ihr fiel wirklich nichts ein, was sie dazu sagen sollte. In Sprachlosigkeit eingewickelt. Und Faruns Worte sausten wie ein Hammer auf sie hinunter, sie wurde schwach, die Gedanken lösten sich auf zu einem fließenden Brei, den sie löffelweise zu sich nahm. Häppchenweise verschwand die aufgesetzte Klugheit.

»Und nun kommen wir zum Grund unseres Treffens. Ich möchte, daß du bei dem Rewrite mitarbeitest. Vergiß deinen Flug und bleib hier. Es ist dein Script, es sind deine Figuren, auch wenn du Biest natürlich nicht das Recht an Athos hast…«

Sie mußte unwillkürlich lächeln. Athos, natürlich. Der Freund des Surfers war ja Farun nachgebildet, er sprach wie Farun, zumindest oberflächlich gesehen. Athos war nicht Farun. Farun war das Original. Sie schaute kurz zu Boden, nicht verschämt, sondern erregt, eine irreale Situation, warum nicht, spannend war es, erlebenswert. Die Spitzen seiner Cowboystiefel waren sandig. Schwarze Echse im Sturm. Farun, ein Hollywood Player, edel, auffällig, unverschämt. Eine ganz neue Figur.

Venice Beach

Warmer Wind fegte über die Sandoberfläche. Der Musiker Fingerspiel gegen die Luftzirkualtion, vergessen waren die roten Winternasen, play it again, Sam, damit der Haufen der Quarters in den Gitarrenkästen höher und höher werde. Zwischen den Palmenwedeln glänzte das Sonnenlicht, es hatte noch nicht den rötlichen Ton des Sommers, blaß war es, mit harten Konturen. Einen Schlenker, die Füße voreinander, Asphaltrenner, Rollerblades, auf Neonscheiben, hin und her, zwischen den Menschen hindurch, die Arme auf dem Rücken verschränkt, weiße Knöchel von der Anspannung. Sportlich sein, Muskelkraft, schön geformte, gestylte Körper der Lust. Unter den Palmen hinter den Badmintonplätzen knutschte ein Pärchen. Postkartengerecht. Der Typ hatte einen Pferdeschwanz, das Mädchen war blond. Und cut, noch mal von vorn.

Carl ging an den Hippieständen vorbei. Silberne Schnallen. Ein ganzer Stand mit Schnallen. Adler, Geier, Route 66, die Eagles, andere Rockgruppen, Gitarrensolo, Bühnenromantik. Selbstgemachte Ohrringe, Medaillons an Lederbändern, Räucherstäbchen.

Vor einer der Wahrsagerinnen hockte ein Mädchen, das er schon einmal gesehen hatte. Diese Locken – genau, sie war in das siamesische Restaurant gegangen, als er noch seinen Job beim Valet Parking gehabt hatte. Und bei Ralph's hatte er sie auch schon gesehen. Herzmund. Carl ging an ihr vorbei. Ob er sie einfach ansprechen sollte? Was hatte er schließlich zu verlieren? Vor ihm ging ein Typ, der weit mit den Armen schlenkerte. Auf seiner schwarzen Satinjacke war der Piratenkopf der Raiders eingestickt. Einfach cool sein. Carl drehte um. Das Mädchen stand gerade auf. Tarot.

»How is your future? Will you be lucky?« Er lächelte sie freundlich an.

»Yeah. Two children. Who are you?«

»Carl. Carl Schrader.« Es war das erste Mal, daß er hier in Amerika seinen Namen deutsch aussprach. Mit langem A. »I'm German«, setzte er hinzu. »Du auch, nicht?«

»Woher weißt du? Hast du telepathische Kräfte? Das wird mir hier alles zu unheimlich. Erst die Auskunft, daß ich zu dem Mann meines Lebens zurückkehre, sogar zwei Kinder mit ihm haben werde, obwohl ich gar keine mehr bekommen kann, und dann auch noch jemand, der mir auf den Kopf zusagt, daß ich Deutsche bin.«

»Und wie heißt du?«

»Nikita.«

»Nikita. Schöner Name. Gehst du mit mir einen Kaffee trinken, Nikita?«

»Na, warum nicht. Gehen wir.«

FM 92.3 The Beat

»You got the cash.«

»Ui, thank you.«

»Halleluja.«

»Halleluja.«

»You did it. Congratulations. You got the 92 Dollars.«

»Thank you.«

»What's your name?«

»My name is Brenda.«

»Where you're calling from, Brenda?«

»From L. A.«

»We got more cash comin' up, this is 92.3 The Beat.«

»More continuous music.«